Benito Pérez Galdós

Episodios nacionales IV
Narváez

Barcelona **2024**
Linkgua-ediciones.com

Créditos

Título original: Episodios nacionales IV. Narváez.

© 2024, Red ediciones S.L.

e-mail: info@Linkgua-ediciones.com

Diseño de cubierta: Michel Mallard.

ISBN tapa dura: 978-84-1126-451-8.
ISBN rústica: 978-84-9007-312-4.
ISBN ebook: 978-84-9007-228-8.

Sumario

Brevísima presentación

Narváez es la segunda novela de la cuarta serie de los *Episodios Nacionales* de Benito Pérez Galdós.

Aunque casado por interés, el protagonista Pepe García Fajardo, el nuevo marqués, ha descubierto que su mujer no tiene un pelo de tonta, sino que es más bien de una inteligencia fuera de serie y de un escepticismo religioso que casa perfectamente con el suyo. Pero ello no le impide, a pesar del amor de Fajardo por su mujer, tener como amante una antigua amiga.

Siguiendo con la narración en forma de diario de García Fajardo, que ha dado comienzo en la anterior *Las tormentas del 48*, este episodio nos introduce en los medios próximos al Gobierno y a la Corte, con sus esperpénticas camarillas. Allí conoceremos a «el Espadón de Loja», el general Ramón María Narváez, que afrontó desde el poder, a la cabeza de un moderantismo represivo, las turbulencias que sacudieron toda Europa a mediados del siglo XIX. Como lo describe Galdós: «Es un hombre de tanta voluntad como inteligencia; pero le falta el resorte que hace mover concertadamente estas dos preciosas y fundamentales piezas del mecanismo anímico.» Así, somos testigos de las conspiraciones contra él que el 19 de octubre de 1849 terminan con Narváez abandonando el gobierno durante dos días (19 y 20 de octubre), siendo sustituido por un gobierno llamado, con justicia, gobierno relámpago.

I

Atienza, *octubre*. Dirijo hacia ti mi rostro y mi pensamiento, consoladora Posteridad, y te llevo la ofrenda de mi vida presente para que la guardes en el arca de la futura, donde renazca con toda la verdad que pongo en mis Confesiones. No escribo estas para los vivos, sino para los que han de nacer; me despojo de todo artificio, cierro los ojos a toda mentira, a las vanas imágenes del mundo que me rodea, y no veo ante mí más que el luminoso concierto de otras vidas mejores, aleccionadas por nuestra experiencia y sabiamente instruidas en la social doctrina que a nosotros nos falta; veo la regeneración humana levantada sobre las ruinas de nuestros engaños, construida con los dolores que al presente padecemos y con el material de tantos yerros y equivocaciones... Asáltame, no obstante, el temor de que la enmienda social no sea tan pronta como ha soñado nuestra desdicha, de que se perpetúen los errores aun después de conocidos, y de que al aparecer estas Memorias en edad distante, encuentren personas y cosas en la propia hechura y calidad de lo que refiero; que si la Historia, mirada de hoy para lo pasado, nos presenta la continuidad monótona de los mismos crímenes y tonterías, vista de hoy para lo futuro, no ha de ofrecernos mejoría visible de nuestro ser, sino tan solo alteraciones de forma en la maldad y ridiculez de los hombres, como si estos pusieran todo su empeño en amenizar el Carnaval de la existencia con la variación y novedad pintoresca de sus disfraces morales, literarios y políticos.

Esto pienso, esto temo, esto discurro; mas no me arredro ante la sospecha de que los futuros nada puedan o nada quieran aprender de mí, por no sentirse peores que yo, o estimarse incapaces de mejora; que en último caso, no habrán de negarme que mis defectos son el abolengo de los suyos, y mis faltas semilla de las que ellos estarán cometiendo cuando me lean, muy satisfechos de ver que los predecesores no les llevamos ventaja en la virtud, y de que en vanidades y simplezas allá se van los presentes con los pretéritos. Sin meterme, pues, a discernir si mis amigos de la Posteridad son más tontos que yo, o por el contrario más despiertos, sigo poniendo en el papel el traslado fiel de mis actos y de mis intenciones, historiador y crítico anatómico de mí mismo. Y lo primero que tengo que hacer en esta nueva salida de mi conciencia al campo de la confesión, es explicar a la Posteridad el por qué de la gran laguna de mis apuntes, suspensos desde el último junio hasta los días de octubre en que renacen o despiertan de un largo sueño. No vean en este paréntesis una voluntad perezosa, sino más bien atareada en demasía y solicitada de mil externos incidentes, y añadan, para mi completa disculpa, estorbos materiales de mi trabajo, como verán por lo que sin pérdida de tiempo voy a contarles.

Es el caso que los señores de Emparán, hostigados sin duda por mi bendita hermana Sor Catalina de los Desposorios, querían apresurar los míos con María Ignacia, apretándoles a ello, o impaciencias de la niña, que anhelaba la dulce coyunda, o el recelo de que yo me volviese atrás, renegando a deshora del consentimiento que di. Esta segunda hipótesis, como explicación de tales prisas, debe atribuirse a la desconfiada monja antes que a los Emparanes, cuya voluntad había yo ganado con mis demostraciones de afecto. La verdadera razón del precipitado acontecimiento no debió ser otra que un dictamen de los principales doctores de Madrid acerca de los nerviosos achaquillos de mi futura, pues según oí, opinaron unánimes que la niña no entraría en caja mientras no tomase la medicina que llamamos marido. Ved por qué móviles farmacéuticos me llevaron una mañana de fines de julio al convento de la Encarnación, en cuya sacristía entramos libres María Ignacia y yo, y esclavos salimos el uno del otro, enlazados por una moral cadena que en toda nuestra vida no podíamos romper. No describiré la ceremonia, poco aparatosa en verdad, conforme al gusto de mi nueva familia, que era también el mío: una vez que nos dimos el sí, y significamos con la unión de las manos el venturoso empalme de las existencias, recibidas las bendiciones, oída la Epístola y cuanto quiso endilgarnos el curita que nos casó, fuimos en coche a La Latina, a recibir los plácemes de mi hermana y de otras monjas muy reverendas, de quienes hablaré en su día. Allí se nos sirvió un chocolate espléndido con bollos y bizcotelas entre jazmines, agua de limón en cristalinos vasos, alternados con búcaros de claveles y rosas, todo ello tan delicioso que nos daba la falsa visión de un desayuno en la Corte Celestial. La vanagloria de mi hermana se traslucía en el rayo ardiente de sus ojos, que por los huequecillos de la doble reja nos flechaban, y las otras monjas no parecían menos ufanas de la victoria que habían ganado. «¡Ay, hermano mío —me dijo Catalina, embellecida por el júbilo—, bendito sea el Señor, que me ha dejado ver este gran día! No dejaré de alabar su misericordia mientras la vida me dure. ¡Feliz tú, feliz tu esposa, que parecéis nacidos y cortados para constituir una santa pareja, y realizar en la tierra los fines más puros! Obra de Dios, no nuestra, es este matrimonio; como obra de Dios, sus frutos serán divinamente humanos y humanamente divinos.» Oímos atentos y conmovidos esta corta homilía mi mujer y yo, y metimos mano por segunda vez a las bizcotelas y bollos, dejando las bandejas poco menos que limpias, y apuramos los vasos de limón, que con el calor de aquel día y el sofoco de la ceremonia, nuestra sed no acababa de aplacarse.

Del convento fuimos a casa, y a las doce se sirvió la comida, a la que asistieron como quince personas, los carlistones amigos de la casa, conde de Cleonard, Roa, Sureda; Doña Genara representando la rama de Baraona, y por mi familia mis dos hermanos con sus respectivas esposas, las cuales de la infladura de la satisfacción no cabían dentro de sí mismas. Tampoco referiré pormenores de la comida, larga y agobiante por causa del calor, y abrevio mi relato para llegar al más importante suceso, que fue la libre partida, a primera hora de la noche, en viaje de novios, con el fin de llevar nuestra Luna de miel a la soledad y frescura de Atienza. En silla particular de posta, adquirida espléndidamente por don Feliciano, salimos con dos servidores, la doncella Calixta para cuidar de mi esposa, y el criado Francisco, en calidad de mayordomo y asistente de ambos para todo servicio de viaje y de casa, hombre excelente, de fidelidad y diligencia bien probadas. Magnífico era el coche, los criados selectos, y para completar tan buen avío llevaba yo un bolso con surtido abundante de monedas de oro y plata, y Francisco un cinto con doscientas onzas, como para hacer boca, pues la cartera de viaje contenía libramientos para cobrar en Guadalajara o Zaragoza (en previsión de viaje más extenso) cuantas cantidades pudiéramos necesitar.

No acabaría si a relatar me pusiera el trámite sin fin de las despedidas y del besuqueo con que agobiaron a mi esposa su madre y la innumerable caterva de sus amantes tías, de la rama de Baraona y de Emparán, y Genara y las demás amigas, y las criadas todas; si describiera el silencioso lagrimeo de don Feliciano y los tiernos adioses de los íntimos de la casa, y de los parientes, entre los cuales no eran mis hermanos y cuñadas los menos hiperbólicos en las demostraciones. Creí que aquello no tenía fin, pues terminada una ronda de besos que restallaban en las mejillas de María Ignacia, empezaba otra ronda, y entre tantas babas, pucheros y suspiros, se repetían sin cesar las recomendaciones de que escribiéramos, de que nos cuidáramos, de que nos guardásemos del relente al apuntar del alba, y los votos ardientes por nuestra felicidad... También a mí me tocó parte de aquellas efusiones, y hasta sobras del amante besuqueo; sentí regado mi rostro por el llanto de las señoras mayores, y la impresión de sus labios en mi frente y mejillas. Fue precisa la autoridad de don Feliciano para poner término a los adioses, y hubimos de arrancar a mi mujer de los brazos de Doña Visita, que allí quedó medio desmayada. A estrujones nos metieron en el carruaje, y este arrancó por la calle de Alcalá en dirección de la Puerta del mismo nombre, cuyo arco central franqueamos ya de noche; y cuando nos vimos fuera, Ignacia, y yo respiramos cual si nos sintiéramos libres de un peso y ligaduras oprimentes. En aquel punto fue común y acorde en los dos la primera sensación de vivir el uno para el otro, para nosotros mismos y para nadie más; por primera vez advertí en mi esposa la satisfacción de hallarse en mi compañía sin más testigos que los criados, y bajo el yugo de mi exclusiva autoridad. Con la vaga ternura de sus miradas, más que con sus balbucientes razones, me decía que para ella era yo toda su familia, y que el amor nuestro reducía los demás afectos a secundaria condición.

No habíamos llegado a las Ventas del Espíritu santo, cuando me pareció advertir que la memoria de los amados padres y tías se iba desvaneciendo a cada vuelta de las ruedas del coche, y que la pobre niña entraba en la vida nueva con ganas de gustarla, y de morar apaciblemente en el campo florido del matrimonio, desligada ya de la protección paterna, innecesaria. A mí convergían todos los estímulos de su voluntad y los vuelos tímidos de su imaginación juvenil: yo era su centro de atracción y de gravedad; a mí volaba y en mí caía, respondiendo a mis pensamientos con la sumisión de los suyos... La presencia de los criados llegó a sernos de una molestia intolerable, por lo cual resolví que no en Guadalajara, sino en Alcalá hiciéramos la primera paradita, que había de ser etapa capital en la existencia de Ignacia, esposa mía desde aquel descanso en calurosa noche... Habíamos pasado la divisoria que nos transportaba en alegre vuelo a valles muy distantes de aquel en que se meció la inocencia de la señorita de Emparán, y aunque para mí los valles pasados y los venideros no diferían grandemente en ciertos órdenes, no dejé de notar en mi ser algo grande y bello, imponente armonía de satisfacciones y responsabilidades.

El calor nos impedía mayor celeridad en nuestro viaje: caminábamos en las horas frescas de la madrugada y en las primeras de la noche. Por mi gusto habría ordenado que anduviera nuestro vehículo más aprisa; pero mi mujer no mostraba deseos de llegar pronto: hacíala dichosa el vivir errante, y se encariñaba con la repetición de etapas y paraditas, aunque fuese en mesones incómodos o en poblachos míseros, como las que hicimos, por gusto de ella y al cabo también mío, en la Venta de Meco, en Hontanar, en Sopetrán, y en un solitario y umbroso bosque junto a las Casas de Galindo, y a la vera del manso Henares. Debo decir también que cuando pernoctamos en Alcalá y aun un poquito antes, María Ignacia dio en mostrarme zonas desconocidas de su espíritu, como si dormidas facultades fuesen con el nuevo estado despertando en ella. Era como una planta mustia que súbitamente reverdece y echa flores, sin que antes se viera muestra de botones ni capullos en sus deslucidas ramas. Sorprendiome mi mujer con rasgos de ternura primero, de ingenio después, que no creí pudieran brotar de su ser imperfecto, o que tal me parecía. Y lo más extraño fue que sus propias facciones sin encanto lo adquirían gradualmente, por virtud de la inesperada presencia de ciertas donosuras del entendimiento. Fue para mí criatura vuelta a criar, o mujer que en forma de mariposa salía del caparachón del gusano. ¿Sería duradera esta ilusión de un recién casado? Aún no es tiempo de contestarme a la pregunta que entonces me hice.

Siempre que nos hallábamos solos, dábame Ignacia muestras felices de aquel su renacimiento a la gracia, y tal poder tenía su mudanza espiritual, que hasta en su fea boca se me antojó iniciada una metamorfosis, obra milagrosa del Arte y la Naturaleza. Era, sin duda, el momentáneo influjo de la exaltación matrimoñesca en sus verdores iniciales, y debía yo temer de la severa realidad la pronta remisión de las cosas a su verdadero punto. Díjome una noche Ignacia: «Cuando vean mis papás lo buena que estoy, no lo van a creer. Ya pensaba yo meses ha que casándome contigo no serían menester más medicinas. Pero aunque así lo creía, me daba vergüenza decirlo. Esto de la vergüenza fue mi mayor tormento desde que te conocí, Pepe mío...

Delante de ti estaba yo tan vergonzosa, que ni a mirarte a mi gusto me atrevía... ¡Vaya una estupidez! Y cuando me quedaba sola, echábame las manos al pelo y me arañaba la cara, diciéndome: "Por esta vergüenza maldita va a creer Pepe que soy una bestia...". Y no lo soy, ya lo has visto... Aquí tienes la causa de los arrechuchos que me daban. Todo era pensar en ti, y rabiar de verme tan mal formada, y por lo mal formada, vergonzosa... Yo te quería, Pepe, y le pedí a Dios muchas veces que te murieras antes que casarte con otra.»

Y otra noche: «De ti me habló una mañana Sor Catalina, y con lo que me dijo quedé tan enamorada, que sin haberte visto nunca, te conocía ya y estuve pensando en ti todo aquel día. Por la noche tuve un fuerte ataque y pegué muchos gritos, y no podían sujetarme. No era más que las ganas de verte y de tenerte a mi lado... Pues aunque nunca te había visto, ni sabía que existieras hasta que Sor Catalina me habló de ti, ya éramos antiguos conocidos, Pepe, pues yo me imaginaba que vendría un hombre muy fino y muy guapo a ser mi marido, y que me haría muchas fiestas, y que yo me abrasaría de amor por él... A solas conmigo, no tenía yo vergüenza, y sin hablar, decía todo lo que se me antojaba.»

Y otra noche: «Cuando nos visitaste por primera vez, la impresión que recibí fue de que eras como un ángel con levita, corbata, y lo demás que vestís los hombres... Por la noche no hacía más que llorar, llorar, y a nadie quería decir el motivo de lo afligidísima que estaba. Pero mi tía Josefa, que es la que me adivina cuanto pienso, se acostó conmigo, me arrulló como a un niño, y dándome golpecitos en la espalda, me decía: "No llores, boba, que con él te casarás, quiera o no quiera". Por lo visto, tú no querías, Pepe. Ya sé la razón: tu delicadeza, tus escrúpulos de caballero por ser yo más rica que tú. Bien me lo dio a entender la Madre Catalina una tarde, pintándote como el dechado de la caballerosidad, con lo que mi amor por ti fue ya locura. Una noche mordí las almohadas y las desgarré con mis dientes... Otra me tiré al suelo, y descalza, a oscuras, anduve a gatas por mi alcoba buscando un botón de tu chaleco que se te cayó el día de tu primera comida en casa. Yo lo había recogido sin que nadie me viera, y lo puse debajo de mi almohada. Con las vueltas que di, sin poder dormir, se me cayó... Habías de verme como una cuadrúpeda buscando el botón... Pues mira, lo encontré: en un relicario lo guardo... Lo encontré hozando en el suelo como los cochinos... lo descubrí por el olor, o no sé por qué... Ya ves cuánto te quería... Yo confiaba en las promesas de tu hermana, que siempre me decía: "Dios lo hará, Dios lo hará". Y acertó la santa señora, porque Dios lo hizo, y ahora te tengo bien cogidito... y ya no te me escapas, Pepillo; ya no te me escapas, ratón mío... que tu gata tiene las uñas muy listas y... Aunque juegue contigo, no creas que te me vas, no... porque te cazo, te cojo, te aprieto, te como, te trago...»

II

El camino carretero por donde veníamos, que es el de Guadalajara a Soria por Almazán, aún no concluido, se nos acabó en Rebollosa de Jadraque, y con él la comodidad del coche. Mandamos este a Sigüenza; de aquí salieron a nuestro encuentro, prevenidos del itinerario, mi padre y mi hermano Ramón con buenas caballerías, y en ellas continuamos el viaje hasta la gran Atienza, donde ya estaba instalada mi madre con dos semanas de antelación preparando el formidable avío de nuestro alojamiento. Triunfal como entrada de reyes fue la nuestra en la *muy noble y muy leal* villa, en tiempos remotos tan despierta y gloriosa, ogaño pobre, olvidada y dormilona. A distancia de más de media legua por el camino de Angón, salieron a recibirnos multitud de jinetes en asnos, mulas y rocines, enjaezados con sobrejalmas y pretales de borlones rojos, precedidos del tamborilero y dulzainero, que oprimían los lomos de unas poderosas burras blancas. En medio de la gallarda procesión vi el estandarte de la *Hermandad de los Recueros*, y al término de ella se me aparecieron el que venía como *Prioste* y otros dos que hacían de *secretario* y *seise*, a su lado un cura, que hacía el *abad*, de luenga capa los paisanos, el cura con balandrán, los cuatro caballeros en lucidos alazanes. Y apenas llegó cerca de nosotros la interesante cuadrilla, empezó un griterío de aclamaciones y plácemes cariñosos, mezclados con vítores o simplemente berridos de júbilo. Al punto comprendí que los vecinos de Atienza, en obsequio mío y de mi esposa, reproducían la carnavalesca y tradicional procesión llamada *la Caballada*, con que la *Hermandad de los Recueros* conmemora, el día de Pentecostés, un hecho culminante de la historia de Atienza. A la de España tengo que recurrir para dar una idea del origen de esta venerable fiesta que ya cuenta siete siglos y medio de antigüedad.

Menor de edad el Infante don Alfonso, que luego fue el VIII de su nombre, vencedor en las Navas, anduvo de mano en mano, cogido y soltado, entre guerras y alteraciones sangrientas, por los señores feudales que se disputaban su tutela. Ya le tenía don Gutierre de Castro, a quien el Rey Don Sancho había designado para la regencia, ya los Laras y otros tales, hasta que su tío Don Fernando, rey de León, entró por Castilla, y apoderándose del chiquillo Rey, consiguió que las Cortes de Soria confirmaran a su favor la entrega de Alfonsito y de las rentas reales. Hecho esto, recluye al niño en el castillo de San Esteban de Gormaz y se va para su reino. No contentos los señores de Castilla, o *ricos-omes*, que venían a ser algo semejantes, por el poder y la audacia, a nuestros *hombres públicos*, sacaron al reyecito de donde estaba y lo depositaron en el castillo de Atienza, que se tenía entonces por de los más seguros del reino... Pero luego vino otro bando de *ricos-omes*, y no conformes con el encierro del Rey niño, idearon robarlo y llevárselo a Ávila, empresa no fácil, porque el Rey de León, sabedor de aquellas feudales discordias, avanzaba con su aguerrido ejército, y ya venía tan cerca que casi se sentían los pasos de los honderos de su vanguardia. ¿Qué hicieron los *ricos-omes*? Pues confabularse con los arrieros de la villa, *recueros*, o conductores de recuas, afamados por su robustez, ligereza y osadía, y organizar una caravana, en la cual, clandestinamente, vestido de arrierito, fue bravamente conducido y salvado, pasando ante las barbas de las tropas leonesas, el niño que andando los años había de ser Don Alfonso VIII, el de las Navas de Tolosa.

Y en cuanto cogió el cetro, quiso premiar la bizarría y tesón de los arrieros de Atienza concediéndoles el privilegio de llamarse caballeros, y el de constituirse en Hermandad o Cofradía para practicar entre sí la caridad y ayudarse en los trabajos de la vida. Desgastada por el tiempo, llega esta Hermandad a nuestros días, y anualmente, en el de Pentecostés, celebra su hazaña con un como simulacro de ella, a la que se da el nombre de *la Caballada*, y empieza en procesión para concluir en jolgorio y comistrajes al uso moderno. Con la idea de obsequiarnos a mi mujer y a mí (pienso que por sugestión de mi madre) organizaron la nueva salida de *la Caballada* de este año, la cual sorprendió y divirtió grandemente a María Ignacia. Para que comprendiese la significación de aquel lindo espectáculo, le di la explicación histórica que aquí reproduzco. Más que por mi propio contento, por la sorpresa y alborozo de mi mujer agradecí la delicada invención de agasajo tan pintoresco, y a las aclamaciones con que nos recibían contesté con vivas a la Hermandad, al glorioso pendón y a todos los recueros presentes, herederos de la hidalguía de los pasados.

En la falda oriental de un cerro coronado por gigantesco castillo en ruinas, el más insolente guerrero de piedra que cabe imaginar, está edificada la Muy Noble y Leal villa realenga. Sus casas son feas y caducas, rodeadas de un misterio vivo; sus calles irregulares invitan al sonambulismo; en sus ruinas se aposenta el alma de los tiempos muertos. Dos órdenes de murallas la cercan, quiero decir que la cercaban, porque de la exterior solo quedan algunos bastiones y los cubos. Y de las puertas que antaño daban paso desde el campo al primer recinto y de este al segundo, permanecen dos en lo exterior y dentro no sé cuántas, que no me he parado a contarlas. Por la que llaman de Antequera hicimos nuestra entrada con cabalgata y pendón, y si bullicio hubo fuera, mayor fue dentro, con la añadidura de los chiquillos de ambos sexos y de las mujeres, que por todas las ventanas y ventanuchos de la carrera asomaban sus rostros, y lanzaban exclamaciones de sorpresa y alegría. La comitiva recorrió toda la calle Real hasta la plaza del Mercado, y entrando luego por el arco de San Juan a la plaza donde está la iglesia de este nombre y la casa de mi madre, llegamos al término del viaje y de la ovación. El cura don Juan de Taracena, que en *la Caballada* venía como *abad*, y el *Prioste* don Ventura Miedes, habíanse adelantado hasta mi casa para prevenir a mi madre. Apenas llegamos a la plaza, acudió el cura a tenerme el estribo, y antes que el compás de mis piernas se desembarazara de la silla, me cogió el hombre en sus atléticos brazos, y con violento apretón privome de resuello. Fue la primera vez en mi vida que me oí llamar marqués, confundidos en familiar lenguaje la llaneza y el cumplimiento. «Ven aquí, Pepillo, hijo mío... ¡Qué guapo estás y que caballerete! Bendiga Dios al Excelentísimo señor marqués de Beramendi.»

Pasé de unos brazos a otros. En aquel vértigo, dando y recibiendo saludos, perdí de vista a mi mujer. Después me contó que, apenas bajada del caballo por mi hermano Ramón, llegáronse a ella unas mujeres con blancos delantales, y cogiéndola en brazos sin pronunciar palabra, la llevaron como en volandas adentro y por las escaleras arriba. Fue como un paso milagroso, de santo arrebatado al cielo por manos de serafines. Como recibe Dios a los bienaventurados, así la recibió mi madre, y puesta Ignacia en un cómodo sillón, cual una imagen en sus andas, encargáronle que no se diera la molestia de ningún movimiento y le trajeron una taza de caldo. Tomándolo estaba cuando yo subí por mi pie, seguido del cura, del alcalde don Manuel Salado y otras eximias personalidades del pueblo, y mi madre me cogió por su cuenta para besarme amorosa y decirme tiernas palabras... El júbilo de la santa señora me inspiraba cierta inquietud: la fuerza del contento, a su cuerpo da a pasmosa agilidad, a su rostro arrebatos de color, a su mirada un centelleo vivo, a su boca una continua tentación a la risa... Temiendo que diese con su alegría en los límites de la locura, la incité al reposo; pero no me hacía caso. Alarmado la veía yo entrar y salir por esta y la otra puerta con un vertiginoso tráfago de menesteres, órdenes que dar, necesidades a que atender, inconvenientes que prevenir. Y era que en la crítica ocasión de nuestra llegada, habíamos de obsequiar a los ilustres *recueros* organizadores de la cabalgata. Felizmente abreviaron ellos la recepción, y repitiendo sus bienvenidas y ofrecimientos, tocaron a retirada, después de poner en la ventana de mi casa el histórico pendón de la Hermandad, en señal de que se me nombraba *Prioste* por todo el año corriente.

Ya sola con nosotros, mi madre enseñó a Ignacia los aposentos que había de ocupar. Inauditos refinamientos de comodidad en nuestra alcoba y gabinete encontramos, con escrupuloso aseo y tal profusión de finísimos lienzos de cama y tocador, tal bruñido de caobas y nogales, tan ingeniosa precaución contra moscas, mosquitos, hormigas y otros bicharracos, que maravillados nos recogimos en aquel rincón de un paraíso casero... Así empezó la vida ordinaria en mi casa, y así transcurrieron plácidos los días y las semanas, sin ningún cuidado por mi parte, pues todos los ponía sobre sí mi buena madre, disponiendo las suculentas comidas y la constante añadidura de golosinas, dedicadas singularmente a lisonjear el paladar de mi esposa. En esta veía mi madre un ser bajado del Cielo y de sobrenatural delicadeza. «¿Pero qué hija es esta tan divina que me has traído, Pepe? —me dijo una tarde encontrándonos solos—. ¿Ha existido jamás hermosura como la suya? ¿Dónde se han visto ojos tan dulces, igualitos a los del Cordero Pascual que tenemos en el Sagrario de la Parroquia, ni piel más fina, en cuya comparación el raso parecería estameña, ni boca más graciosa, ni cabellos más lucidos, verdaderas hebritas de oro de Arabia? Cuando tu mujer se ríe, paréceme que todo el cielo se rasga dejando ver los espacios de la bienaventuranza. ¿Ha visto nadie encías más encarnadas que las de María Ignacia? ¿Y qué me dices de aquel cuerpo tan gordito por arriba como por abajo, que no parece sino una de esas nubes en forma de almohadón que se ven en los cuadros de gloria, y en ellos juegan los angelitos y dan vueltas de carnero?... No, no hay otra más bella en toda la redondez del mundo, hijo mío, y ahora comprendo que te enamorases de ella como un bobo, así me lo decía tu hermana, quedándote en los huesos de tanto penar y discurrir por si te la daban o no te la daban.»

Hablome también aquel día y los siguientes de la urgencia de poner nuestros cinco sentidos, y aún eran pocos, en el cuidado de la sucesión. Tanto tenía Ignacia de ángel como de niña, y mirada por ambos aspectos, observábala mi madre juguetona, gustosa de ingenuas travesuras, y de correr y brincar cuando salíamos de paseo. No encajaba esto propiamente en la gravedad de una señora casada, según mi madre, la cual, mirando siempre al enigma interesante de la sucesión, intentaba sujetar a su nuera al martirio de una quietud solemne y expectante. «Hija de mi alma —solía decirle—, no pises tan fuerte... Anda con pausa, sentando bien el pie, y no cargues el cuerpo a un lado ni a otro, sino al centro...» «Ángel, no abras la puerta tan de golpe... ya ves: ahora, con el batiente te has dado en los pechos, y parecía que la llave se te clavaba en la boca del estómago...» «Oye, no te rías así, desaforadamente, sino poquito a poco, evitando la carcajada, que te hace estremecer el hipocondrio, y podría sobrevenir una relajación. A Pepe le encargo que no diga cosas de mucha gracia que te hagan romper en risotadas, sino soserías de mediano chiste, para que te rías moderadamente, que de otro modo la risa podría ser causa de un fracasito...» «Créeme, Ignacia, cada vez que te veo dar brinquitos, cuando vamos de paseo, se me sube toda la sangre a la cabeza...» Tenemos una huerta muy amena y lozana, a corta distancia de la villa, no lejos de la histórica ermita de la Estrella, y allí solemos merendar a la vuelta del paseo. A propósito de esto, decía mi madre: «Si esta tarde tomamos chocolate en la huerta, con don Juan, don Ventura y don Manuel, no te pongas a correr como una chicuela, ni a columpiarte en las ramas del nogal, que esos señores se asustan de verte tan volatinera, me lo han dicho, y también temen que sobrevenga el fracaso... Yo te encargo mucho que al sentarte en el ruedo tomes una postura circunspecta y de peso, derechita, aplomándote bien sobre el asiento sin hacer contorsiones ni cargar sobre los vacíos. Si sientes calor, abanícate con pausa y compás lento, como se estila entre señoras; si no, posas las manos una sobre otra y ambas sobre el vientre... Hágote esta advertencia, porque ayer te movías en la silla como si tuvieras azogue en todo el cuerpo, y te abanicabas con furor, y hasta me pareció que te reías del pobre don Buenaventura cuando nos contaba lo del celtíbero y lo del romano y lo del maldito agareno que armaban sus guerras en esta villa. Más que mil libros sabe el hombre, y aunque le entendemos como si nos hablara en griego, no podemos negarle nuestra veneración.

Previo el acordado signo de inteligencia con Ignacia, yo daba la razón a mi madre en cuanto decía, para no turbar su *sancta simplicitas*, don del cielo que a mis ojos la elevaba sobre toda la miseria humana. Conforme conmigo, a su suegra tributaba mi mujer el homenaje de una filial obediencia, y así vivíamos en admirable paz, gozosos, descansados, dejándonos querer, y abdicando toda nuestra voluntad en la de aquel ser angélico y providente que no vivía más que para nuestro bien. Tales miramientos y cuidados, que más bien eran mimos, gastaba en el trato de su hija, que no permitía que se levantase para tomar el desayuno, y había de servírselo en la cama ella misma, dándole el chocolate sorbo a sorbo, y metiéndole en la boca el bizcocho mojado, como a los niños, con rigurosa medida de los bocadillos y de las tomas; todo ello entreverado de frasecillas tiernas, a media lengua, como si, más que con la hija, hablase con el nieto que según ella pronto había de venir al mundo. Y a mí solía decirme muy seria: «Ya empiezan los antojitos, y si no estoy equivocada, también hay mareos...» «¡Pero, mamá —le contestaba yo—, si todavía...» Pero como no había razones que de su infundado convencimiento la apeasen, tanto Ignacia como yo dejábamos que su alma se adormeciera en aquel dulce ensueño.

Por mi padre, no menos inocente que mi madre, si bien eran de orden distinto sus candideces, venían a mí noticias de Madrid y los dejos de aquel mundo tumultuoso así en lo político como en lo social. Moderado acérrimo, el buen señor ponía sobre su cabeza, después de Narváez, al gran Sartorius que a todos nos protegía, y suscrito al *Heraldo* se lo leía enterito desde el artículo de fondo hasta el pie de imprenta final, sin omitir los anuncios y el folletín, que era en aquellos días *Las Memorias de un Médico*, por Alejandro Dumas. Terminado el gran atracón de lectura, extractaba mentalmente lo más interesante para ponerme al tanto de los sucesos, y lo hacía por el método y plan de aquel famoso periódico, que dividía todo su material en secciones bajo la denominación de *Partes*: *Parte Política*, *Parte Oficial*, *Parte Religiosa*, *Parte Industrial*, y por último la gacetilla, noticias de orden privado, y cuchufletas, que eran la *Parte Indiferente*.

Dando a cada suceso su verdadero valor informativo, que con el tiempo debía ser histórico, mi padre me contaba las incidencias del grave pleito que teníamos con la Inglaterra, por haberse atrevido Narváez a dar los pasaportes al inquieto y entrometido Embajador Bullwer; y repetía trozos del *Times* (pronunciado como lo escribimos), y los discursos que sobre el caso oyó la Cámara de los Comunes, de la propia boca de Lord Palmerston y de D'Israeli y del afamado Sir Roberto Peel (pronunciado también como se escribe). También me daba cuenta del inaudito chorreo de firmas que diariamente se agregaban a la exposición dirigida a Su Majestad, pidiéndole que siguiera Narváez atizando palos a roso y velloso, único medio de atajar la revolución que de las naciones europeas quería metérsenos aquí; luego me hacía un resumen de las críticas literarias de Cañete y de Navarrete, sobre esta y la otra función dramática, y por fin, concediendo un modesto lugar a la *Parte Indiferente*, me refería que habían llegado Mister Price y su hijo al Circo de Paúl, y que Macallister y su esposa maravillaban con sus artes diabólicas al público de San Sebastián. Esta parte del periódico solía ser más que ninguna otra del agrado de Ignacia, y yo mismo encontraba en ella noticias que, referidas como cosa baladí resultaban a mis ojos como sucesos de inaudita gravedad; por ejemplo: leyó mi padre que en un pueblo de Soria se había descubierto el estupendo caso de que todos los mozos útiles y robustos, de ocho años acá, daban en la flor de cortarse la primera falange del dedo índice de la mano derecha con el santo fin de eludir el servicio militar. ¡Qué cosa más tremenda! ¡Brutal crimen contra la patria! ¿Qué país era este? *¿Quam rempublicam habemus? ¿In qua urbe vivimus?* Sin quererlo imitaba yo a Cicerón en la iracundia de mis anatemas contra un pueblo que de tal modo delata su desquiciamiento moral y político. Donde así se debilita el sentimiento patrio, ¿qué puede resultar más que un engaño de nación, un artificial organismo sin eficacia más que para la intriga y los intereses bastardos? Esto de los *intereses bastardos* fue dicho por mi padre, que usaba para todo este modo de señalar el egoísmo de nuestros políticos. Yo iba más allá, y con frase más enérgica marcaba la ineptitud de la raza para las ideas modernas.

Lo que no nos decía *El Heraldo* (que los papeles solo nos dan la corteza y rara vez la miga del pan público) lo sabíamos por cartas que mi hermano Ramón recibía de Agustín. Las discordias entre los moderados de más viso no dejaban a Narváez entregarse con desahogo al ejercicio de su dictadura paternal, y por otra parte siempre estaba el hombre con la pulga en el oído, temiendo que en Palacio le armaran la zancadilla. El Rey no le quiere, la reina Madre tampoco, y alrededor de Sus Majestades bullen enemigos encubiertos del *Espadón de Loja*. Las últimas noticias de desavenencias entre los políticos eran que los acusadores de Salamanca extremaban la guerra contra el simpático capitalista, y que Pidal y Escosura se tiraban los trastos a la cabeza. Decíase que Pidal trabajaba con O'Donnell para que viniese a ser la espada *moderada*, quitando de en medio a don Ramón por atrabiliario y un poquito populachero. Y como la inquietud de los demagogos y anárquicos era cada día mayor, Narváez no cesaba en los envíos de deportados a Filipinas, sistema expurgatorio que mi padre juzgaba de segura eficacia. «No hay otro medio —nos decía con dogmático acento—. Si el cuerpo humano no se limpia de malos humores y de los *elementos* de toda indigestión más que con las tomas de buenas purgas que acarreen para fuera lo que sobra y perjudica, el cuerpo social no entra en caja de otra manera, hijos míos. Y el buen resultado de estos limpiones tan bien administrados por Sartorius y Narváez es doble, porque purgamos a España, y a las islas Filipinas las beneficiamos... pues.»

III

Llamados por las obligaciones de su oficina regresaron padre y hermano a Sigüenza. La compañía de mi madre colmaba todos los anhelos de nuestro corazón, y como sociedad, bastante teníamos con los amigos que nos visitaban, descollando en nuestro afecto el señor don Buenaventura Miedes, erudito investigador de las antigüedades atenzanas. Por su extremada bondad, por la pureza de su alma candorosa, le perdonábamos la pesadez e inoportunidad de sus históricas lecciones, y llevábamos con paciencia las prolijas noticias que nos daba de la antigua *Tutia*, capital de *los afamados Thicios*. Todo esto, así como las guerras de Sertorio, la traición de Perpenna, la muerte alevosa que este dio al arrogante tribuno militar, nos tenía sin cuidado. Una tarde entera de las de la huerta, nos tuvo con las ansias del fastidio contándonos la batalla que riñeron el dicho Sertorio y un tal Metelo en las inmediaciones de Sigüenza. Luego nos habló del monte llamado Alto Rey, y del hondo valle que al pie de esta eminencia y frente a nuestro Castillo se abre, desde la cuenca del Henares a la del Duero. «Esta angostura —nos dijo—, es el pasadizo habitual de la Historia de España. Iberos y romanos, castellanos y agarenos han entrado y salido por él en sus invasiones y continuas guerras. Por allí pasó Almanzor cuando vino a encontrar la muerte en Medinaceli; por allí pasó el Cid cuando despedido del Rey emprendió la gloriosa campaña que nos cuenta y canta el Romancero; por allí todos los Alfonsos; por allí en nuestro siglo el general Hugo; por allí el Empecinado; por allí Cabrera...»

Solo mi madre ponía en aquellas rancias historias una deferente atención, que no por manifestarse con la fijeza de los ojos y la benévola sonrisa era menos inconsciente. Oyéndole otra tarde repetir el nombre de Sertorio, preguntó mi madre si el *caballero romano* de este nombre era o pudo ser antecesor de nuestro contemporáneo don Luis Sartorius, conde de San Luis, pues la semejanza de ambos términos hacía creer que fueran un solo apellido alterado por el tiempo. Acudí yo pronto a desvanecer lo que juzgaba disparate; pero el eruditísimo Miedes, que como buen caballero no quería que el corto saber histórico de mi madre quedase desairado, tomó la palabra y salió por este hábil registro: «No diré yo que los Sartorius de Sevilla vengan del romano Quinto Sertorio; pero tampoco lo negaré, pues sabido es que la larga permanencia de este en España dejó sin duda semilla en toda la región Tarraconense y aun en la Lusitana y Bética... No obstante, con permiso de mi señora Doña Librada, me atreveré a poner en cuarentena toda etimología romana de apellidos españoles, pues aun a la del mismo Diego Porcellos, poblador de Burgos, que según el Cronicón Emilianense era el apellido señorial más antiguo, le ha negado la moderna crítica el abolengo romano, y demostrado está que no viene de *procella*, como quien dice, *tempestad*; ni de *porcelli*, reunión o ayuntamiento de animalitos de la vista baja, con perdón; ni tampoco se debe buscar su origen en el Monasterio de *Porcellis*, en territorio de Oca, como asientan Sandoval y Berganza; ni en el señorío de *Porciles*, perteneciente a la mitra de Burgos, según el libro Becerro, resultando que ni por una parte ni por otra se puede probar que fuera romano el tal *Porcellos*, cuyo verdadero nombre castellano fue *Didacus Roderici*, que es como decir Diego Rodríguez... Búsquese el origen de nuestros apellidos en los troncos góticos o germánicos y sarracenos, por donde se ve que los Bustos de Lara vienen de los *Gustioz*, *Gudestios* o *Gudesteos*; los González de *Gundisalvos*; los Suárez de *Suero*, y estos del arábigo *Azur*...» Aprovechamos mi mujer y yo la llegada del correo para huir graciosamente de la desencadenada sabiduría del buen Miedes; pero mi pobre madre, que en paciencia y bondad se deja tamañitos a todos los santos del Cielo, aguantó sin pestañear el chubasco, que aún duró media hora, más bien más que menos.

En la dulce uniformidad de aquella existencia, sucediéndose placenteras las horas, solo un hecho me sorprendía y maravillaba, y era el despertar de Ignacia, el paso de su timidez a las solturas de un nuevo carácter, y la resplandeciente aurora de su inteligencia, como un *fiat lux* pronunciado por el dios Himeneo. Mientras se trató de que nos casáramos, en lo que, según dije, no hubo poca violencia de mi parte, ni la más leve muestra vi del fruto que después había de admirar en ella. ¡Y yo, en aquellos días tristes, ufano de conocer el mundo y la humanidad, me equivocaba como un tonto, suponiendo en mi prometida las cualidades negativas de una bestia que a su fealdad unía la supina estolidez! ¿Cómo no percibí, cómo no adiviné las facultades de Ignacia, escondidas bajo tan desairadas apariencias? Era que la educación encogida, con tanto mimo y tanto arrumaco doméstico y religioso, había guardado en envoltura de sobrepuestas vitelas aquellos tesoros, poniéndole sellos tan firmes que no pudiera romperlos más que el matrimonio, cariño y confianza de marido. Arrancado el sello por un amor que a los demás amores se sobreponía, descubriéronse las escondidas joyas, y una tras otra iban saliendo del forrado y pegoteado estuche.

La mujer que antes me había parecido despojada de todo encanto era la misma bondad; los chispazos de razón fueron bien pronto un luminoso rayo que todo lo encendía y alumbraba. Discurría sobre lo divino y lo humano con un sentido que era mi mayor gozo; y descubriendo cada día nuevas aptitudes, expresaba las ideas con donaire, que el uso iba trocando en gracia exquisita. Pero lo más admirable en ella, lo que mayormente me cautivaba era su templada voluntad, procurando en todo caso acordarse con la mía y con la de mi madre, la ausencia completa de gazmoñerías, impertinencias y salidas de tono, y el sentido de corrección unido siempre a la ternura conyugal y filial. Desgraciadamente, a la transformación espiritual no podía corresponder la física, y María Ignacia en rostro y talle no podía desmentirse a sí propia. Un poco había enflaquecido y el desaire de su cuerpo era menos notorio; en su rostro, los ojos habían ganado en viveza, o al menos a mí me lo parecía; la boca no tenía enmienda, por más que yo, influido de la buena voluntad en contados momentos, la creyese menos desapacible. Diré también, completando el elogio de mi cara mitad, que Ignacia tenía conciencia de su falta de encantos naturales, y que resignada y tranquila sobre este punto, no pretendía con afeites o violentos artificios disimular sus defectos. Era una fea que no presumía de guapa ni reclamaba los honores de tal; la sencillez y la naturalidad sin pretensiones dábanle un cierto encanto que por momentos podía sustituir a los que el Cielo no quiso concederle.

Adivino la pregunta que me hacen los que esto lean, y acudo a contestarla. Sí: yo amaba a Ignacia, y mejor será que hable en presente asegurando que le tengo amor, sin meterme en un profundo análisis de este sentimiento, que podría resultarme estimación cariñosa. Sea lo que quiera, mi consorte me inspira un entrañable afecto, que ha de crecer y arraigarse con el trato. La obra de Sor Catalina de los Desposorios ha resultado más dichosa de lo que yo creía. ¿Sabéis en qué conozco que amo a mi mujer? Pues en que ahora me sabe muy mal la suposición de que se hubiera casado con otro.

Este otro, que no existe, pero que bien pudo existir a poco que yo persistiera en mis escrúpulos, es un ente de comparación, o una equis que me sirve para demostrar la realidad del bien que disfruto. Y no entiendo por bienes exclusivamente las materiales riquezas, sino ella, mi esposa, en quien veo un apoyo moral, inapreciable refugio del espíritu si el Destino me depara, como presumo y temo, grandes tribulaciones y naufragios.

La templanza del estío en aquel clima convidábanos a pasear por el campo, y este era el mayor deleite de María Ignacia, que sabía satisfacer su gusto sin contravenir las prescripciones de mi madre en lo tocante a brincos y carreras. Largas caminatas hacíamos por los contornos del pueblo, por las vegas estrechas o las lomas de sembradura y pastos, por las sierras calvas o arbolados montes. Mi madre nos acompañaba hasta donde le parecía, aguardándonos con Úrsula, su criada predilecta, en cualquier paraje visible donde pudiéramos reunirnos fácilmente. Solían ir con nosotros los chicos del confitero (don Casimiro Gutiérrez del Amo), alguna vez Tomasita la del Fiel de Fechos, casi siempre Calixta, la criada que trajimos de Madrid, y Rosarito Salado, la hija mayor del alcalde, gran peatona, de extremada agilidad para escalar peñas y trepar a los árboles. Admirábamos la hermosura del campo y montañas; platicábamos con toda persona que al encuentro nos salía, mendigos inclusive; visitábamos casas, casitas y chozas; hacíamos paradas en medio de los rebaños, vadeábamos arroyos, saltábamos cercas; tomábamos el tiento a la vida campesina, que es la vida madre de todas las demás que componen la nacional existencia. ¡Mundo harto diferente del de las ciudades, pero no menos instructivo! En él recibimos enseñanzas más profundas que las que nos ofrece la sociedad formada; en él nos preparamos para el conocimiento sintético de la humana vida. ¡El campo, el monte, el río, la cabaña! No es solo la égloga lo que en tan amplios términos se encuentra, sino también el poema inmenso de la lucha por el vivir con mayores esfuerzos aquí que en las ciudades, y el cuadro integral de nuestra raza, más enlazada con la Historia que con la Civilización, enorme cantera de virtudes y de rutinas que componen el ser inmenso de esta nacionalidad.

Divagando en fáciles charlas, nos acomodábamos a las cortas luces de los que iban en nuestra compañía, y si algo aprendían ellos de nosotros, yo no extraía poca sustancia de sus pintorescos relatos y de sus ingenuas observaciones. Monte arriba, o por tortuosos senderos faldeando las colinas, hablábamos de animales, de cosechas, de brujas, de milagros, de pobres y ricos, de personas, anécdotas y chismajos del pueblo, o de astronomía popular, sacándole a relucir a la Luna y a las estrellas toda su historia secular y romántica. Una tarde que volviendo del camino de Naharros, entrábamos por junto al Salvador y la Corredera, nos paramos a contemplar la mole del Castillo y su ingente pedestal de roca, inmensa hipérbole del esfuerzo humano trabajando en audaz porfía con la Naturaleza. Rosarito Salado, que siempre iba delantera, nos dijo que por la cuesta empedrada, más arriba de la Trinidad, iba don Ventura Miedes. Propuso la Rosarito que subiéramos en su seguimiento; pero María Ignacia se negó a ello recordando que mi madre nos tenía muy encomendado que no fuéramos nunca al Castillo, porque entre sus ruinas andan demonios maléficos, o genios burlones, amén de alimañas terrestres de lo más dañino... Vimos al sabio; con la mirada le seguimos en su marcha fatigosa, y por el *Arco de Guerra* tomamos la dirección de nuestra casa.

Era don Ventura Miedes de alta estatura que rara vez se veía derecha, sin ningún aire ni garbo; vestía en invierno y verano un cumplido levitón que le hacía más enjuto, y en sus andares iba siempre tan desaplomado como si fuera movido del viento más que de su propia voluntad. Sus pies grandísimos calzaba con zapatos de paño, en que se marcaban tales protuberancias que parecían dos sacos negros llenos de avellanas y nueces.

A la siguiente tarde, visitando las ruinas de San Antón, también le vimos subir al Castillo. Como el viento fresco que venía de Monte Rey agitaba sus faldones, y las desigualdades del piso le obligaban a hacer balancín de sus brazos, se me representó cual un árbol escueto, de la familia de los chopos, que descalzando del suelo sus raíces se lanzase a correr, perseguido de Céfiro y Abrego burlones. ¡Pobre Miedes! Según mi madre, no había hombre más completo, de corazón más puro, de procederes más intachables. Poseedor, en mejores tiempos, de unas tierras de labor y prados, tuvo y gozó el bienestar que da una medianía decorosa; pero la pasión de los libros, en que empleaba lo más de su hacienda, llegando a vender una finca para comprar papel impreso, su despego del trabajo agrícola, y sobre tantos yerros la mala cabeza y devaneos de su mujer, ya difunta, y de su hijo único, profesor de todos los vicios, le habían traído a la miseria mal tapada con sutilezas de la dignidad y disimulos ingeniosos. Vivía solo con su biblioteca y una criada viejísima, a quien llamaban *la Ranera*, que guisaba para los dos y barría toda la casa menos la librería, donde es fama que jamás entraron escobas. La edad del erudito señor andaba ya al ras de los setenta. Según oí, se había conservado con ágiles disposiciones hasta bien pasados los sesenta; pero ya iba de capa caída y daba tumbos con los pies y la cabeza, la cual, de tanto cavilar en romanos y celtíberos, perdía notoriamente su aplomo y gravedad.

Otra tarde que también le vimos (y era la tercera vez) camino del Castillo, mi madre no le quitó los ojos hasta que le vio perderse entre los muros, como el aguilucho que penetra en su nido, y a poco nos dijo suspirando: «A mí, que le conozco bien, no me hará creer don Buenaventura que todas esas visitas al Castillo, mañana y tarde, son para deletrear los garabatos, en lengua romana o arábiga, de aquellas piedras más viejas que el pecar. Todo lo que allí escribieron los antiguos, lo tiene el buen señor bien sabido de memoria. Va sin duda por la querencia de alguna familia de menesterosos que se ha refugiado entre las ruinas, porque habéis de saber, hijos míos, que no ha nacido hombre más cristiano ni más caritativo que este señor de Miedes. En pobreza y falta de medios pocos le ganan. Pues ahí le tenéis buscando miserables con quienes partir el pedazo de pan que Dios le concede.

—Así es sin duda —dijo María Ignacia—. Ayer me contó la Prisca que le vio subir muy de mañana con un manojo de cebollas y la mitad de un pan de cuatro libras. Pobres habrá en el Castillo, y si usted nos da licencia, allá iremos Pepe y yo a conocerles y a llevarles algo para que coman y vivan. Mala cosa es la necesidad, y no tiene perdón de Dios el que conociéndola no acude a remediarla.

IV

—Andaos con pulso en esto, queridos hijos —díjonos mi madre—, que si os inflama el espíritu de caridad, bien podéis satisfaceros mandando vuestra limosna con persona de casa. Pero no subáis: yo no he subido nunca, que desde niña me infundieron miedo al Castillo, y jamás, en mi larga vida, lo he podido desechar. ¿Llamáis a esto superstición? Dadle el nombre que gustéis: yo lo llamo respeto a la costumbre, y persistencia en los sentimientos que en mi niñez me inculcaron. Harto sé que es pecado creer en brujas y en apariciones de duendes o trasgos; pero no me negaréis que el Espíritu Maligno existe, y que hay Infierno, y por consiguiente diablo y diablillos que andan siempre en el ministerio de tentarnos y hacernos todo el mal que pueden... Y no me digáis que lo que hace don Buenaventura podéis hacerlo vosotros, pues con eso no estoy conforme. Es el amigo Miedes muy descuidado, no solo en las ideas, sino en su persona y vestimenta, como habéis visto, y con tal de socorrer a una cuadrilla de vagabundos, no repara en que sean gitanos piojosos o ladrones disfrazados de mendigos. ¿Qué le importan a él las porquerías y el mal olor? Me ha contado *la Ranera* que una vez, volviendo de pasar la tarde entre unos húngaros caldereros, trajo el buen señor tal carga de miseria, que para limpiarle y mondarle el cuerpo fue menester ponerle en cueros vivos y sahumar toda la ropa. ¿Pues quién os asegura que los tales inquilinos del Castillo no son una partida de bandoleros, que se hacen los pobrecicos para merodear durante la noche y quizás para asesinar al que cojan descuidado? No, no; no subáis allá, que yo, por de pronto, trataré de sonsacar al sabio para que me cuente el motivo de tantas subidas y bajadas, llevando provisiones de boca y trayendo... Sabe Dios lo que traerá.»

Interrogado al día siguiente, Miedes nos contestó con evasivas que aumentaron nuestra curiosidad. Lo que mi madre principalmente daba por averiguado era que el erudito de Atienza padecía miseria horrorosa, que ya no cabía dentro de los decorosos engaños. Para remediarle sin ofensa y proveerle de víveres, mi madre se valía de mil artificios. Con pretextos más o menos ingeniosos, allá iba el criado casi todas las mañanas llevando al anticuario, para que lo probase y diera su opinión, bien la cesta de patatas nuevas, bien la ristra de cebollas, el montón de judías o la media docena de frescas lechugas, todo de nuestra feraz huerta. Con estos regalitos y otros que en forma no menos delicada le hacía el Cura, se apañaba el pobre y reparaba las faltas de su menguada despensa.

Invitado a cenar con nosotros el Cura Don Juan Taracena, nos dio explicación de las antiguas y de las nuevas candideces caritativas del señor de Miedes, refiriéndolo con risas y comentarios humorísticos que revelaban así la compasión por el anticuario, como la estima en que tenía sus buenos sentimientos. «Es un sabio tonto —nos dijo—, y un alma de Dios, en la cual se juntan la erudición pasmosa y una simplicidad digna del Limbo. Desde que le conozco, y de ello hará treinta años largos, le he visto dominar todas las ciencias históricas y proteger a todos los perdidos. Su mujer le salió rana, y pez el hijo único que tuvo, el cual desde temprana edad despuntó por su vagancia y malos instintos. El dinero de Miedes, antes que suyo era del primero que lo había menester, y con tanto descuido lo daba, que era como si se dejase robar o si se estafara a sí mismo. Regalaba hoy un puñado de duros al primer farsante que pasaba por el pueblo, y mañana le veíamos remendando sus propios zapatos. Delante de mí cambió una excelente mula por dos tomos del *Cronicón del obispo de Tuy*. En cierta ocasión hipotecó el prado de Huérmeces para socorrer a unos parientes pobres, que a los dos meses le pusieron pleito; y cuando su mujer, que se había fugado con Boceguillas, fue a parar abandonada y enferma al hospital de Cogolludo, ¿qué hizo el hombre? Pues ir en su busca y socorrerla y traerla a casa.

—Eso es caridad —dijo prontamente mi madre—, y con perdón, no hay que vituperarlo.

—Caridad es, sí señora, y soy el primero en alabar el rasgo; pero fíjense en una cosa: para todos los gastos del viaje a Cogolludo y retorno, y el costerío de médicos y medicinas, vendió el sabio por poco más de un pedazo de pan sus tierras de Cincovillas. ¿Y todo para qué? Para que la Bibiana se pusiese buena. Buena que estuvo la condenada, le faltó tiempo para fugarse con el barbero de Zorita de los Canes... ¿Y Miedes? Pues emborronando una resma de papel para demostrar... Allá lo mandó a la Academia de la Historia... para demostrar que el llamado *García Eneco*, yerno de *Isur* o *Suero*, y muerto en la batalla de Albelda, no es Íñigo Arista, primer caudillo de los navarros, sino... qué sé yo, el demonio coronado. Para no cansar a ustedes, ¿saben de qué gentuza se nos apiada hoy don Ventura? ¡Ay! estos son otros Sueros, otros celtíberos o de la familia del propio Túbal, el primer vecino de España. ¿Se acuerda usted, Doña Librada, de aquel Jerónimo Ansúrez, que llegó acá de la parte de Sacedón hará diez o más años, tomó en renta las tierras de los Garcías del Amo en Alpedroches, y unas veces por poca suerte y asolación de sequías y pedriscos, otras por mal arreglo, vino a la ruina, y anduvo en justicia, los hijos se le desmandaron, y uno de ellos dio muerte al molinero de Palmaces?

—¡Ah! sí, ya me acuerdo... ¡Ansúrez! Llamábanle *el alforjero*, que este es el mote que aquí damos a los de Alpedroches... Ya recuerdo... Y el hombre tenía lo que llaman ilustración, o un atisbo de ella. Se expresaba con donaire y daba gusto oírle.

—Como que le criaron los benedictinos de Lupiana, y hasta su poco de latín burdo sabía. ¿Recuerda la señora que tuvimos que echar un guante los pudientes para reunirle con qué salir de aquí? Pues esta calamidad de familia fue a caer en el Burgo de Osma, donde no tuvo más suerte o mejor conducta que en Atienza. Uno de los hijos mató a un sanguijuelero, y otro descalabró al alcalde de Quintanas Rubias. Echados del Burgo, se perdieron de vista por algún tiempo. Dispersáronse los hijos como para asolar toda la tierra: uno de ellos dicen que se mutiló el dedo índice para esquivar el servicio del Rey; volvieron algunos junto al padre... Por fin, según entiendo, después de vagar en tierras de Soria y de Teruel, o pidiendo limosna, o quizás tomándola antes que se la den, han recalado por aquí.

—¿Y esos son —dijo mi madre tan sorprendida como alarmada—, los nuevos amigos del bendito Miedes?... ¿Y esa es la pandilla que visita y la miseria que socorre?... ¿Ansúrez...?

—El mismo que viste y calza... Miento, que según me ha dicho el sabio, van todos ellos un poco ligeros de ropa.

—Pues debemos vestirles y calzarles —dijo Ignacia—, para que cuando entre el frío no les coja en tal desamparo. ¡Pobrecitos!

—Ya sabrá nuestro alcalde —indiqué yo—, qué clase de huéspedes tenemos, y procurará darles pasaporte. Sean como quiera, vagos de oficio, apóstoles de la religión del *dolce farniente* o ladrones en cuadrilla, no se van de aquí sin que yo los vea.»

Sobre esto se discutió largamente, opinando mi madre por que no subiera yo al Castillo, a menos que me acompañase con la Guardia civil el señor Cura, para que su presencia ahuyentase y confundiese cualquier invisible maleficio que por allí anduviera. Defendió María Ignacia con calor la visita, y resumió graciosamente el Cura las diferentes manifestaciones proponiendo ir todos, menos mi madre, a quien contaríamos lo que viésemos, en la seguridad de que ni rastro de demonios o duendes habíamos de encontrar en aquellas alturas. Sin negar que existiesen demonios, aseguró el buen Taracena que él no los había visto nunca, como no fueran tales los que en forma humana vemos por el mundo, con cara y hábitos de perversos egoístas, embusteros, crueles, hipócritas, matones y aficionados a lo ajeno. Para estos no había más exorcismo que la ley, y a falta de esta la sanción religiosa, que a cada cual en la otra vida designa su merecido según sus obras. Es el Cura de San Juan de Atienza un excelente hombre, puntual y correctísimo en las funciones de su ministerio, buen maestro en cosas del mundo y en el conocimiento de toda flaqueza, sin que se le pueda poner tacha más que por los pecadillos de hablar sin freno, de comer con demasiado gusto y abundancia, y de beber intrépidamente en solemnes casos. Siendo yo niño y él grandullón, me quería, y con amenos cuentos, a veces sucios, nunca deshonestos, me divertía; ahora me considera, y gran devoción tiene por mí. Aunque nada me dice, yo le descubro la ambición de una canonjía de dignidad en la catedral de Sigüenza. Ya veremos...

Y a la mañana siguiente muy temprano, cuando yo no había salido aún de mi cuarto, sentí discretos golpes de nudillos en la puerta, y a poco una voz comedida y grave que decía: «señor don José, si la señora marquesa está con usted en este camarín, no pretendo entrar, ¡Dios me libre!; pero si está usted solo en sus lavatorios de caballero, le suplico que, aunque se halle en paños menores me franquee el paso, que es muy urgente, pero mucho, lo que tengo que decirle.»

No conocí la voz de Miedes hasta la mitad de la oración suplicante, y antes de que sonaran los últimos vocablos abrí la puerta, y doblándose penetró en mi cuarto la estirada figura del sabio de Atienza. Con menos pureza de frase que la que comúnmente usaba, turbado y presuroso, me pidió que interpusiese mi valimiento con el alcalde don Manuel Salado para que este no arrojara del Castillo al infeliz padre y más infelices hijos que entre aquellos muros se albergaban, y que le quitase de la cabeza la cruel idea de mandarles a Guadalajara por etapas entre estos cuadrilleros a la moderna que llamamos guardias civiles... Como yo me mostrase muy dispuesto a secundar sus humanitarios propósitos, díjome con cierto temblor del habla que los tales no podían ser calificados de malhechores ni tampoco de personas recomendables, y que su exacta calificación no será fácil mientras no se admita con carta de naturaleza regular la clase y matrícula de *delincuentes honrados*, o sea de los que por designio de la Fatalidad, o por impulso de las hondas necesidades no satisfechas, hambre y sed, o por diversos móviles nacidos de las mismas leyes que nos protegen, así como de las que nos oprimen, se ven lanzados a una o más acciones... Maléficas, o con apariencias de maldad, conservando en sus almas la buena intención y el principio fundamental de la virtud...

No copio más que lo esencial de la retahíla que me endilgó el cuitado Miedes, acariciando los botones del levitín que yo acababa de ceñirme, y añado que la cabeza de mi amigo ilustre me pareció enteramente trastornada. Con todo ello se redobló mi curiosidad. Mi mujer, no menos interesada que yo en el asunto, vistiose prontamente en el cuarto próximo y salió a saludar al sabio; invitámosle a desayuno; recogimos a Taracena, que en el comedor nos esperaba ya charlando con mi madre; echonos esta su bendición, y subimos a la Trinidad para emprender de allí la marcha hacia el Castillo. Por el empinado sendero, explicaba don Juan a mi mujer la importancia de aquella feudal fortaleza y atalaya, las ventajas de su emplazamiento frente a la angostura o pasadizo que comunica las dos Castillas; y don Ventura, que a cada paso que dábamos me parecía más dislocado del cerebro, me anticipó la presentación de las ilustres personas que íbamos a visitar: «... Este Ansúrez, Jerónimo en lenguaje cristiano, por distintos motes conocido: *el alforjero* en Alpedroches, *hidalgo* en Bustares, *bragado* en Atienza, *respeño* en Hiendelaencina, hombre aquí y acullá digno de estudio, no tiene, como verá usted, nada de vulgar. Por algún tiempo le diputé sucesor de aquel famoso *Abo l'Assur*, o *Al Ebn Asshaver*, que de ambos modos lo designan las historias, señor de las ciudades de Nájera y Viguera, en los confines de Castilla y Navarra... pariente próximo de *Abo l'Alondar* (*hijo del Victorioso*), a quien se atribuye la destrucción de la antigua *Centóbriga*, que algunos llaman *Contrebia*...»

Por piadosa cortesía, que siempre debemos a los dañados del juicio, le manifesté mi sorpresa de que se hallaran tan dejadas de la mano de Dios personas de altísimo abolengo; y él me contestó: «No presume este buen hombre de linajudo. La investigación de su progenie es cosa mía... Cosa enteramente mía, señor don José...» Y parándome luego en lo peor de la cuesta, cuando ya María Ignacia y el cura se aproximaban a las ingentes ruinas, el trastornado investigador de la Historia bajó la voz para decirme con misterioso acento: «Dando vueltas en el magín a esta pícara idea, he venido a rectificar mi primera opinión, y cayendo del burro de mis preocupaciones arábigas, opino y sustento que estos Ansúrez no tienen nada que ver con el caballero *Abo Assur*, ni con ningún otro de casta agarena, y que su abolengo es celtíbero, pura y castizamente celtíbero, como lo acredita el nombre, que derivo del *Zuria* o *Zuri*, digamos *Jaun Zuri* (*el señor blanco*), tronco y fundamento de los afamados vascones.» Di algunos pasos hacia arriba; pero Miedes me detuvo, clavó en mis botones la crispada garra, y mirándome con ojos centelleantes, acabó su lección en esta extraña forma: «Es indudablemente el *Zuria* celtíbero, conservado al través de los siglos en su prístino vigor de raza. Demuestro, como dos y tres son cinco... Sí, don José querido, lo demuestro, y veamos si hay un guapo que me desmienta... Demuestro, digo, y ello es tan claro como la luz del día, que este *Zuria* viene de aquella rama o familia céltica que del Monte Taurus o de la Paphlagonia nos mandó el Oriente y se estableció en esta región, que andando los siglos vino a llamarse *Algaria*, en labios del moderno vulgo *Alcarria*. La tal rama céltica, que Strabón y Appiano llaman *Kimris*, y Diodoro de Sicilia *Cimmerianos*, era sin duda la más hermosa, la más inteligente; y no falta quien sostenga que estas tribus, a su paso por el Ática, engendraron a los Titanes y a los dioses Saturno, Rea y Júpiter, de quienes salió todo el paganismo; como también se dice, y yo no he de negarlo, que de los mismos proceden los hebreos y caldeos... Que en el curso de tantos siglos y con tantas alteraciones y mudanzas se mantiene pura esta soberana raza, la más bella, señor don José; la mejor construida en estéticas proporciones, señor don José, la que mejor personifica la dignidad humana, la indómita raza que no consiente yugo de tiranos, señor don José, bien a la vista está; y usted podrá, ¡carambo! apreciar por sí mismo estas verdades, que no desmentirá... verdades que no consiento sean contradichas, porque aquí está Ventura Miedes para sostenerlas en todo terreno, señor don José... para imponerlas y hacerlas tragar a los incrédulos y testarudos... Lo dice Ventura Miedes, y basta, basta...»

Pensé que me arrancaba los botones. Ya comenzaba a serme molesto el tal sabio, y hube de apartarle para seguir mi camino. En esto, mi mujer y el Cura, que habían traspasado ya el arco de entrada al Castillo, salieron, Ignacia deprisa y ceñuda, Taracena con calma y jovial. Advertí en mi esposa una palidez y expresión de susto que me alarmaron, y no dudé que había visto algo muy desagradable. Antes que yo pudiera interrogarla, me dijo: «No entres, Pepe... Mamá tenía razón... Hay demonios.»

V

La franca risa con que el buen párroco acogió estas turbadas expresiones, me tranquilizó. «No hagas caso, Pepito: la señora marquesa se asusta de la majestad del lugar, de la imponente elevación de los muros. En cuanto a los habitantes, nada tienen de terroríficos. Entra y verás.

—Fue la primera impresión —dijo Ignacia agarrándome el brazo—. Entraré contigo si quieres; pero mejor fuera no haber venido.

—¡Qué tontería! Sean lo que quieran, ¿nos van a comer? Entremos, y vaya por delante de *cicerone* el señor de Miedes.»

Salvamos el boquete abierto en el adarve, pasamos junto al cubo, que enhiesto y amenazador se mantiene, desafiando el cielo, subimos la escalera que conduce al interior de la torre del Homenaje, de la cual solo queda un cascarón informe, y bajo una bóveda festoneada de hierbatos, encaramos con la familia errante, que allí tenía su aposento. Adelantose a recibirnos el padre o cabeza de la pequeña tribu, Jerónimo Ansúrez, el cual, con cortesía solemne, muy de caballero, nos dio los buenos días. Era un viejo hermosísimo, de barba corta como de quien abandona por muchos días el cuidado de afeitarse, expresivo de ojos, aguileño de nariz, la cabeza gallardamente alzada sobre los hombros, el cuerpo airoso y gentil, fácil en los movimientos, noble en las actitudes, vestido de paño pardo con no pocos remiendos, que parecían heráldicos dibujos. Quedeme absorto mirándole, y por estar tan fija en él mi atención, tardé en hacerme cargo de las otras figuras. Eran sus hijos, tres en pie, dos tumbados. Al extender la vista por el círculo que formaban no lejos de su padre, vi entre ellos a una mujer, que subyugó mis ojos. Era la mujer más hermosa que yo había visto en mi vida. Ni en Italia ni en España se me apareció jamás hermosura que con aquella pudiera compararse... Perfección tal de rostro y formas no se hallara más que en la Grecia de Fidias. Diría que me pareció cariátide; pero su temprana juventud no acusaba la necesaria robustez para sostener arquitrabes con su linda cabeza... La vi arrimada a un trozo de muro, a la izquierda; era la figura más distante de la de su padre. Apoyaba el codo derecho en una piedra, en la mano la barbilla. Cruzados los pies desnudos, cargaba sobre el izquierdo el peso del cuerpo esbeltísimo, incomparable en todas sus partes y líneas, de absoluta proporción en todos sus bultos.

«Es mi hija Lucila —dijo el padre señalándola, y ella mirándonos con curiosidad un tanto desdeñosa, no hizo ni un movimiento de cabeza ni pronunció palabra alguna.

—Este es el hijo segundo —dijo Miedes designando a un muchachón fornido, guapo, de tez tostada, que altanero nos contemplaba—. Su nombre es *Didaco* o *Yago*, aunque vulgarmente lo llaman Diego. Y este otro es *Egidio*, Gil que decimos ahora.»

El tal *Egidio*, jovenzuelo muy parecido a su hermana, se adelantó a besarnos la mano. Junto a él vimos al que Miedes llamó *Ruy*, un chiquillo como de diez años, lindísimo, curtido del Sol, medio desnudo, con una piel cruzada en la cintura que le asemejaba al San Juan Bautista de la iconografía corriente. Los dos restantes eran yacentes estatuas: el uno dormía, el otro acababa de despertar y con soñolientos ojos nos miraba.

«Y a estos dos gandules —preguntó Taracena riendo—, ¿qué nombre les da el amigo Miedes? ¡Ah! ya me acuerdo: el tagarote grande es *Gundisalvo*, y el otro *Leguntio*. Dígame, Ansúrez: ¿ese Leoncio ha cumplido los catorce años?

—Los cumplirá dos días después de la Virgen de septiembre. Es el que sigue a Gil, y Gil sigue a Lucila, que ya cumplió los diecinueve.

—¿Y cuál es el que se cortó el dedo para escaparse del servicio del Rey?

—Es ése que duerme, mi tercer hijo, Gonzalo: al mayor, que se llama como yo, lo tenemos en Ceuta, por un *achaque*...

—¿Llama usted achaques a los crímenes?

—Por una mala querencia, señor. Acciones hay malas que son nacidas del mucho querer.

—Como el querer de aquel galeote que se enamoró de la cesta de ropa. Y dígame: este *Gundisalvo*, o Gonzalo, ¿es el que domestica cuervos y les enseña el habla, igualándolos a los loros?

—No lo tome a risa. Dos cuervos educó en el Burgo, que hablaban griego y latín...

—Vamos, que ayudarían a misa.

—Mejor que muchos cristianos. Uno se vendió y a Francia lo llevaron: el otro me lo robó un sanguijuelero.»

Nos sentarnos, y sacando cigarrillos, a todos les di, y fumaron el padre y los hijos mayores. Mi mujer, que de mi brazo se colgó pesándome en algunos momentos, no desplegaba los labios, y Miedes hablaba en voz queda con la moza Lucila, cuyo timbre de voz hasta mí llegaba como dulce y lejana música. Interrogado Ansúrez por el Cura y por mí acerca de las desdichas que le habían traído a tal pobreza y desamparo, se sentó en una piedra, y con gran sencillez de lenguaje, ni jactancioso ni servil, sino en un punto de sinceridad grave, nos dijo: «Yo, señores míos, soy un hombre de buen natural, ni de los que van para santos, ni de los que merecen condenarse; bueno cuando me ponen en condición de serlo, malo cuando me obligan a volver por mi interés; mas no tanto que puedan los más tirarme la piedra. El mundo es malo de por sí, y esta nuestra tierra de España tan sembrada y rodeada está de males, que no puede vivir en ella quien no se deje poner trabas en manos y pies, dogales en el pescuezo, que al modo de cordeles son las tantísimas leyes con que nos aprieta el maldito Gobierno, y lazos los arbitrios en que nos cogen para comernos tantos sayones que llamamos jefe político, alcalde, obispo, escribano, procurador síndico, repartidor de derramas, cura párroco, fiel de fechos, guardia civil, ejecutor y toda la taifa que mangonea por arriba y por abajo, sin que uno se pueda zafar... Yo, aquí donde me ven, no soy de los más legos, que los benitos de Lupiana me enseñaron lectura y escritura, y me apacentaron el entendimiento con libros que en mí dejaron alguna ciencia, aunque corta... Pero sin saber cómo pasé de aquel vivir a otro, y me metí a labrador, lo cual fue, pueden creérmelo, como meterme en el laberinto de la perdición y en el infierno de la miseria. Quien dice labranza dice palos, hambre, contribución, apremios, multas, papel sellado, embargo, pobreza y deshonra... Pues aunque labrador, digo que no soy lerdo, y que si no me falta paciencia, condición primera del que se pone a dar azadonazos en la tierra mirando siempre para el cielo, me sobra lo que llamamos orgullo, o como se dice, apersonamiento, que es el hipo de no dejarse atropellar, ni permitir que a uno le popen y atosiguen. Labrar la tierra es cosa dura, ¡ay!... ¡con doscientos y el portero!... y por labrarla de la peor suerte, con trabajo propio en tierras ajenas, salta en cada momento la cuestión de las cuestiones, aquella que ya trae revueltos a los hombres desde que los hijos de Adán, o sus nietos y biznietos, dieron en sembrar la primera semilla: la cuestión del tuyo y mío, o del averiguar si siendo mío el sudor, mía, verbigracia, la idea, y míos los miedos del ábrego y del pedrisco, han de ser tuyos los terrones abiertos y la planta y el fruto... Pues yo, que sé trabajar como el primero, que en el libro de la tierra y del cielo estrellado leo sin equivocarme, no he podido trabajar nunca sin que a cada vuelta me salieran la Partida tal, el Fuero cual, el fisco por este lado, la escribanía por otro, las ordenanzas, los reglamentos, las premáticas, el amo de la tierra, el amo del agua, el amo del aire, el amo de la respiración, y tantos amos del Infierno, que no puede uno moverse, pues de añadidura viene el sacerdote con sus condenaciones, y delante de todos el guardia civil, que se echa el fusil a la cara... y si uno chista, cátate muerto. ¿Quién vive así? Yo he sido honrado, luego tentado a no serlo. Me han perseguido, me han atropellado, me han quitado lo mío y lo que tomaba para que los tomadores de lo mío me pagaran con lo suyo... Me han metido en cárceles, me han puesto en escritura con papeles, y aquí estoy valiendo menos que la tinta que gastaron en contar mis desavíos; he perdido en una semana lo que en seis años gané; he recibido palos y los he dado con más gana de romper cabezas que de guardar la mía, y, por fin, llego a la vejez cansado de la lucha y sin otro provecho que las amarguras, rabietas y achuchones...

»Yo he mirado siempre por mis hijos, y ellos, si bien me quieren, mal me asisten, porque han heredado mi orgullosa condición, y son tales que no sufren dueño, de lo que resulta que descalabraron a mucha gente, y a más de cuatro hicieron sangre, pues cada cual tiene su honor, que no de otra manera que con sangría debe lavarse si es manchado. Mis hijos son bravos, sufridos, y de mucho ingenio para todo; solo que no ha nacido quien los meta en cintura, porque yo, que hacerlo podría, he olvidado el modo de ordenar a los demás, no sabiendo ya cómo a mí propio me ordene. Somos todos indómitos, y aborrecemos leyes, y renegamos del arreglo que han traído al mundo los reyes por un lado, los patriotas por otro, con malditas constituciones que de nada sirven, y libertad que a nadie liberta, religión que a nadie redime, castigos que no enmiendan a nadie, civilización que no instruye, y libros que no se sabe lo que son, porque este los alaba y el otro los vitupera. Por encima, un Dios que mira y calla y no suelta mosca, y por debajo un Diablo que si uno quiere venderse a él, no da ni para zapatos:

tacaño el de arriba, tacaño el de abajo, y los hombres que están en medio, más tacaños todavía... Y si con lo dicho les basta para conocerme, no se hable más, y socórranme, librándome de que la Guardia civil nos fusile, o de que un juez de manga estrecha nos meta en el pudridero de una cárcel... El señor marqués, que es poderoso, hable con el alcalde para que nos dé un salvoconducto con que podamos llegar a Madrid, pueblo grande y revuelto, donde hallaremos algún modo de vivir ni mas honrado ni más deshonrado que los muchos que por allí hay. Oíganlo, señores, y sean compasivos, y no nos tengan por peores que los tantísimos que andan por campos y ciudades amparados de leyes, vestidos de doctrinas, y con todos esos atalajes de honradez que han inventado los muchos para comer a costa de los pocos, o los pocos que supieron hacer su granjería de la necedad de los muchos.»

La primera impresión de este discursillo fue que teníamos que habérnoslas con un pillete de finísimo sentido y trastienda. María Ignacia le oyó absorta, yo con el agrado que comúnmente producen las bellezas del arte popular, Taracena con burlonas risas. Miedes, sentado a distancia, la cabeza entre las manos, parecía hondamente abstraído. Preguntado si era viudo, Ansúrez nos dijo: «Viudo tres veces. Mi primera mujer era manchega, aragonesa la segunda, las dos de muy buen ver...

—¿Y la tercera?

—Hermosa si las hubo... valenciana... Con esta no estuve casado por bendiciones, sino por nuestro arrimo y conveniencia natural. De Dios están gozando las tres... Mucha ley me tenían, ¡con doscientos y el portero!

—¿Y qué nos cuenta el amigo Ansúrez de esta hija tan guapa, de esta Lucila —preguntó el Cura—, a quien el señor Miedes llamará *Lucinda*, *Lucania* o *Lucinelda*?

—Esta hija mía —replicó Ansúrez mirándola cariñoso—, ha venido a estas miserias por lo mucho que quiere a su padre: ¿verdad, Lucihuela?»

Con miradas no más contestó la hermosa, conservando su gravedad de estatua. Los chistes, no de muy buen gusto, con que Taracena ponderó el contraste entre tan admirable belleza y la ruindad de su vestimenta (que solo consistía en una vieja falda y en una envoltura de trapo para el cuerpo), no merecieron de ella ni fugaz sonrisa. Pensé que a todos nos despreciaba profundamente.

«Aquí donde la ven los señores, sabe expresarse como las personas finas; solo que es muy vergonzosa, y su mal pelaje le aumenta la cortedad. En una de las peores borrascas que me ha traído mi mala suerte, la puse a servir. Hallándose en Molina de Aragón, la vio una señora de Zaragoza, y tanto gustó de ella y de su buen modo, que se la llevó consigo, y en su casa la tuvo, tratada y vestida como una damisela, no sin que también le dieran la enseñanza de leer, escribir y algo de cuentas, coser, bordar y otras filigranas... Pero como para mi generación no hay manera de torcer el maldito sino con que todos venimos al mundo, la dama protectora de Lucila cerró la pestaña, y los herederos, que no gustaban de intrusos, plantaron a mi niña en la calle sin más que lo puesto y un cestito con vituallas para dos días. Anduvo la pobre de puerta en puerta en busca de acomodo, y ya porque lo hallara muy malo, ya porque el que halló pecaba de bueno en demasía, ello fue que mi honrada niña corrió por montes y laderas en busca de padre y hermanos, y después de andar todos tomando lenguas, ella por nosotros, nosotros por ella, nos juntamos en la gran ciudad de Tarazona, y de ella hemos venido en luengos meses partiendo nuestra miseria, como los señores nos ven...»

Al llegar a este punto de su historia, hizo Ansúrez como que se secaba una lágrima, y Lucila miró para la otra parte de las ruinas; mas no advertí que llorase. Pensé que no gustaba de vernos, sintiéndose quizás ofendida de nuestra curiosidad reparona, y deseando la soledad como el más preciado ambiente de su salvaje belleza. De improviso levantose mi mujer, y cogiéndome el brazo, con notoria inquietud y turbación me dijo: «Vámonos, Pepe; no quiero estar más aquí.»

No la insté a consentir que permaneciéramos un ratito más interrogando a los Ansúrez, porque la vi con ardiente anhelo de retirarse. Tiraba de mi brazo con fuerza, y sin darme tiempo más que para prometer a los desgraciados que intercederíamos en favor suyo, me sacó de las ruinas repitiendo: «Vámonos... Salgamos de aquí, si no quieres que me ponga mala.»

VI

De mediano talante estuve toda la mañana, pues el grato efecto de la visita al Castillo se me convirtió en amargura viendo a María Ignacia muda y cavilosa, metida en sí, cual si una idea pesimista esclavizara su pensamiento. Sagaz observadora mi madre, al pasar junto a nosotros, murmuraba: «¡Cuando digo yo que hay demonios!» Con su sombría tristeza efectuaba María Ignacia una violenta reversión a los días pasados; se parecía más a mi novia que a mi mujer; creyérase que se le disipaba la recién adquirida gracia, y que se extinguían los chispazos de inteligencia, volviendo a imperar el mohín de niña vergonzosa y la desapacible estolidez de los días en que se me propuso el casorio. De sobremesa, se me antojó romper el silencio que mi mujer y yo guardábamos, convencido de que callando no íbamos a ninguna parte, y de que las explicaciones razonables disiparían aquella nube. Y antes de que yo dijese lo que decir quería, me interrumpió Ignacia con esta observación: «Guapísima es la hija de Ansúrez, ¿verdad? No creo que exista en el mundo mujer más hermosa. ¿Qué dices tú, Pepe?»

—Digo que es linda, sí; pero que con aquella suciedad y aquel vestir harapiento... Quita allá, mujer.

—O eres tonto verdadero, o tonto fingido, Pepe, y a mí no me haces creer lo que has dicho. ¡Suciedad! Todo eso es música. No había de tardar mucho en lavarse y ponerse como una patena cuando lo necesitara... Y a mí me parece que como la hemos visto luce más su hermosura. Parece una estatua, un cuadro no sé si de la Virgen o de alguna diosa muy al fresco y a la pata la llana... Es la belleza en estado natural, lo mismo que Dios la crió. ¿No eran así las mujeres de la antigüedad, cuando nosotras no usábamos corsé, y ustedes los hombres no conocían los pantalones, y andábamos todos con trajes largos, túnicas o qué sé yo qué...?»

Al quedarnos solos, prosiguió María Ignacia de este modo: «Te aseguro que esa mujer me ha trastornado. ¡Qué quieres! empiezo a creer en el mal de ojo. De veras te digo que me cambiaría por ella, comprometiéndome a estar descalza toda la vida, mal cubierta de guiñapos indecentes, vagabunda, sin casa ni hogar... Siempre que adoptaras tú la misma vida, dejándote crecer las guedejas y cambiando tu condición de señorío por el oficio de vender burros o de componer calderos. Con tal de tener la cara de esa mujer y su cuerpo precioso, yo diría la buenaventura, y tú y yo nos ejercitaríamos en robar lo que pudiéramos. Puedes creerme que es verdad lo que digo. Dios, que ve los corazones sabe que no miento, que no me hago la romántica... Mujer y esposa, estimo la hermosura como el mayor de los bienes: todo lo demás no vale nada.»

El tema era gracioso; pero aunque intenté glosarlo con todo el ingenio de que yo podía disponer, no conseguí hacer reír a María Ignacia, ni sacarla de su tenebrosa melancolía. Como había comido poco y estaba necesitada de alimento y distracción, le propuse que fuésemos a dar un paseo por el camino de Riofrío, llevándonos una buena merienda. Aprobó mi madre este plan, y antes de las cuatro ya teníamos preparada una cesta con diversidad de fiambres y golosinas, la cual fue por delante, alternando en cargarla los chicos del confitero y Calixta; luego salimos mi mujer y yo con Tomasa y Rosarito Salado. La tarde se presentó calurosa, por lo que no andábamos muy aprisa, y requeríamos la sombra que las encinas y castaños proyectaban sobre el sendero a la falda del Padrón de Atienza. Media hora llevábamos de paseo, cuando advertí que de la parte de los altos de Barahona venía una nube parda con visos amarillos en sus rebordes desgreñados; avanzaba como fúnebre cortina que solo cubría parte del cielo, pues hacia el Oeste brillaba el Sol. La nube pareciome de las que traen mala intención, y esta sospecha fue confirmada por el sonar lejano de truenos hacia el Este. Felizmente llevábamos a prevención paraguas y sombrillas, y no faltaban por allí casitas en que guarecernos en caso de aguacero. «Me alegraré de que llueva», dijo María Ignacia, que de su mal humor se consolaba con las displicencias de la atmósfera, o en estas vio perfecta imagen del estado de su espíritu. Que la nube nos estropearía la tarde quitándonos el regocijo de la merienda, ya no podíamos dudarlo viendo los goterones que nos mandaba el cielo, y que caían estampando en el camino redondeles como piezas de dos cuartos. No tardó en deslumbrarnos un relámpago que de lo más próximo de la nube venía, y con el trueno que a poco retumbó, echonos el cielo una rociada de agua y viento que no nos dio tiempo a buscar abrigo. Ruidos en lo alto anunciaban estragos mayores; la lluvia era como un sin fin de látigos que nos azotaban. Rosarito se amparó tras una peña; guarecidos mi mujer y yo bajo una encina, vimos que empezaban a caer con las gotas confites de hielo, que tal parecía el granizo, primero del tamaño de cañamones, luego como garbanzos. Las exhalaciones, difundiendo en todo lo que alcanzaba la vista repentina claridad lívida, nos deslumbraban. «¿Tienes miedo?» pregunté a mi mujer; y ella me respondió: «Ninguno; que caigan las piedras como castañas es lo que deseo.»

Sobrevino una clara, y quise aprovecharla para llegar hasta un caserío que veíamos a tiro de fusil. Emprendida la marcha, ¡María Santísima!, y cuando no habíamos andado un tercio del camino, estalló sobre nuestras cabezas formidable estruendo, y fuimos azotados de lluvia y piedra, que ya superaba el grandor de las avellanas. Apretamos el paso, defendiendo nuestras cabezas de los coscorrones del cielo, y pudimos alcanzar la casa más próxima en un momento verdaderamente angustioso, pues al llegar al amparo del edificio, ya eran nueces lo que con estruendo y vibración del aire caía... Ante nosotros corrían los cerdos, las cabras, ávidas de refugio; corría también Rosarito con las faldas por la cabeza; y cuando llegamos jadeantes, apedreados y hechos una sopa, vimos que bajo el ancho balcón de la casa unas veinte o treinta mujeres, algunas con sus críos en brazos, puestas de rodillas en actitud luctuosa, invocaban al cielo con lamentos desgarradores, mezclados de oraciones, y con súplicas que en algunas bocas se trocaban en blasfemias. Nunca vi espectáculo más lastimoso, ni oí voces que más hondamente me sorprendieran y aterraran... Como si el cielo, benigno en su fiereza, hubiera esperado a que estuviésemos en salvo para descargar sobre la tierra toda su ira, la terrible lapidación tomó fuerza aterradora: las piedras, cayendo en espesa lluvia, eran ya como huevos, y el suelo se vio pronto cubierto de aquel blanquísimo material. Algunas, como proyectiles lanzados por furibunda mano, rebotaban al caer y salpicaban en pedazos angulosos, estallando como rotos vidrios, y a la caída sonaban como un chasquido de huesos o de bolas de billar. Al compás de la furiosa pedrea crecía el gran vocerío de las mujeres, roncas ya de tanto pedir misericordia. A la Virgen invocaban unas creyéndola más compasiva, otras a San Roque, a San Antonio, o a la Santísima Trinidad, que era lo más seguro, y alguna voz que empezó rezando el Padre nuestro, lo acababa diciendo: «¡Señor, Señor, que esté una trabajando todo el año para que venga una cochina nube de ese cochino cielo a quitarle a una lo ganado!...» Y por otra parte oíamos:

«Santos, ¿qué jacedes que esto consentides? Mala peste con vos y con el cura que no echa las aconjuraciones...» «Virgen del Pilar, acude pronto acá y libranos...» «San Roque, ¿a dónde vos metéis, santico, que estos cielos dejáis a los demonios?...» «Padre nuestro... todo perdido, todo arrasado... venga a nos el tu reino... Mi patatal que estaba como un verjel de Dios, y ahora... El pan nuestro... Perdición, Señor, perdición y vengan rayos...» «Jesús, Jesús, ¿aónde estás metío, señor Jesús de la cruz a cuestas?...» «Tiran coces los ángeles, y aquí nos mandan los cascos del pavimento celestial...» «Virgen, para, para; ya no más... que nos morimos...» «¿Quién da patás en el cielo, y quién descuaja los afirmamentos y nos echa encima too este vridio?...» «¡Malhaya quien trabaja, malhaya quien trae criaturas al mundo! Santo Jesús, ¿no diz que sodes Pastor? ¿Por qué matas tu ganado? ¡Trocarte has en labrador para que no mandes truenos, ni esta encandilación de tufo de azufre, ni estos cantos de dos libras!...» «¿Qué pecado hicisteis, patatas mías; en qué habedes faltado, judías, tomates y lechugas?...» «Apóstoles y mártires, ¿qué enfado tenéis? Semos pobres, trabajamos para vivir, y nos dejáis en los huesos. Pelados huesos, ya no tenéis sino hebras de carne, y estas hebras los perros de la contribución vendrán a quitárnoslas. El niño no saca de nuestros pechos más que amargura, y el marido, si no le dan vino, quiere que seamos burras para el trabajo...» «¡Malhaya el mundo, malhaya el trabajo, ábranse las sepulturas!...»«¡Justicia caiga sobre los malos, no sobre los pobres, que meten su alma en la tierra!...» «Virgen pura, Madre nuestra, líbranos de todo mal perverso, quítanos el rayo y la piedra, amén, y guarece nuestros campos, amén, amén, amén.»

En su consternación, no faltaron a la cortesía las espantadas mujeres, y nos abrieron paso. El amo de la casa nos dio un buen acogimiento en el lugar de más respeto, que era la cocina. Mi mujer contemplaba, por un estrecho ventanucho, el tremendo caer de piedra, y se divertía viendo a Rosarito y a los chicos correr en busca de los mayores guijarros de hielo y traerlos para que les tomáramos el peso. Algunas mujeres se recogieron junto a nosotros, enumerando con febril palabra los estragos causados por el temporal en sus huertos y plantíos. «¿Pero será verdad que lo habéis perdido todo?» —les decíamos. «Sí, señor marqués y marquesa, todo perdido, todo arrasado. Trabajamos para la nube, que se come nuestro sudor en tan intanto que se reza un credo. Lo mismo fue hace tres años... La contribución, que nos la pidan a tiros, como el cielo nos afeita el campo a pedradas.» Por disposición de Ignacia, Tomasa y Rosarito repartieron entre aquellos infelices el contenido de la cesta, y fue muy interesante ver cómo en breve tiempo las bocas de algunas mujeres y de los chicos dieron cuenta del copioso repuesto. El generoso aldeano que nos albergaba mandó recado a casa, a fin de que viniesen con socorro de vestidos para mudarnos. Despejose el cielo a las seis, y salieron las labradoras a buscar a sus hombres y a medir el aterrador destrozo de sus campos.

Vino a poco el alcalde con el secretario Zafrilla y gente de mi casa para conducirnos al pueblo, como si fuésemos náufragos o aeronautas caídos de las nubes, y aunque en ello había más oficiosidad y adulación que justificado servicio, lo agradecimos. Mudados de ropa y puestos en camino, díjome Salado que, sabedor de nuestros caritativos sentimientos en pro de los refugiados en el Castillo, había dispuesto que se les dejase salir libremente, dispensados de los honores de la Guardia civil, y socorridos por cuenta del Ayuntamiento hasta Guadalajara. A esto dijo María Ignacia, reiterando su gratitud al alcalde, que no bastaba permitirles la salida, sino obligarles a que salieran, antes hoy que mañana, pues tal gente vaga y sin oficio conocido no era el mejor ejemplo para un pueblo tan honrado como Atienza. En ello convinimos todos, y a este punto encontramos a Taracena presuroso, que también quería coadyuvar a nuestro salvamento. Mi mujer se adelantó con el cura, y Zafrilla con Rosarito, llevando de batidores a los expedicionarios de menor cuantía, y Salado y yo, a retaguardia de la caravana, charlamos un poco sobre la calidad y circunstancias que creíamos ver en los Ansúrez. Según don Manuel, el padre es inteligentísimo en toda labor agrícola, y conocedor de *cuanto hay en la Naturaleza*, hombre de bien, *en el fondo*, pero echado a perder por las desgracias, por su descuido y falta de orden, y mayormente por la índole perversa de sus hijos, que si eran malos *de suyo*, la miseria los hacía peores. De Lucila no dijo más sino lo que ya sabíamos, que era una magnífica hembra. ¡Lástima que el padre no la vendiera! Venderíanla quizás sus hermanos si pudiesen, o esperarían unos y otro a llegar a Madrid, lugar de ricos compradores, que saben apreciar el ganado de calidad superior y no regatean su precio. «¡Vaya una res, compadre! —decía un poquito encandilado de ojos, parándose ante mí en mitad del camino—. Y puedo dar fe de que si mucho le falta de ropa, otro tanto le sobra de orgullo. No he visto mayor recato, ni menos tela en lo que debe taparse.

—Es que ahora viaja en calidad de estatua, y como tal estatua no repugna el desnudo, ni se deja querer.

—Pues no es de mármol ni de talla, Don José mío, que ayer le pude echar un pellizco y... Por poco me pega... Cuando llegue a Madrid, si antes no la roban, tendrá que ver esa ninfa después de un buen lavatorio.

—Yo me la figuro lavada y bien vestida, y... Me parece que pierde, quiero decir que estará menos bella.

—¡No, por Dios, don José...! Yo me la imagino con ropa, y francamente...

—Vamos, le gustaría a usted ponerle ropa.

—Naturalmente, para quitársela.»

No pudimos seguir porque mi mujer retrocedía con Rosarito, llamándome. Inquieto corrí hacia ella, entendiendo que se sentía mal. «¿De qué hablabais? —me dijo colgándose de mi brazo—. ¿Por qué se iban quedando atrás y a cada ratito se paraban? Alcalde, ¿podrá decirme qué cosas de tantísimo interés le contaba usted al marido mío?

—Señora —replicó Salado prontamente—, le hablaba de establecer en Atienza una fábrica de jabón.

—¡Jabón! ¿Y a quién quieren lavar? ¡Valientes pillos están ustedes! Vayan por delante y no se aparten mucho. Que yo los vea... Y cuidado con secretearse. Ya saben que por lejos que se pongan, yo todito lo oigo... y nada se me escapa, ¡cuidadito!»

VII

Es Salado un trucha de primera, si falto de autoridad y luces para el gobierno de la ínsula concejil, sobrado de marrulleras habilidades para los enredos de campanario y los empeños de su egoísmo. Servicial y deferente con los poderosos y con todo el que ayudarle pueda en su privanza política, guarda sus rigores de ley y sus asperezas de carácter para los humildes sometidos a su vara, por una punta más dura que roble, blanda por otra como junco. Nada teme de los de abajo, infeliz rebaño de hombres sencillos, más embrutecidos por la miseria que por la ignorancia, los cuales bajo el falso colorín de una Constitución que proclama y ordena franquicias mentirosas, gimen en efectiva esclavitud. Nada teme tampoco de los de arriba, con tal que en *la votada* saque el candidato que se le designó, y se constituya después en agente o truchimán del diputado, del jefe político y del ministro, cualesquiera que sean los caprichos contra la ley o antojos contra la justicia que inspiren los mandatos de estas insolentes voluntades. Fuera de las infamias propias del oficio, que pocos ven, porque los que trabajan y sufren están ciegos, insensibles, y los que tienen luces y algún dinero huyen de los pueblos para refugiarse en Madrid, donde lo espacioso de la jaula garantiza relativamente la libertad y la dignidad cívica; fuera de esto, digo, Salado puede figurar entre los hombres corrientes, simpáticos, agradables, tan dispuestos para un fregado como para un barrido. Casado y con hijos, es mejor padre que esposo, y mejor alcalde para sí que padre para el pueblo que administra.

Sigo contando. Cerca ya de la Puerta de Antequera, salió el sacristán de San Gil, apodado el *Né*, a contarnos la más lastimosa ocurrencia entre las innumerables, cómicas y trágicas, que produjo el pedrisco. Pasando por alto las gallinas y pollos ahogados, el cerdo que perdió el uso de la palabra, quiere decirse del gruñido, la burra que en los momentos de pánico se metió en la iglesia y no paró hasta la sacristía, la desaparición de cabras, cabrones y carneros; omitiendo asimismo la rotura del brazo de la *Tía Mortifica*, las descalabraduras de otras viejas, las caídas de ancianos y tullidos que por su calidad de pordioseros representaban menos valor que los animales, puso el narrador toda su labia en referirnos el grave estropicio de don Ventura Miedes. Bajaba el benéfico sabio de socorrer a los Ansúrez (y consta que les llevó tres libras de peras y una botella de tostadillo), cuando fue sorprendido del temporal, y si él apresuraba el paso para evitar la lluvia y los coscorrones, más prisa se dieron las piedras en caer furiosas, creciendo de volumen a cada segundo. Arrebatado de su cabeza el sombrero por una racha, fue a parar a la veleta de la torre de la Trinidad. Hallábase el pobre don Ventura en lo más desamparado del cerro, sin ver en derredor suyo árbol ni cueva, ni pedazo de muro en que guarecerse, y en esto las piedras como huevos de gallina, de los de dos yemas, le caían sobre el cráneo y las sienes, aporreándole sin ninguna compasión. Una, mayor que las demás, como huevo de pava, le dio con fuerza y se rompió en cascos de hielo; vino luego un canto que más bien parecía ladrillo, y al tremendo golpe perdió el sentido don Ventura, y cayó rodando por el suelo hasta dar en un hoyo, donde aún el cielo despiadado siguió apedreándole como los gentiles a San Esteban.

Presenciaron esto desde el pórtico de Santa María unos mendigos; mas no pudiendo socorrerle, dieron voces, que con el estrépito de la granizada oír no pudo ningún cristiano. Pasado había la tormenta y ya lucía el arco iris, cuando fue descubierto el infeliz Miedes hecho un ovillo entre montones de granizo, y le recogieron medio helado y casi difunto, llevándole a su casa en una burra, a la manera de los sacos que van al molino, la cabeza cayendo por un lado, los pies por otro. Visto y examinado del médico don Pascual Pareja, dijo este, según nos refirió el *Né*, que las abolladuras hechas en el casco por las piedras eran de cuidado; pero que la mayor gravedad estaba en los propios sesos, de la conmoción y el *derramen*. Grande fue nuestra pena por el accidente del anciano sin ventura. Ignacia me dijo: «Día que empezó tan mal no había de concluir sino con esta sarta de calamidades horrorosas.»

Habríamos corrido a casa de Miedes si no estuviese muy cerrada ya la noche y no sintiéramos tanta prisa de vernos junto a mi madre. En casa, el fenómeno meteorológico no había causado ningún desperfecto grave. Describiendo con pintoresco estilo la lluvia de piedra, mi madre nos dijo que creyó ver la espadaña de San Juan volando por los aires y estrellándose sobre nuestro techo. Cenamos, y María Ignacia, rendida del cansancio, se durmió con sueño tranquilo, Por la mañana despertó *gozosa*, poseída de un cierto ardor de beneficencia, y me propuso socorrer a las víctimas del temporal. «¿Y de los del Castillo qué se sabe? —me dijo risueña—. A esos no los parte un rayo. Si se van hoy, debemos favorecerles, y fuera de aquí arréglense para vivir con las mañas que usan; que llevando algún dinero serán mañas menos malas.» Pareciome esta observación la propia sensatez, y sobre lo mismo hablábamos después del desayuno, cuando nos avisaron que el señor Ansúrez, a punto de partir, quería despedirse de nosotros y darnos las gracias. No quisimos hacerle esperar, y encontramos al *celtibero, secundum* Miedes, con uno de sus hijos en la cocina, donde ya mi madre nos había tomado la delantera, llevando dos hogazas, un manojo de cebollas y un cesto de ciruelas, para obsequiar a la trashumante familia. Por cierto que en aquella segunda entrevista, hubo de parecerme aún más gallarda que en la primera la figura del viejo Ansúrez, y su rostro más impregnado de exquisita nobleza. Sus elegantes actitudes no desmerecían con la pobre vestimenta del coleto burdo, el remendado calzón y las abarcas de cuero. Su afable sonrisa, su despejada frente, sus cabellos blancos, todo el conjunto de su vejez vigorosa me hacían el efecto de ver reproducidos en él los caballeros de remotas edades, que seguramente no irían mejor vestidos, ni hablarían con más entonada y cortés gravedad. Su hijo Gonzalo, que en realidad veíamos por primera vez, pues en nuestra visita de la mañana anterior dormía, era una hermosa figura juvenil, el rostro ennegrecido, los ojos con llamas, la mano poderosa, el desplante galán y altanero.

«Queremos —dijo el padre sin extremar la inclinación del cuerpo—, despedirnos de Sus Excelencias y ofrecernos para cuanto hayan menester de nosotros en estas o quellotras tierras... Manden lo que gusten, que si por nuestra pobreza no podemos servirles en acordancia con lo que son Sus Mercedes, válganos por lo chico del servicio lo grande de la voluntad.»

A mi pregunta de si pensaba la tribu trasladarse a Madrid, contestó que él trataba de mantener a toda la familia en un haz y llevarla por un solo rumbo; pero que esto no sería fácil, y tendrían que dispersarse tomando cada cual por los caminos a que le llevasen sus diferentes querencias. «A todos mis hijos —prosiguió—, ha puesto el Señor mucha sal en la mollera, tanto que del rebosamiento de tanta sal han venido sus desafueros y las maldades de algunos. Y con la sal abundante les puso el Señor inclinaciones fuertes, a cada cual para lo suyo. A Gonzalo, que está presente, le tira la milicia, pero la milicia libre, que no hallará mientras no salten otras guerras como las pasadas; a Diego le tira la mar, de quien se enamoró en cuanto la vido en la salida del Ebro por los Alfaques, y tanto es su amor de las aguas, que en ellas se metería dentro de un zapato para ver toda tierra descubierta o por descubrir; a Gil le llama el mando, la guapeza, y no es capitán de bandoleros, porque eso no trae cuenta con tanta Guardia cívica que tenemos ahora; a Leoncio le tira la cerrajería fina, o sea el amañar armas de fuego, y llaves tan sutiles que con ellas no pueda cerrar y abrir quien no tenga el secreto; y si de Rodriguillo no diré, por razón de su corta edad, que está ya bien clara la inclinación, pienso que le tira la música, o el arte de sacar coplas y de componer lo prosaico con buena concordancia. Si unos irán con gusto a Madrid, otros quieren más campo, más aire y espacios grandes. De mí digo que me tira Madrid, porque habiendo padecido trabajos y agonías debajo del trillo, que con esto comparo al Gobierno y Fisco que nos aplastan, antes que ser la espiga que está debajo, quiero ponerme donde va el trillador, y ayudarle a llevar la máquina, si me dejan. Créanme los señores excelentísimos: mejor que ser la liebre guisada, es ser el cocinero que la guisa, ya que no sea uno el rico que se la come. Feo y mal mirado es el oficio de verdugo; pero vale más ser ejecutor de la justicia que ajusticiado. Labrador fui, y los mejores años de mi vida me los entretuvo y gastó el amor de la tierra; mas desengañado ya y harto de fatigas sin fruto, digo: «¡Adiós, tierra, con doscientos y el portero!...» A mí me han molido, me han zarandeado, y me han quitado una y mil veces lo que gané con mi sudor. Déjenme ahora maldecir y renegar del diezmo, de la primicia, del voto de Santiago, del apremio, del montonero, del embargo, de la mano muerta, de la mano viva. ¡Arre allá por cepas! Más vale saber que haber. Váyanse al demonio el alcalde, el jefe político, el regidor decano, el síndico personero, el agente de apremios, el recaudador, el fiel de fechos, el escribano, el alguacil, el del fielato, el pontonero, y cuantos tienen autoridad del ministro para abajo. Pues ahora quiero yo vengarme, o como se dice, ponerme encima, y ya que mis espaldas saben a lo que saben los golpes, sepa también mi mano a qué sabe tener el palo, y con el palo licencia para pegar de firme.

—Comprendido, señor Ansúrez —dijo mi madre risueña—: lo que usted quiere ahora es un destinito. Vaya, vaya: es tonto y pide para las ánimas.

—Destino tendrá —afirmó María Ignacia, que encontraba graciosas las cuitas y las ambiciones del buen Ansúrez—. Y si, como dicen, es usted leído y escribido, bien podrá entrar en una oficina.

—Más que oficinante, me gustaría ser guarda de Sitios Reales, administrador de un pósito... verbigracia, o almacenero de los tabacos de Su Majestad.

—Vaya, vaya —dijo mi madre—; aquí viene bien lo de *aún no ensillades y ya cabalgades*. Pepe, ya puedes recomendarle...»

Preguntado si tenía relaciones en la Corte, o si en su larga vida había hecho conocimiento con alguna persona de viso, que ahora le pudiera favorecer, contestó que su estrechez y desgracia no le han traído más que conocimiento de gente miserable, pues por algo se dice: *en cama angosta y en luengo camino no hallarás amigos*.

En este punto de la sabrosa conversación, precipitose mi mujer con esta pregunta: «Ya sabemos que a uno de sus hijos le tira el mar, a este la milicia, al otro la música, a usted le tira Madrid; ¿y a su hija Lucila, qué le tira?

—Mi hija tira al monte, quiero decir, a las grandezas —replicó el viejo—, como si de padre y madre coronados hubiera nacido esa criatura; y aunque Sus Mercedes la ven tan extremada en el trajín pobre, vistiéndose por la moda de las imágenes, es que gusta de pintar la grandeza con la rematada pobreza, por aquello de parezco nada para serlo todo... Tiene buen natural, eso sí, y a compasiva no le gana ni Santa Leocadia... Pero yo quisiera que si vamos a Madrid, encontráramos para Lucila un buen recogimiento al lado de señoras maduras y sentadas que la enseñaran la gobernación de casa humilde, y le quitaran de la cabeza la idea de que vuelven al mundo las hembras guapas de la idolatría... No sé explicarme...

—Lo entendemos muy bien —observó mi madre—. Esa niña de usted, según me dicen, es como si viniera de gentiles, o nos quisiera traer la moda del tiempo en que eran vivas las estatuas... ¡Buena pécora será la muchacha si no la curan de esa manía!... Pero mis hijos le darán a usted cartas de recomendación para que en Madrid halle donde colocarla honestamente.»

Esta idea sugirió a mi mujer el propósito de formular las recomendaciones inmediatamente, ansiosa de mirar por la errante familia. Sus nervios disparados no admitían espera, y que quieras que no, tiró de mí y arriba me llevó para que escribiera las cartas. «¿Pero a quién he de escribir, mujer?...

—A tu familia, a tus amigos, a Eufrasia, a tu hermana Catalina...

—Creo —le respondí—, que recomendándola a mi hermana no será preciso molestar a nadie. Lo que no haga Catalina no lo hará ni el propio Narváez.»

Obediente al caprichoso estímulo de María Ignacia, forma de un recelo que locamente la inquietaba, cogí la pluma y empecé la carta. Mi mujer miraba por encima de mi hombro lo que yo escribía; y viéndome indeciso en los términos de recomendación, me apuntó resoluciones y fines concretos: «Diles claramente, y encárgales con gran interés, que la metan monja.

—Pero, mujer, falta que tenga vocación.

—La vocación se hace... ¡Qué tonto eres! Monja, monja, que no hay como la disciplina del claustro para domar a estas que dan en la flor de vestirse por los figurines del Paraíso Terrenal. Así evitará su perdición y la de muchos hombres. Ponlo, ponlo bien claro... Que nos interesamos por esa joven; que deseamos su ingreso en un convento de regla muy estrecha...

—¡Pero si no tiene dote, y ya sabes que sin dote es difícil...!

—Yo la dotaré. Ponlo clarito: eso hace mucha fuerza.»

VIII

Pues Señor, escribí la carta conforme al deseo de mi mujer, y cuando bajamos y la dimos al interesado, Taracena, que a la sazón llegaba, vaticinó al viejo Ansúrez y a su hijo dichas y grandes medros por nuestra protección. «No han tenido poca suerte en caer acá —les dijo—, y en la coyuntura de hallar en Atienza a los señores Marqueses. Digan que les ha venido Dios a ver, porque de estas gangas caen pocas.

—Ya lo sabemos, y yo doy gracias a Dios por esta bienandanza —replicó Ansúrez—; que después de tantas perrerías de la suerte, alguna vez habíamos de pelechar. Y la dicha será completa si Su Excelencia pone en la carta, a más de lo tocante a la hija, alguna buena exhortación para los señores que podrían colocarme.

—Pepe, hijo mío —dijo mi madre—, puesto ya en eso del recomendar, escríbele a Sartorius, o al propio don Ramón Narváez.»

A esto observó María Ignacia que si mi hermana tomaba bajo su santa protección al buen Ansúrez, no necesitaba este de nadie, pues los mismos San Luis y Narváez con todo su poder de relumbrón, quedan hoy muy por bajo de Sor Catalina y de las otras monjas sus compañeras, las cuales, a la calladita, llevan su influjo a todos los ramos, y a la mismísima Superintendencia de Palacio y Sitios Reales.

Oyó esto con viva satisfacción el padre de la tribu, y don Juan Taracena, dándole una palmadita en la rodilla, le dijo: «*Alforjero* te llaman, no porque las haces, sino porque las llevas; *bragado*, porque no hay quien te tosa; *hidalgo*, porque lo pareces. Tú te abrirás camino, y como las monjas interesen por ti a Narváez, cuéntate colocado.» Y volviéndose a nosotros, agregó: «¡Quién sabe si el Espadón, con ese ojo certero que tiene para descubrir aptitudes, encontrará en este viejo ladino y fuerte el auxiliar de sus grandes ideas!

—Señor clérigo, no se burle de estos pobres —murmuró Ansúrez con humildad que no debía de ser muy sincera.

—¿Qué idea tiene usted de Narváez? —le pregunté yo—. ¿Cree que si se presenta al general con carta o recadito de mi hermana, pidiéndole un destino, le recibirá bien, o te dará un sofión, que bien podría ser un par de palos?

—Señor —replicó Jerónimo prontamente—, creo que me dará los palos... y después de los palos el destino que se le pida.

—Vamos, que no le falta penetración. ¿Ha visto a Narváez alguna vez?

—No, señor; pero por lo que oí contar de ese sujeto, tocante a sus guerras y a la política, he venido a conocer que el hombre es fuerte y bueno, que pega y favorece.

—¡Sopla, sopla, que vivo te lo doy! —dijo el Cura sacudiéndose los dedos como quien se ha quemado—. Pues no afila poco el tío. Basta de examen y démosle la borla de doctor *in utroque*. Váyase pronto a Madrid, *alforjero*, que si no le falta alguna cualidad de las que son precisas para vivir entre gentes, pronto encontrará su acomodo... Y como los hijos salgan al papá, no es floja la plaga que va a caer sobre la Administración Pública.

—Y si conforme llega cansado y viejo —observó mi madre—, llegara en la flor de la edad, lo que es este se metía en el bolsillo a todo el Madrid pretendiente.

—No me hagan mofa, señora y caballeros. No es sino que por luengos años estudié en el mejor libro del mundo, que es la tierra. Sé cómo viene el fruto, y cómo se pierde; sé que una cosa es sembrarlo y otra comerlo, y de dónde salen las manos que cogen lo que no sembraron. Pues con estas lecciones y experiencias, y con la continua desgracia, que a los más torpes nos hace abrir el ojo, acaba uno por saber más que Merlín.»

Como le echase mi madre un sermoncillo cariñoso, haciéndole ver que no hallaría la fortuna fuera de los caminos de la virtud, de la honradez y del santo temor de Dios, el patriarca celtíbero se sacudió las moscas con esta donosa frase: «Yo quiero ser honrado; siempre lo he querido; pero ¿quién es el guapo... A ver, que salga ese guapo... que ajusta y acorda el querer con el poder? Y yo digo también a los señores: el que de Vuestras Excelencias, grande o chico, sepa y pueda vivir entre tantísimas leyes divinas y humanas sin poner el dedo en la trampa de alguna de ellas para escaparse, que me tire todas las piedras que encuentre encima de la haz de la tierra.

—Yo se las tiraría —dijo mi madre con profunda convicción—, si la doctrina cristiana que profeso, sin trampa, entiéndalo, no me prohibiera descalabrar a mis semejantes.»

Reímos todos esta sincera y valiente salida; riose también Ansúrez, y despidiéndose muy agradecido del bien que le habíamos hecho (añadidos a la carta y hortalizas algunos dineros), salió de casa con su hijo. Según mi criado Francisco, que acompañó a la tribu hasta la salida del pueblo, partieron todos antes de mediodía... Acabando nosotros de comer, vino el alcalde con el triste cuento de que el bonísimo Miedes iba de mal en peor, por lo cual el médico había mandado que le sacramentaran. Si sobrevenía la muerte, cosa muy de temer en su edad y con aquel endiablado achaque cerebral, cogiérale prevenido y bien aligerado para el final viaje. Por deseo de ver y consolar al pobre señor, y suponiendo además que carecería de lo más necesario, resolvimos visitarle mi mujer y yo. Mi madre, que es la misma previsión y no pierde ripio para sus actos de caridad, nos advirtió que despacharía por delante, y así lo hizo, un buen codillo de jamón y obra de dos libras de carne, porque el puchero que tendría puesto *la Ranera* habría de dar caldos de los que sirven para bautismo de cristianos.

Vivía el buen Miedes en el barrio más pobre, más excéntrico y solitario de Atienza, en antigua y fea casa del primer recinto, apoyada en el muro de base celtíbera, romana o agarena. La distancia no larga que la separaba de nuestra vivienda, nos pareció enorme por la desigualdad de rasantes y el empedrado inicuo, reproducción exacta de los pavimentos del Purgatorio. En la soledad lúgubre de aquella parte de la villa, las casas son como tumbas abiertas, deshabitadas de muertos, y que se arriman unas a otras para no desplomarse. Preguntando a unos niños que pasaban comiéndose el pan de la merienda, dimos con la morada del sabio. Un zaguán largo y estrecho, de empedrado piso con hoyos, conducía de la puerta a la cocina, dando ingreso por izquierda y derecha a diferentes estancias, la cuadra con pesebre vacío, el camarín de *la Ranera*, y algo más que no vimos: una escalera de palo sin pintar, de color sienoso, como teas que piden lumbre, y festoneada de telarañas, conducía desde el zaguán al salón alto, que era en una pieza biblioteca y alcoba, separadas hasta media pared por tabique de mal juntas tablas que nunca vieron pintura, y sí papeles pegados, suciedades de moscas y otros bichos. Imposible describir el desorden de aquel local, émulo del Caos la víspera de la Creación. Los libros debían de ser semovientes, y en el silencio de la noche se pondrían todos en marcha, subiéndose y bajándose de estantes a mesas y del techo al suelo, como ratones sabios o cucarachas eruditas que salieran a pastar polvo. Los grandes estaban sobre los chicos, y algunos abiertos yacían hojas abajo sobre el suelo, mientras otros, hojas arriba, aleteaban subidos a increíbles alturas. No podíamos explicarnos cómo andaba el tintero con sus plumas de ave, acompañado de una pantufla, por los huecos de un estante vacío, mientras se arrastraba por el suelo el velón, entre dos tomos de las *Antigüedades de Berganza* con las hojas manchadas de aceite.

El otro departamento, dormitorio del sabio, era como trastienda o sacristía de la biblioteca, llena también de libros, que asomaban en montones desiguales por debajo de la cama, o servían apilados para colocar objetos pertinentes al servicio de alcoba. Allí vimos, entre las polvorientas masas de papel, un cuadro de pintada talla que me pareció pieza de mérito, un monetario, algunos trozos de cemento romano, y pedazos de mármol con inscripciones y garabatos ininteligibles. Y allí vimos también, como gusano dentro de su capullo, al gran don Ventura, tendido en el lecho debajo de una colcha que en su juventud fue blanca rameada de rojo, la cabeza casi invisible de los vendajes que la oprimían, los brazos fuera, vestidos de amarillenta lana, todo él con aspecto tan fúnebre, que al echarle la vista creímos que estaba ya muerto. Tras de nosotros entró *la Ranera*, señora de edad muy alta, con pañuelo negro liado a la cabeza, saya y jubón de estameña, los pies en abarcas, la cara como pergamino, los ojos, pitañosos de su natural, en aquella ocasión ribeteados del grandísimo duelo por la inminente defunción de su amo; y después de mirar al demacrado don Ventura, que no remuzgaba ni se daba cuenta de nuestra visita, nos dijo sin recatarse de bajar la voz, como es usual etiqueta ante moribundos: «Muy malo está el pobrecito, y el rostril lo tiene ya como un terrón de tierra. Dende que cayó, no se le han vuelto a encajar en su sitio los sesos, que con los porretazos de la piedra se le desengonzaron, y ni come ni duerme, ni habla cosa denguna con juicio.

—¿Pero qué dice el Médico, señora *Ranera*; qué ha recetado? ¿Y usted qué dispone?

—¿Qué ha de recetar don Pascual más que traerle la Majestad? Y tocante a comida, ¿para qué enciendo lumbre, si ya no le hace falta más que el pan del cielo, y este lo trae el Cura? Pues yo, que todo lo presupongo, vengo ahora de comprarle la mortaja, y no encontré más que una en casa del *Pocho*; pero tan corta, que no le llegará ni tan siquiera al tobillo, según es mi señor de larguirucho... A pegarle voy un pedazo de estameña que tengo, del mesmo color franciscano, de una saya de mi difunta güela, y con ello quedará mi cadáver bien adecentado de pie y pierna.»

En esto, y antes que pudiéramos expresar a la maldita vieja el horror que nos producía, despertó don Ventura, o más bien se recobró un tanto de la somnolencia febril, y revolviendo en torno sus miradas, sin mover la cabeza, dijo con apagada voz de lo profundo: «Llevo lo menos seis días durmiendo, y ahora con tanto dormir no veo claro, ni me ayuda el discurso. Dime, *Ranera*: ¿quién son estas venerables personas que han entrado y me están mirando?

—Válgame Dios; ¿pero no conoce a los señores Marqueses?... Y ahora entra el señor Cura, que no podía venir en mejor coyuntura. Vea, señor, que no está ya para más visitas que la de don Juan, ni para requilorios de comistraje y golosinas. Déjese de vanidades, y piense en lo que más le importa, que es la salvación. Apañado está si despide al Cura con cuatro bufidos, como esta mañana...»

Sin atender a lo que *la Ranera* decía, más bien como si no lo escuchara, volviose Miedes hacia el párroco, moviendo todo el cuerpo dentro de las sábanas como si intentara levantarse, y animándose de mirada y gesto, soltó la voz a estas peregrinas razones: «Curángano, ya te dije que no tenías para qué venir acá. Soy celtíbero: ¿no sabes que soy celtíbero, de la familia de los *Pelendones celtiberorum*, que dijo el amigo Plinio, o más bien de los *Turdimogos*, que vivían de la parte del valle de Valdivielso?... ¿Y no es sabido que por el lado materno vengo del propio Cáucaso... y que mi abuela era de la familia de los *Istolacios*?... Soy *Miedes*, que es lo mismo que decir *Cuerno*... pero este cuerno no es otro que el símbolo de la inmortalidad... ¿Qué vienes tú a buscar aquí, curángano de Atienza, que es como decir *Tutia*? Yo nací en *Numancia*: digo, en *Comphloenta*... tampoco; digo, en Quintanilla de Tres Barrios, que es un pago de San Esteban de Gormaz... Yo no soy de tu Iglesia, pues soy celtíbero... Vete... Que te vayas... Señores Marqueses, llévenselo, si no quieren que le tire a la cabeza esta sagrada pantufla...»

Tratamos de sosegarle con cariñosas expresiones, y de traer a vías de razón su descarriado entendimiento: todo inútil. Con el Cura y con *la Ranera* no quería cuentas. Yo, a fuerza de perífrasis, logré de él alguna docilidad de pensamiento haciéndole comprender que no perdía nada con prepararse, sin que ello significara peligro de muerte, y cogiéndome la mano con la suya pegajosa y fría, me dijo: «don José mío: porque usted no se enfade, me confesaré; pero que me traigan un druida, porque si no me traen un druida, ya ve usted que no puede ser... Es mucho cuento. Yo digo que cada uno vive y muere al son de sus creencias... Yo adoro al Dios desconocido, y le tributo mis homenajes en el plenilunio... Tú, Juanillo Taracena, a quien he conocido mocoso y descalzo, con el calzón agujereado por las rodillas, trayendo leña y carbón del monte, tú no eres druida, tú no has cogido el muérdago... ¿Qué tengo yo que ver contigo ni con tu negra hopalanda?»

Opinó Taracena que no debíamos insistir. «Es un santo —nos dijo—, y si Dios le ha privado de juicio en esta hora última, será porque le tiene ya por suyo. Dejémosle, y si del descanso sale un ratito lúcido, le traeré fácilmente a la razón.» Para ver si llevándole el genio se le despejaba la cabeza, le aseguró que él, sacerdote cristiano, era también druida, y que practicaba el rito celta en los plenilunios o fiestas de guardar. Después le habló de sus amigos los vagabundos Ansúrez, lo que fue gran despropósito, porque con este recuerdo y encadenamiento de ideas nuevas con otras rancias y arraigadas en el meollo del sabio, se disparó más y acabó de quitar el freno a sus furibundos disparates. «Tú, pastor Taracena —dijo con gran desvarío de miradas, trabamiento de lengua y agitación de manos—, me declaras la guerra, porque me has visto perdidamente enamorado de la hermosa *Illipulicia*, hija del rey *Zuria* o *Zuri*, que a mi parecer es familia que ha venido de la *Troade*, vulgarmente Troya, destruida por los griegos... *Teucro* engendró a *Tros*, y *Tros* engendró a *Ilo*, fundador de aquel pueblo, al que dio el nombre de *Ilium*. De allí procede esta preciosa niña, quien de sus abuelos tomó el dulce nombre de *Illipulicia*, que es como decir *Estrella del Reino*. A esa divina estrella insultaste tú, clerizonte, diciéndonos que no se había lavado desde que a nado pasó el río Scamandro para venir aquí. Tú sí que no te has lavado, sucio, desde que te echaron el agua del Bautismo... Pues el bellaco de nuestro alcalde te dijo: «¡Juan, vaya una hembra! ¡Y es de la casta fina de amas de cura!» Tú te echaste a reír como un sátiro, y yo que oí estas infamias, resolví amar a Illipulicia y hacerla dueña de mi albedrío para defenderla contra vuestras artes seductoras... Atreveos, disolutos; acercaos, viciosos. Rabiad, rabiad, que vuestra no ha de ser, aunque vengáis con todas las redes y anzuelos infernales... Los cuernos del dios Ibero la protegen... y el cuerno sacro soy yo, yo, Buenaventura Miedes. Illipulicia es la virginal sacerdotisa, la diosa casta, en quien está representada el alma ibera, el alma española... Ella es mi dama, o como quien dice, mi inspiración, o llámese musa, y siendo ella el alma hispana y yo el historiador, engendraremos la verdadera Historia, que aún no ha salido a luz. Y como la Historia es la figura y trazas del pueblo, ved a Illipulicia en la forma de pueblo más gallarda... Sabed que todo pueblo es descalzo, y que la Historia es más bella cuanto más desnuda, y cuanto menos etiqueta de ropas ponemos sobre su cuerpo... Con que, vedme aquí enamorado de ella, y rejuvenecido con este amor. Rabiad, vejetes caducos, de verme tornado a la mocedad florida... Soy un joven lozano y fresco...»

Por señas me indicó Ignacia que no podía resistir más tiempo ni aquella atmósfera nauseabunda, ni el espectáculo de tanta miseria unida a tan lastimosos extravíos de la razón. Salimos a respirar aire puro, y paseamos por las calles visitando y admirando una vez más las incomparables iglesias románicas de la villa, reliquias espléndidas y tristes que nos hablan poético lenguaje. Ya conocíamos las bellezas de Santa María y la Trinidad: empleamos la tarde en explorar los mutilados restos de San Bartolomé y de San Gil, no sin que amargara nuestros goces el melancólico recuerdo de don Ventura, porque de él habíamos aprendido a entender y saborear el divino arte de aquellas piedras.

IX

Al pasar de nuevo por la casa de Miedes, vimos en la puerta a la tía *Ranera*, dentro de un círculo formado por otras vejanconas y unos arrapiezos de la vecindad. Con diligente afán cosía en la mortaja el pedazo de estameña que faltaba. «Está igual o pior —nos dijo—, y tan disparado del caletre, que discurre lo mesmo que un molino de viento. El médico ha prenosticado que si le repite el arrebato de pintarla de galán, poniéndose negro del golpe de sangre en la cabeza, en él se quedará como si le retorcieran el pescuezo... Ya ven los señores que me estoy dando priesa, y para tenerlo todo aparejado y que no digan, también he traído las velas... ¡Pobre señor! era el primer cristiano de la cristiandad, más bueno que San José bendito... ¡Vaya por lo que le ha dado ahora, al cabo de los años!... ¡Por enamorarse de la que llama la *princesa Filipolida*, que según dicen es una puerca, y viste a la similitú de las gitanas! Dios le lleve a su gloria, que bien se la merece, y perdónele aquesta ventolera, por no ser pecado, sino locura. No: no peca un hombre para quien fue siempre más amoroso el pergamino de los libros que el pellejo fino de mujeres, y a la suya propia, la Bibiana Conejo, que de Dios goza, no le decía jamás cosa denguna, aunque era tan limpia que se lavaba las manos con jabón de olor... Así le trascendían a claveles... ¡Y el que despreció a la que tan bien golía, como que se mudaba los bajos cada semana, y de camisa siempre que bajaba a la villa, que entonces vivían en Bochones, ahora se trastorna por una que anda como la Madalena, hermana de unos tales vagamundos... que según dicen, no se puede entrar a ellos, porque el fetor de cuadra da en la nariz!... ¡Lo que una vede, Señor! Y era tan simple mi amo y tan arrebatado de su caridad, que toda la despensa de casa, donde siempre hubo de cuanto Dios crió, verbigracia, cebollas, pan y vinagre, iba a parar al Castillo, y aquí están estas mis encías con telarañas para dar testimonio de las hambres que pasé... Pero, al fin, esos diablos de los infiernos se han ido ya, y mi Don Ventura subirá esta noche al Cielo, donde le darán su puesto entre la sinfinidá de arcángeles. Váyanse ya tranquilos los señores a su casa, y díganle a Doña Librada que mi amo es concluido. Ahora quedaba porfiando que ha de volverse mozo, y entre el albéitar y don Juan el cura no lo podían asujetar... Luego entrará en la agonía, y por mucho que tire no ha de pasar de las diez de la noche. Vaya por él y su descanso este Padre nuestro... «Padre nuestro...» Rezaron todos, viejas y chiquillos, y mi mujer y yo nos retiramos angustiados ante tan aterrador ejemplo de la miseria humana. A la mañana siguiente, supimos que el buen Miedes había expirado al filo de media noche. Fuimos a misa todos los de casa, y mi madre dispuso costearle el entierro y funeral.

Difícil me será explicar la pena que sentí en los días siguientes, no sé qué vacío en mi alma, como si la desaparición del sabio me afectara más de lo que lógicamente correspondía, un desconsuelo de lo pasado fugitivo, un temor de lo futuro incógnito. Mi mujer, restablecida en su equilibrio nervioso, ocupábase con mi madre en formar lista y presupuesto de las limosnas que habíamos de repartir en el pueblo y sus arrabales, como tributo reclamado a nuestra sobrante riqueza por la necesitada humanidad, con lo que satisfacían nuestros corazones un generoso anhelo y se cumplía la ley de nivelación económica, o al menos poníamos de nuestra parte la intención de cumplirla. Intacto estaba el repuesto de onzas que habíamos traído de Madrid, y ante tales tesoros lanzábase mi madre con grande espíritu a los más atrevidos cálculos de caridad, reflejando en su rostro todos los esplendores de la Bienaventuranza. «Gracias doy a Dios —nos dijo una mañana la santa señora, viendo a mi mujer muy afanada en escribir los listines de limosnas—, por este favor inmenso de veros socorrer delante de mí tanta miseria, y os juro que no gozaría más si lo hiciera yo misma con mi hacienda propia. No hay vida más ejemplar que la del que cultiva los campos, porque toda ella es sacrificio y paciencia, de que no tenéis idea los ricos que vivís y triunfáis en las ciudades. Mala es hoy la condición del labrador rico, agobiado de contribuciones y gabelas, y expuesto a que se lo coman, al menor descuido, los viles usureros; pero la del labrador pobre, que apenas saca para el sostén de su familia y animales, es mucho peor, como que vive de milagro; y nada quiero deciros de los que no poseyendo más que sus cuerpos se atienen a un jornal, cuando lo hay, que estos son como esclavos propiamente.»

La idea que expresó María Ignacia de socorrer a los que habían perdido sus cosechas por el pedrisco, entusiasmó a mi madre, hasta el punto de saltársele las lágrimas. «Bendito sea tu corazón piadoso, hija mía, y el tino que tienes para todo —le dijo—. No podías pensar cosa más acertada... Poned, pues, en la lista a los infelices que en aquella calamidad perdieron su esquilmo; pero no debéis olvidar a otros tan desventurados como aquellos, o más, si me apuran; que si malo fue el pedrisco que presenciasteis y que quitó la vida a nuestro pobre don Ventura, peor fue la horrible seca de este año, la cual asoló tanto, que muchos no pueden llevar a las eras más que un puñado de espigas. Yo que les conozco a todos, os diré cómo habéis de hacer la distribución, para que no queden desigualados en el beneficio y sea el socorro conforme a necesidad. A los que perdieron sus patatales y el sembrado de judías y menudencias, les asignaréis doblón de a cuatro, o doblón de a ocho, según tengan más o menos familia de hijos y animales... De todo este contingente puedo yo daros razón... Y a los que no trillan, por causa de la sequía, ni un tercio de su cosecha, les señalaréis a onza por barba. ¡Ay, hijos míos, no conocéis del campo más que las galas con que se viste por estos meses! Quedaos por acá y veréis la cara que pone cuando se desnuda de todas las alegrías verdes y se recoge para preparar las fatigas del año próximo. Ya habéis visto que el invierno asoma el hocico por los altos de Sierra Pela. Los hogares ya quieren lumbre, y los cuerpos echan mano de cualquier trapajo para abrigarse. Pues imaginad qué días esperan a esa pobre gente que no tiene trigo para pan, ni patatas, ni dinero con que proveerse de ello. Dios que no abandona a sus criaturas, si mandó sequía y granizo para probar la conformidad de estos pobres esclavos del terruño, os mandó luego a vosotros, hijos míos, para traer el remedio, y seréis el uno el arco iris que aparece después del Diluvio, la otra la paloma que viene con el ramo de oliva en el piquito.»

Paloma y arco iris nos pusimos a formar la nueva estadística con los datos que nos daba mi madre. Otra tarde nos dijo: «También en el pueblo tenéis dónde emplear lo mucho que os queda, pues los telares están parados, y los abarqueros y curtidores no saben de dónde sacar una hogaza. La miseria proviene de estas modas malditas que traen ahora trastornados a los pueblos, y de las muchas telas que aquí llegan, falsas como Judas, tejidas como telarañas, pero lucidas a la vista, y baratas, eso sí, con una baratura que desvanece a los tontos y aburre a nuestros tejedores. ¡Vaya unos lienzos indecentes que nos traen, y unas estameñas y unos tartanes que mirados al trasluz, parecen cedazos! Pues los montereros también andan de capa caída. Ahora salen estos brutos con la tecla de que las monteras de pellejo, para diario, no son elegantes, y algunos se cubren las chollas con esos buñuelos de paño que vienen de las Provincias... Y habéis de ver a las chicas vistiendo ya por la moda de Madrid, con esas indianas de a dos reales la vara, y esos pañuelos de listas que hasta parece que no visten, sino que desnudan...»

Como allí nos sobraba el dinero, y no temíamos ulteriores escaseces, pues mi próvido suegro ya nos anunciaba nueva remesa, abrimos gallardamente la mano, y fuimos como benéfico rocío que derramó algún consuelo sobre las entristecidas almas. Mas era tal el ardor que ponía mi buena madre en aquellas empresas de caridad, que mientras más dábamos, mayores larguezas nos pedía, como si el ejercicio del bien llevase a su noble alma del entusiasmo a la embriaguez. «Ya podía tu padre —dijo a María Ignacia—, mandaros un par de mulas cargadas de onzas para que os decidáis a edificar aquí el convento de monjitas de que me habló Catalina en sus cartas. Tan apagada está la cristiandad en este pueblo, que nos hace falta un instituto religioso que avive el fuego de la fe. ¡Ay, qué bien nos vendría un convento para la enseñanza de niñas, donde estuvieran desde los cinco años hasta que saliesen para casarse, aprendiendo todas las labores, y bien guarditas del melindre de novios, cartitas, bailoteo y demás perdición! Andan las muchachas aquí tan desenvueltas, que esto parece un rincón de Madrid, y las de buen palmito no piensan más que en retratarse cuando recala por Atienza alguno de esos que traen maquinilla del *garrotipo*, con las que sacan unos retratos que se miran a contraluz para ver lo blanco negro y lo negro blanco. Y mocosas hay que hasta llegan a decir que les gusta el café, y lo toman si se lo dan. Otras... tú las conoces... han aprendido a ponerse el peinado de tirabuzones, que es una indecencia, con aquellos mechones colgando; y algunas... pongo por caso, las de Cuadra y las de Aparicio... Mandan traer de Madrid corsés como el tuyo, de los que sacan el pecho... Cosa impropia de solteras. Este pueblo no es conocido. Me acuerdo de la villa de mi juventud, y me parece que han pasado siglos, o que la humanidad se nos ha vuelto loca.»

Con estas cosas y la satisfacción de hacer el bien a tanto desvalido, íbamos pasando los días de Atienza, que ya comenzaban a ser un poquito enojosos. Expirante septiembre, se descolgaba de la sierra, por las tardes, un vientecillo enteramente soriano; crecían las noches; descargaban a menudo copiosas lluvias que nos privaban del paseo, y pronto nos haría la nieve sus primeras visitas. Preparados estaban ya los hogares, limpias las chimeneas y apilada la leña que pronto habríamos de quemar si no buscábamos mejor otoño en tierra templada. La casa patrimonial, donde tan alegres habían transcurrido los días y las semanas, ya se llenaba de una vaga tristeza, que hacía más oscuros sus anchos aposentos, más bajas las techumbres, que casi se ponían a la altura de nuestras cabezas, más negro el maderamen de las pesadas puertas. Por los resquicios de las tuertas ventanas, avaras de luz, se colaba con insolencia el aire frío; a media tarde teníamos que subir a tientas para no tropezar en la escalera; los cortinajes nuevos con que mi madre había decorado nuestro aposento, se trocaban en fúnebres colgaduras, y las imágenes de Vírgenes y Santos nos ponían el ceño adusto, o se asombraban de vernos allí.

Hube de fijarme entonces en un accidente de mi casa que en todo el verano no mereció mi atención, y era el ruido, o más bien concierto de ruidos que hacían las diferentes puertas del vetusto edificio al ser abiertas o cerradas. Cada noche observaba yo un nuevo rumor o musical concepto, ya como lastimero quejido, ya como frase de angustia o sorpresa, y aplicando el oído y la imaginación, concluía por dar un significado verbal a sones tan extraños. Por entretenernos en algo en las lentas noches, comuniqué mis observaciones a Ignacia, y apoderada esta de lo que tanto era artificio de la mente como realidad sonante, *oyó* más que yo, y compuso todo un poema con los ruidos de las viejísimas tablas de mi casa solariega. «La puerta del comedor, siempre que entra alguien, dice: «*¡ay, ay, ay!, ¿cuándo os cansaréis de abrirme?...*» y la de la despensa: «*Dejadme morir cerrada...*» Pues fíjate en los peldaños de la escalera cuando sube Úrsula, que es de libras... Dicen: «*Muero porque no muero.*» Y cuando baja Prisca, que corre como una rata, hablan en lenguaje familiar. Yo lo oigo así: «*Pues aquí venimos los frailes gilitos vendiendo cabriiitos...*» Pon atención y oirás lo mismo que oigo yo...

«Pepe, Pepe —me dijo Ignacia una noche cuando desperté del primer sueño—, fíjate en ese ventanón que han dejado abierto en el desván. El viento lo mueve, y al abrirse canta el primer verso de la jota... Atiende y oirás: "*Hay en el mundo una España...*". luego se cierra con un golpe, *pum*, al cual sigue un ruido muy suave, algo así como el de las chupadas de un niño cuando coge la teta.» Puestos a oír, oíamos verdaderas maravillas. La puerta del comedor hablaba en griego y en latín, y decía cosas de la misa para echarse después a reír con alguna frase desgarrada, más propia de boca de manola que de una venerable puerta de casa ilustre; la que comunica el comedor con la pieza donde están los armarios de ropa decía: «*Madre, unos ojuelos vi*», y los armarios remedaban rezos de monjas, ronquidos de durmientes, pregones como el «*¡De Jarama, vivos!*» que tanto habíamos oído en Madrid...

Llegamos a componer el completo inventario de estos domésticos ruidos, con música y letra; y como alguna noche nos molestase tanta música, nos atrevimos a decir a mi madre que mandara untar de aceite los mohosos goznes para que callasen, o fueran más silenciosas las parlantes y cantantes puertas. Pero ella, sonriendo con la dulce severidad que empleaba siempre que se veía en el caso de negarse a darnos gusto, nos dijo: «Por Dios, hijos míos, no me pidáis que suprima los ruiditos de mi casa, que si ella no me cantara con el son de sus puertas y el estribillo de sus gonces, me parecería que pasaba de casa viva a casa muerta. Con esos ruidos melancólicos, que me cuentan cosas del presente y del pasado, me crié, y con ellos quisiera morirme. En ellos oigo la voz de mis padres y de mis hermanos, la de mi tío Anselmo, corregidor que fue de Guadalajara. Amigo íntimo del Empecinado y de don Vicente Sardina, nos refería las palizas que estos daban al general Hugo. También me traen a la memoria esos murmullos la voz de mi abuela, cuando a mí y a mi hermana nos contaba las fiestas que dieron en el Retiro por el casorio de Doña Bárbara con Fernando VI; la voz de mi padre ¡ay! una tarde, cuando, sentaditas mi madre y yo en este mismo sitio desgranando judías, entró y muy afligido nos dijo que le habían cortado la cabeza al Rey de Francia. Esto fue el año 93: la noticia de tal atrocidad llegó a nuestra villa el día de San Blas: ya veis si tengo memoria... Con que, no matéis los ruidos, y dejadme mi casa como está... No seáis, por Dios, tan modernos.»

X

El testamento de Miedes, otorgado en Sigüenza veinte años ha, carecía de interés por la desaparición de los bienes raíces. Los consistentes en papel impreso y escrito pasaban a ser propiedad del Seminario de San Bartolomé de Sigüenza, y el ajuar de casa, ropa y trebejos, que en buena tasación no valdrían arriba de ochenta reales, se adjudicaba íntegramente a la señora Laureana de La Toba, conocida por *la Ranera*. Habiéndome dicho un día don Juan Taracena, testamentario con el confitero Gutiérrez del Amo y don Cosme Aparicio, que en el revoltijo de la biblioteca se había encontrado un cajón de papeles escritos de puño y letra del erudito atenzano, me picó el deseo de echar la vista sobre ellos, y accedí a la invitación del señor Cura para examinarlos juntos, y rebuscar algunos destellos de inteligencia dentro de aquel caos. Y aquí viene a pelo la explicación de que lleve la fecha de octubre esta parte de mis Confesiones, toda en una pieza, después del largo silencio de cuatro meses en que suspendida tuve mi comunicación con la Posteridad. Lo poco que escribí desde la petición de mano hasta el día de mi casamiento, pareciome tan falto de interés y sobrado de fastidiosas declamaciones tocantes a la dignidad humana *sacrificada en aras del positivismo*, que lo rompí para no causar risa y tedio a mis futuros lectores... Entré por el aro del matrimonio agenciado por mi hermana; nos vinimos a esta villa mi mujer y yo, y pronto advertí la imposibilidad de escribir mis reservados pensamientos, porque mi esposa y mi madre no me dejaron ni un instante en la soledad necesaria para tal desahogo. Han pasado los meses en espera de una ocasión dichosa, la cual no ha venido hasta que, sin recelo de María Ignacia, he podido recluirme en la caverna del viejo Miedes con el pretexto muy razonable de la compulsa y escrutinio de sus descabalados papelotes.

En tres mañanas de recogimiento y aplicación, he podido emborronar toda esta parte de los días de Atienza, que a mi parecer no será de las que menos ilustren y amenicen la historia de mi vida, en contacto con la vida y alma españolas. Ni mi mujer ni mi madre se sorprenden de que pase aquí mañanas enteras, y aun les parece poco cuando a la hora de comer les doy cuenta de los peregrinos borrones en prosa y verso que don Juan, revolviendo lo pasado, mientras yo escribo para lo futuro, ha podido descubrir en este maremágnum: un Discurso de tesis escolástica (Alcalá, 1801), una epístola en ripiosos tercetos *Contra el vicio de hablar y vestir a la francesa* (1823), un extenso alegato refutando las crónicas que atribuyen la fundación de León al Rey egipcio *Mercurio Trismegisto* (muy señor mío), y por fin una serie de cartas que don Ventura, por comezón monomaníaca, escribía desde su solitaria cueva a todo personaje que descollaba en la celebridad militar y política. Había carta a Espartero, al marqués de Miraflores, a Olózaga, a Martínez de la Rosa, a Mendizábal y a Narváez, y era particularidad de todas ellas que, principiadas con gran esmero de letra y profusión de atrevidos pensamientos, ninguna estaba concluida y, por tanto, ninguna había ido a su destino. Graciosísima entre todas era la que empezó a escribir para Narváez, con fecha reciente. Tanto gusto tuve de su lectura que Taracena me la regaló, y aquí transcribo un párrafo de ella muy interesante: «En vos, Señor, saludan las presentes kalendas al esclarecido descendiente de aquellos *Turdetanos* que en el Sur de nuestra Península renovaron la ciencia de los famosos *Túrdulos*, compañeros de nuestro común padre Túbal. La historia que de Vuecencia se ha de escribir notará la concordancia del su carácter con el etimológico sentido de la palabra *Túrdulo*, que se compone de *Thur* (buey) y de *Duluth* (exaltado). Reconociendo en Vuecencia el primer *túrdulo* del Reino, yo le proclamo *Buey*, que es lo mismo que decir *fuerte*, y *Exaltado*, que suena lo mismo que *liberal*, de donde sale la especiosa síntesis de Vuecencia, o sea el ayuntamiento y consorcio de los atributos de *Fuerza* y *Libertad*...»

La soledad de Atienza se alegró estos días con la llegada de los maranchoneros... Son estos habitantes del no lejano pueblo de Maranchón, que desde tiempo inmemorial viene consagrado a la recría y tráfico de mulas. Ahora recuerdo que el gran Miedes veía en los maranchoneros una tribu cántabra, de carácter nómada, que se internó en el país de los *Antrigones* y *Vardulios*, y les enseñaba el comercio y la trashumación de ganados. Ello es que recorren hoy ambas Castillas con su mular rebaño, y por su continua movilidad, por su hábito mercantil y su conocimiento de tan distintas regiones, son una familia, por no decir raza, muy despierta, y tan ágil de pensamiento como de músculos. Alegran a los pueblos y los sacan de su somnolencia, solivantan a las muchachas, dan vida a los negocios y propagan las fórmulas del crédito: es costumbre en ellos vender al fiado las mulas, sin más requisito que un pagaré cuya cobranza se hace después en estipuladas fechas; traen las noticias antes que los ordinarios, y son los que difunden por Castilla los dichos y modismos nuevos de origen matritense o andaluz. Su traje es airoso, con tendencias al empleo de colorines, y con carreras de moneditas de plata, por botones, en los chalecos; calzan borceguíes; usan sombrero ancho o montera de piel; adornan sus mulitas con rojos borlones en las cabezadas y pretales, y les cuelgan cascabeles para que al entrar en los pueblos anuncien y repiqueteen bien la errante mercancía.

Todo Atienza se echó a la calle a la llegada de los maranchoneros con ciento y pico de mulas preciosas, bravas, de limpio pelo y finísimos cabos, y mientras les daban pienso, empezaron los más listos y charlatanes a dar y tomar lenguas para colocar algunos pares. En mi casa estuvieron dos, sobrino y tío, que a mi madre conocían; mas no iban por el negocio de mulas, sino por llevarnos memorias y regalos de mi hermana Librada y de su familia. (Si no lo he dicho antes, ahora digo que mi hermana mayor, casada en Atienza con un rico propietario, primo nuestro, había trasladado su residencia, en abril de este año, a Selas, y de aquí a Maranchón, por el satisfactorio motivo de haber heredado mi primo tierras muy extensas en aquellos dos pueblos.) Obsequiados los mensajeros con vino blanco y roscones, de que gustaban mucho, se enredó la conversación, y al referirnos pormenores de su granjería y episodios de sus viajes, vino a resultar que inesperadamente, sin que precediera curiosidad ni pregunta nuestra, tuvimos noticia de la cuadrilla o tribu de los Ansúrez.

Entre otros cuentos o aventuras refirieron los tales que en una venta cerca de Trijueque habían topado con los vagabundos, entrando en pláticas y tratos con ellos, porque el Jerónimo les propuso comprarles una mula de las ancianas, no para comerciar, sino para andar en ella, no llegando a entenderse porque parecía insegura la fianza. Vista y examinada la linda moza que los Ansúrez llevaban, propusieron los marchantes tomarla a cambio, no de una mula, sino de dos, a escoger, y con algún dinero encima si así fuese menester para igualar, y de esto vino una pendencia con palos recíprocos, teniendo que salir más que deprisa los *agitanados* para que no acabara en sangre la función... Después volvieron a encontrarse en Taracena, *resultando* que la moza se había comprado zapatos en Valdenoches, y algún trapo con que más honestamente se tapaba. Esquivaron los de Maranchón nuevas disputas; pero la casualidad les hizo presenciar la que tuvieron los Ansúrez entre sí, unos hijos con otros y algunos con el padre, saliendo de la refriega la hermanita con un chichón en la frente; y a consecuencia de este gran cisco se separaron, tirando cada cual por su lado, como huyendo unos de otros, con intención de no volver a juntarse nunca. Uno de los hijos tiró hacia Brihuega, otro se metió por el camino que conduce a Pastrana y al paso para Cuenca y Reino de Valencia, el tercero subió hacia el lugar de Talamanca, como para correrse a Segovia; el cuarto dijo que se quedaría en Guadalajara, y el chiquitín, con la hija guapa y el padre anciano dijeron que derechamente se iban a Madrid. La dispersión de la tribu, contada con tanta sencillez por los traficantes de mulas, me hacía el efecto de las emigraciones de los hijos de algún patriarca, tal como la fábula o la Historia nos las transmiten, y la salida de cada cual para fundar pueblos y difundir ideas al Norte y al Sur, hacia donde nace o se pone el Sol. Estaba sin duda mi cerebro bajo el influjo de las ideas de Miedes, y en todo veía éxodos de razas, familias dispersas, y viajes que traen la civilización o van en pos de ella.

Y como persisto en no ocultar nada de lo que siento, séame o no favorable, diré que desde que oí a los muleros, no se apartó de mi pensamiento la imagen de la hija de Ansúrez. «¿Qué apuestas a que te adivino lo que estás pensando? —me dijo Ignacia por la noche, ya solos en nuestra alcoba. Y yo me eché a temblar, porque en efecto, mi mujer de algunos días acá me adivina los pensamientos con solo mirarme, y a veces sin este requisito, por pura infiltración del rayo de sus ojos al través de mi frente, o por misteriosa lectura de signos que trazan sin quererlo mis manos, mis pasos, mi sombra sobre las paredes o el suelo. Antes que acabara de responderle con una donosa evasiva, me dijo: «¡Mentiroso! estás pensando en Lucila, o digamos *Illipulicia*, como la llamaba su enamorado caballero don Ventura.» Negué; di nuevo giro a nuestro coloquio; mas era verdad que en Lucila pensaba, llevando muy a mal que descompusiese su escultural figura imponiendo a sus libres pies el suplicio y la fealdad de estas horribles invenciones de los zapateros. Por mi gusto habríale comprado en Guadalajara, en Cogolludo o donde la encontrase, túnica y manto de finísima franela blanca, con las cuales prendas y un delgadísimo camisolín de batista cubriese y guardase honestamente toda su persona, sin añadidura de corsé, ni faja, ni cinturón, ni canesú, ni medias, ni cosa alguna más que lo dicho, privándola asimismo de toda suerte de alhajas o accesorios, que siempre habían de interceptar alguna parte o pedacito de su soberana belleza, y de distraer los ojos que en contemplarla se embelesaban. Solo en su cabeza consentiría un aro de metal, oro puro sin ornato ni piedras preciosas, que sujetase su espléndida cabellera, recogida y arrollada en una sola onda. Guardaba yo esta imagen en el más recóndito espacio de mi pensamiento, bien sujeta de mis disimulos para que no se me escapase, y le tributaba culto espiritual, castísimo, haciéndome la cuenta, como el loco Miedes, de que en tal figura amo el alma de un pueblo y la *historia de las cosas vivas*.

El invierno nos arroja de Atienza. Echo muy de menos la sociedad, mis amigos, la política, el fácil y pronto conocimiento de cuanto pasa en el mundo. Ya resuenan lúgubremente en los empedrados de la antigua *Tutia* las herraduras de las caballerías que suben y bajan por estas empinadas calles y carreras; ya se me hace fúnebre como el *Dies irae* el ladrido de los perros en largas noches, y hasta el matutino canto de los gallos me suena como una invitación a que tomemos el portante. Y de los ruidos del maderamen de la casa no digamos: ellos son de tal modo tristes, que harían regocijadas las *Noches* de Young y de Cadalso... Ya me inspiran profunda antipatía los señores y damas del pueblo, que con su apéndice de niñas emperejiladas a estilo de Madrid redoblan ahora sus fastidiosas visitas, sin duda porque no tienen a dónde ir. No puedo soportar a las de Aparicio; las del Confitero me amargan, y las del Médico me enferman. Don Lucas de la Cuadra se me ha sentado en la boca del estómago, y don Manuel Salado en la coronilla... Ya los pórticos románicos se desdicen de todas aquellas donosuras poéticas que nos habían cantado, y el alto Castillo se reviste de una fiereza tal, que no nos atrevemos a mirarle cara a cara. Si al pronto las nieves nos alegran la vista, no tardamos en asustarnos de su blancura irónica, que deslíe y absorbe los colores de la campiña, mata todo sonido y borra todo signo vital. Vientos glaciales bajan del Alto Rey y quieren barrernos. La vida se reconcentra en las cocinas, como en el orden vegetal desciende a las raíces la savia, y junto al fuego se agrupa toda la bárbara inocencia y la marrullera ignorancia de la humanidad campestre.

Madrid nos llama y Atienza nos despide, pues mi propia madre, que no se cansa de tenernos a su lado ni de prodigarnos su inextinguible cariño, reconoce que es hora de que ella torne a Sigüenza y nosotros a la Villa y Corte, con todas las precauciones imaginables y cien más, y aún es poco, porque... hace días anduvieron ella y María Ignacia en secreteos, y según parece, ya no hay dudas respecto a lo que más deseamos todos, esposo y padres... ¡Ay, Dios mío! El temor de un fracaso, que ahora no sería imaginario como en los días de nuestra llegada, inspira a mi señora madre las más audaces previsiones y los planes más peregrinos respecto a viaje, método y pausas con que debemos realizarlo, estructura y acomodos del coche, limpieza y monda de piedras en todos los caminos que hemos de recorrer... Pronto a partir, precisado me veo a poner fin a estas páginas trazadas al descuido y como a hurtadillas en la polvorosa madriguera del erudito atenzano. ¿Pluma de estas Confesiones, cuándo volveré a cogerte?... Adiós, Atienza, ruina gloriosa, hospitalaria; adiós, santa madre mía; adiós, *Noble Hermandad de los Recueros*, que me hicisteis vuestro *Prioste*; adiós, amigos míos, curas de San Juan, San Gil y la Trinidad; adiós, Teresita Salado, Tomasa y chiquillos que alegrabais nuestras tardes; adiós, paz y recreo del campo, simplicidad de costumbres; adiós, sombra del grande y misterioso Miedes, el de la locura graciosa y sublime, el soñador celtíbero, enamorado de la más bella representación del alma hispana; adiós, en fin, imagen de la errante Lucila, mentira de la realidad y verdad casi desnuda que pasaste como un relámpago de hermosura entre el polvo de los deshechos terrones... Adiós, adiós, adiós... Ved aquí las últimas plumadas, las últimas sin remedio, porque tengo que sellar y empaquetar cuidadosamente estos papeles para llevármelos bien guardaditos... No más, no más... Hasta que Dios quiera.

XI

Madrid, *22 de noviembre*. Me parece mentira que puedo consagrar un rato al desahogo de estas Confesiones, en lugar seguro, lejos de la inspección y vigilancia de mi mujer, de mis suegros y de toda la ilustre familia con quien vivo, tratado como príncipe, regalado hasta el mimo, pero sin libertad. No debo quejarme, pues los bienes que Dios derrama generoso sobre mí aligeran la cadena de oro que arrastro, reduciéndola, fuera de contadas ocasiones, al peso y tensión de un cabello. No me quejo; voy muy a gusto en este gallardo machito: en mi casa me aman, y tienen de mí la más alta idea; en sociedad me veo rodeado de consideraciones; el respeto me sigue, la admiración me acompaña, y el dorado vulgo me rinde homenajes que en mi vida de célibe nunca pude soñar. A mi nombre va unida, con el flamante título que ostento, la idea de sensatez; pertenezco a *las clases conservadoras*; soy una faceta del inmenso diamante que resplandece en la cimera del Estado y que se llama *principio de autoridad*: en mí se unen felizmente dos naturalezas, pues soy *elemento joven*, que es como decir inteligencia, y *elemento de orden*, que es como decir riqueza, poder, influjo. Váyanse, pues, unas libertades por otras, que algo se puede sacrificar de la doméstica para gozar la pública, la que nos autoriza para campar con nuestra caprichosa voluntad por encima de la cuitada multitud, a quien nunca falta Rey que la ahorque ni Papa que la excomulgue.

Desde que regresamos de Atienza, toda tentativa de confesión escrita hallaba en la curiosidad de los míos insuperable obstáculo: ¿pues qué había yo de escribir que mi mujer no atisbase, receloso fiscal de mis pensamientos? Ausente mi amigo Aransis, no tenía yo quien me diese seguro asilo, que bien puedo llamar confesonario; ahora que vuelve Guillermo a Madrid, a su casa me voy y en su cuarto me meto, y en su papel escribo... Sepan los que en futura edad me leyeren que amo a Ignacia con plácida ternura, y que estoy muy contento de haberla hecho mi esposa. El afecto que le doy débilmente corresponde, así debo declararlo, al exaltado amor que ella tiene por mí, y a la ofrenda que constantemente me hace de su sinceridad, pues todo me lo revela y confía, desde las cosas más importantes a las más menudas, y no hay repliegue de su conciencia ni secreto de su mente que no ponga ante mí. Su inteligencia descubre y ostenta de día en día nuevos tesoros.

Con sus padres es la niña encogida y vergonzosa de siempre, petrificada en las ñoñerías tradicionales de la casa; para mí es la mujer de libre pensamiento, la mujer de ideas propias que en el sagrario matrimonial rompe el cascarón en que la criaron, y conservando hacia la familia las fórmulas de un pasivo respeto, solo en el esposo pone su alma entera.

Padre seré de los hijos que Ignacia quiera darme, y como es bueno que me ejercite en las paternales obligaciones, de la Patria quieren hacerme venturoso papá. Me ha llamado Sartorius para decirme con cortesana franqueza que, por mi posición independiente y mis dotes intelectuales, *estoy llamado* a representar un distrito en el futuro Congreso. ¡Paso a los hombres de arraigo; atrás los vividores! Este lema de regeneración política me parece muy bello, y no vacilo en poner al servicio del país todo mi arraigo, que espero ha de aumentarme Dios. Aunque las elecciones generales para nuevas Cortes no han de ser hasta el año próximo, el previsor conde me pregunta si llegado el caso podría yo disponer en Sigüenza de los necesarios *elementos* para el triunfo. Le contesto que no me faltan allí parentela y amigos; pero desconfío del éxito si vuelve a presentarse, como presumo, el señor conde de Fabraquer. Por lo que me aseguró el alcalde de Atienza, don Manuel Salado, con Fabraquer no será posible la lucha, a menos que el Gobierno no haga un verdadero desmoche y tabla rasa... Hablamos enseguida de Brihuega, donde *toda la fuerza* es de don Luis María Pastor; de Almazán, donde probablemente luchará, y no han de faltarle medios y buenas armas, el señor Ramírez de Arellano, funcionario de Gracia y Justicia; y por fin echamos una miradita a Molina de Aragón, donde la desventaja de tener enfrente a un antagonista tan formidable como don Fernando Urries, se compensara con el apoyo que ha de darme mi cuñado y primo, gran propietario en Selas y Maranchón, y a poco que me ayude el Gobierno... Pensó en ello un instante Sartorius, y después me dijo: «Ya lo resolveremos de aquí a las elecciones generales, que serán el invierno próximo... y por mi gusto no se convocarían nuevas Cortes hasta el 50... De todos modos tenemos tiempo... Pero usted no debe estar ocioso, amigo mío. Cada día se nota más en esas malditas Cortes la falta de personas de arraigo... Las complacencias de los Gobiernos con los que hacen de la política un oficio, van desmoronando el Régimen... Yo veré si le sacamos a usted en alguna elección parcial...»

Volví, por indicación del amable ministro, a los cuatro días; pero nada de mi presunta paternidad política pudimos hablar, porque las graves noticias llegadas de Roma arrebataban la atención de los hombres más o menos *arraigados*, no dejando espacio para tratar de personales asuntillos. A pesar de esto, debo confesar ingenuamente que si en la concurrida recepción o tertulia de Sartorius, a horas altas de la noche, aparecí asociado al general asombro y pena que ocasionan los graves sucesos de Italia, sentí en mi interior el hielo de la desafección a todo lo que no trajera ligamentos o enlace con mi propio bienestar. En verdad digo que lo ocurrido en Roma me inspira un cuidado muy relativo, y no ha de quitarme porción ninguna del sosiego de mis días ni del sueño de mis noches. Pero, como todos me creen muy entendedor de cosas y personas romanas, no cesaron aquella noche de interrogarme acerca de los antecedentes y móviles de los aterradores acontecimientos; contesté conforme a mi conocimiento personal, y añadiendo a lo que ignoro alguna ingeniosa gala de mi fantasía, satisfice la curiosidad y escuchado fui como un oráculo.

Acerca del marqués de Azeglio, propagandista de las ideas liberales bajo la bandera papal, y del partido llamado *Joven Italia*, que proclamaba las dos grandes ideas *Libertad* y *Unidad*; acerca del grande y austero revolucionario Mazzini, que a su fin va sin reparar en los medios, hombre de robusta inteligencia, de formidable voluntad, frío, despiadado, cerrado a todo sentimiento que no sea el de un patriotismo fanático, a la romana, mezcla imponente de Catón y Sila, les di prolijos informes que a mi parecer se aproximaban bastante a la verdad. Las concesiones de Pío IX a los revolucionarios, que aparecían en las calles de Roma ennegrecidos aún con el tizne de las logias, yo las había presenciado; y también vi que el Papa, otorgando al pueblo cuanto este pedía, llegó al límite de la generosidad. El pueblo, desvanecido por las ideas de Balbo y Gioberti, y por la predicación del marqués de Azeglio, pedía más cuanto más obtenía. Mastai Ferretti concedió el Ministerio laico, y Constitución y Cámaras. La moda de las Constituciones llegó a invadir la morada de la inmutable Iglesia. Contra la *Joven Italia* y los revolucionarios alzaba fuerte antemural el Imperio austriaco, poseedor de las más bellas regiones del Norte de Italia; contra el Austria armaba sus huestes Carlos Alberto, rey de Cerdeña. ¿Ante cuál de estos dos poderes se inclinaría San Pedro?...

Diles una explicación sucinta de las dos ideas fundamentales que la Historia expresa con los términos rutinarios de *güelfos* y *gibelinos*, y les referí que en los postreros días de mi estancia en Roma yo había visto al Papa indeciso (perdonad, yo le veía en la opinión que me rodeaba, dándome la perspectiva general de las cosas), y, por fin, inclinado a no romper con el Imperio. Si Julio II gritó «fuera los bárbaros», Pío IX creyó sin duda comprometer su tiara si los bárbaros, entiéndase austriacos, negaban su apoyo al débil Estado romano y a la Barca del Pescador.

Incansable en organizar las demostraciones patrioteras, a la calle lanzaba Mazzini las multitudes, con cuyo vocerío halagaba y amedrentaba al Pontífice, el cual, harto de vanos ruidos y agobiado bajo la pesadísima responsabilidad de la Iglesia que llevaba sobre sus hombros, gritó un día en el balcón del Quirinal: «No puedo, no debo, no quiero.» Con esto, y con la Encíclica en que desmintió el Pontífice su política del 46 y 47, se desligó de la *Joven Italia*: deshecha como el humo la popularidad de Mastai Ferretti, el sentimiento popular le acusó de defección a la causa de la patria. Lanzado a la resistencia, Su Santidad nombró ministro al conde de Rossi.

A una me interrogaron acerca de este desgraciado personaje, y aunque yo no le conocía más que de verle en la calle cuando era Embajador de Francia, hice de él pintura física y moral con los elementos de la opinión oída o sentida, que casi siempre han sido los más eficaces medios de la Historia. Rossi era un hombre pálido y pensativo, poco elegante y un tanto displicente, gran jurisconsulto y expositor de ciencia jurídica... Ministro papal (esto no lo alcancé yo, pero hablé de ello como si lo hubiera visto), desplegó una energía que había de ser insuficiente contra la hinchada onda de la revolución.

«¿Conoce usted el palacio de la Cancillería, en cuya escalera ha sido asesinado Rossi? —me preguntan con el intenso interés trágico que despierta el lugar de un crimen. Y yo impávido, bien asistido de mis luminosos recuerdos, les describo todo el barrio, la *via Pellegrini*, el *Campo di Fiori*; encaro con la majestuosa fachada de la Cancillería, trazada por Bramante; traspaso el monumental pórtico, obra de Fontana; entro en el bello patio, y torciendo a mano izquierda, señalo el arranque de la escalera, en cuyos primeros peldaños ha perecido a manos de la demagogia desmandada el ministro de Pío

IX. Luego me lanzo de nuevo a la calle, y con mi fácil vena descriptiva les guío hacia las construcciones heteróclitas entremezcladas con los vestigios del *Teatro de Pompeyo*, ¡donde fue asesinado César!... y admiran la coincidencia, que no está en las personas, ni en la calidad o móviles del delito, quedando solo reducida a la vecindad de lugares trágicos. En pueblos tan pletóricos de Historia como aquel, las tragedias se tocan, y juntas están las piedras en que sucumbieron mártires o afilaron sus cuchillas los verdugos.

1.º de diciembre. Según las noticias de Roma que nos llegan por los correos de Francia, Rossi fue víctima de su temeraria confianza o de su indomable valentía. Más altanero que precavido, despreció los avisos que se le dieron de que las logias habían decretado su muerte. Entró solo, sin miedo ni precaución, en la Cancillería, rompiendo por entre una multitud enconada y bullanguera. Al poner el pie en el primer peldaño recibió un garrotazo en el costado derecho. Volviose, y en el mismo instante, por la izquierda, una furibunda mano armada de cuchillo le cortó la yugular. Muerto el ministro, la autoridad temporal del Pontífice era una vana sombra. El siguiente día, 16 de noviembre, trajo el desenfreno de las muchedumbres, las gesticulaciones del patriotismo epiléptico frente al Quirinal, la ansiedad de Pío IX, el ir y venir de comisiones pidiendo y negando... Las noticias de hoy confirman que Su Santidad huyó de Roma. ¿En qué forma? ¿Disfrazado de aldeano como Juan XXII escapando del Concilio de Constanza, o de mercader como Clemente VII escabulléndose por entre las tropas españolas?

3 de diciembre. Por referencias de nuestra Embajada se sabe que Mastai Ferretti salió del Quirinal vestido de simple cura, y en velocísima carrera de coche se plantó en Albano. Allí le tomó de su cuenta el ministro bávaro, conde de Spaur, que viajaba con su señora y familia menuda. Con el carácter de ayo de los niños salvó Pío IX felizmente la distancia entre Albano y la frontera de Nápoles... Ya le tenemos en Gaeta, que ha venido a ser la provisional Sede y metrópoli del mundo católico. En Roma imperan Mazzini, Sterbini, Cicerovacchio, el príncipe Canino, que es un Bonaparte encenagado en la demagogia, y les sigue y hace coro la ronca turba insaciable. Grandes acontecimientos se preparan en el mundo. Arde Italia. El caballeresco Carlos Alberto reúne la más florida milicia lombarda y piamontesa para marchar contra Austria... ¿Qué pasará? ¿En qué pararán estas colosales trifulcas, que comparadas con nuestras revoluciones de campanario no nos parecen menos grandes que los combates de Dioses y Héroes en los cantos de Homero, o las peleas de arcángeles en las estrofas de Milton?... No lo sé, ni en verdad me importa mucho. Rueden los tronos; vacile, ya que rodar no pueda, la inmortal tiara; sobre las monarquías deshechas alcen su imperio efímeras o vigorosas repúblicas. Nada de esto alterará la paz del hombre árbol, que ve resueltos los problemas de su nutrición vegetal, y siente bien asegurado el suelo entre sus hondas raíces. Mi optimismo me asegura que las tempestades europeas no se correrán a España, porque aquí tenemos la Providencia de un don Ramón María Narváez que con el ten con ten de su fiereza y gracias andaluzas, tigre cuando se ofrece, gato zalamero si es menester, maneja, gobierna y conduce a este díscolo Reino, y en él asegura el bienestar de los que lo han adquirido, o están en el trajín de su adquisición. Vívame mil años mi *Espadón de Loja*, y durmamos tranquilos los que juntamente somos usufructuarios y sostenedores del orden social.

XII

16 de marzo de 1849. De tal modo absorben mi espíritu el cuidado de mi cara mitad y el problema de la sucesión, que ha de resolver María Ignacia, según los cálculos más discretos, en fines de mayo o principios de junio, que no hay espacio en mi pensamiento para suceso alguno de orden distinto, así privado como público. ¿Qué me importan las alteraciones de Francia, de Roma o de Hungría, ni las malandanzas del Estado español, ante este inmenso enigma del embarazo, cuyo término y desenlace feliz esperamos con el alma en un hilo? ¿Qué puede afectarme ese lejano enredo de la República Romana, ni las diabluras de los Mazzinis, Caninos y Garibaldis? ¿Ni qué atención puedo prestar a los entusiasmos de mi cuñada Sofía por Luis Napoleón, presidente de la República Francesa, o por Manin, desgraciado Dux de la de Venecia? Y cuando mi hermano Gregorio me da irresistibles matracas por el desconcierto de la Hacienda española, ¿qué he de hacer más que abrir la oreja derecha para que salga lo que por la izquierda entró? Ya comprenderéis que de la guerra intestina que arde en Cataluña hago tanto caso como de las nubes de antaño, que lo mismo es para mí Cabrera que un monigote de papel, y que los movimientos de Pavía, de Concha o de Córdova en persecución de los facciosos no mueven mi curiosidad. Entre o salga Montemolín, lo mismo me da, por no decir que ahí me las den todas.

No me cansaré de afirmar que son cada día más vivos y puros mis afectos hacia la compañera de mi vida, y que esta ha llegado a seducirme y enamorarme con solo el talismán de sus anímicas dotes. Diré también que mis suegros y toda la familia me quieren entrañablemente, viendo y comprobando con diarios ejemplos que *hago feliz* a la niña. Cuido mucho de no dar pretexto al menor disgusto de mis papás políticos, atento siempre a mi completa identificación con ellos y a fundirme en las ideas y rutinas del mundo Emparánico, sin hipocresía ni violencia. Solo en los comienzos de mi asimilación me causaron enojo las extremadas santurronerías a que las señoras mayores me sometieron, y se me hacía muy largo el tiempo consagrado, sobre la diaria misa, a Triduos, Cuarenta Horas, o visitas a las monjas del Sacramento, de la Latina y de Santo Domingo el Real; pero a ello me fui acostumbrando con graduales abdicaciones del albedrío, hasta llegar a cierta somnolencia que se compadece con las materiales ventajas de mi posición. Por el bienestar que me rodea y las comodidades que disfruto, doy gracias a Dios y a mi hermana Catalina, sintiendo mucho no poder dárselas más que con el pensamiento, pues desde que volví de Atienza no he visto a la bendita religiosa, que ahora está rigiendo la comunidad Concepcionista Franciscana de Talavera de la reina. Ved aquí por qué no la he nombrado en esta parte de mis Confesiones. De veras me ha dolido no encontrarla en Madrid, no solo porque estoy privado de sus consejos amorosos, sino porque su ausencia me tiene ignorante de si recibió y acogió a los Ansúrez, recomendados por mi carta. Nada sé de esta gente, nada del noble patriarca de la tribu, nada de la sin par Lucila, y pienso que, desamparados aquí, se han corrido a tierras distantes.

Volviendo a mi nueva familia y al fenómeno de mi adaptación social, diré que fue para mí un poquito duro, en los primeros días, el trato de las personas que frecuentaban mi casa en las veladas de invierno. Poca sustancia, o más bien ninguna, sacaba yo de la conversación de los respetables señores carlinos o convenidos de Vergara, a los que no creo ofender si digo de ellos que su desenfrenado absolutismo me daba de cara como un mal olor de boca. A los que ya he dado a conocer tendré que añadir alguno, si Dios me da salud y tiempo, que ostentando traje militar o civil, trae olor de curas y tipo de la Bóveda de San Ginés. Pero con todos estos tufos y apariencias desagradables, yo voy apechugando con ellos, y ya no me causan la menor molestia ni sus personas anticuadas ni sus estrafalarios discursos. A todo se hace el hombre en las diferentes situaciones a que le lleva su Destino, y por algo dice la filosofía popular: *No con quien naces, sino con quien paces.* En realidad yo pacía exclusivamente con mi mujer, y de este nuestro pastar reservado en el íntimo campo conyugal, nació el que yo me adaptase fácilmente a la vida Emparánica, como se verá por lo que voy a referir ahora.

Me lanzo a descubrir y delatar lo más secreto de mis conversaciones con María Ignacia. Ya en los días de Atienza, cuando nos quedábamos solos, se me quejaba de la pesadez insulsa del rosario que mi madre nos hacía rezar con ella todas las noches. Claro es que estas opiniones eran solo para mí, y ante mi madre nada decía que pudiera disgustarla. En Madrid me manifestó las propias ideas, y una noche llegó a decirme: «El rosario me sirve a mí para pensar en mis cosas. No hay nada más propio que esta taravilla para meterse una en sí misma. Ya tengo yo mi lengua bien acostumbrada a rezárselo ella sola, y la dejo ir al compás de la cancamurria de los demás. Dentro de mí, yo solita pienso, y si viene a pelo, le pido a Dios con palabras mías lo que quiero pedirle... ¡Vaya, que si dijese yo estas cosas a mis tías, creerían que me he vuelto loca! Pues hace tiempo que pienso así; pero a nadie lo he dicho, porque la vergüenza me sellaba la boca. Como entre nosotros no hay vergüenza, todos mis pensamientos son tuyos.

Y en la noche de un día consagrado a religioso bureo, con misa solemne por la mañana, por la tarde manifiesto y procesión, y como fin de fiesta, fastidiosa charla mística del señor Sureda con nuestras reverendas tías, María Ignacia, cuando estuvimos donde nadie pudiera oírnos, me dijo: «Con muchos días como este, pronto se hace una volteriana, aunque yo, la verdad, no he leído a ese Voltaire ni falta que me hace. Oye, Pepe: ¿no te parece que sobre todas las estupideces humanas está la de adorar a esos santos de palo, más sacrílegos aún cuando los visten ridículamente? ¿No crees que un pueblo que adora esas figuras y en ellas pone toda su fe, no tiene verdadera religión, aunque los curas lo arreglen diciendo que es un símbolo lo que nos mandan adorar entre velas? Yo te aseguro que no siento devoción delante de ninguna imagen, como no sea la de Jesucristo, y que si yo tuviera que arreglar el mundo, mi primer acto sería condenar al fuego a toda esa caterva de santos de bulto, empezando por los que llevan ropa.

—Lo mismo pienso —le respondí—. Pero nosotros, que tenemos nuestro entendimiento limpio de esos desvaríos, hemos de disimularlo, y hacer como que no discurrimos, ni vemos más allá de las narices del señor Sureda, o de tu tía Josefa... Seamos cautos, mujer mía, que nada cuesta decir a todo *amén*, y vivir en santa paz con la familia.»

Y una noche, recordando lo que desentonadamente se habló en nuestra tertulia de la situación del Papa, y de las tropas que mandaremos a Italia para restablecerle en su trono, mi mujer se dejó decir: «Ya ese bendito conde de Cleonard me tenía estomagada con que la Iglesia debe ser maestra de la vida en todos los órdenes, con que los liberales están condenados, con que debemos traernos para acá al Papa, y hacerle cabeza de nuestra nación... Pues yo digo que si es Vicario de Jesucristo, ¿para qué necesita fusiles y cañones? Jesucristo no tuvo artilleros, ni le hacían falta para nada... Y también digo que no tuvo embajadores, ni ministros de Hacienda, ni cobraba dinero por bulas o dispensas, ni gastaba esos lujos... Como que nunca se puso zapatos. ¿Lo entiendes tú, Pepe? Me dirás que no, y que tus dudas son iguales a las mías... Pero tienes razón, hijito: callémonos y hagámonos los tontos, que así nadie se mete con nosotros, y vivimos tan tranquilos.»

El escepticismo de mi cara esposa no se estacionaba: era esencialmente progresivo, como se verá por los conceptos formulados hará unos veinte días: «Esto de que hemos de confesar y comulgar todos los meses me parece un abuso de nuestra paciencia, Pepe. ¿No crees lo mismo? Bueno que me hagan confesar a mí; pero tú, que eres hombre, ¿por qué has de arrodillarte tan a menudo delante de un sacerdote para contarle lo que has hecho? ¡Pues buena tendrías el alma si a cada treinta días te la llenaras de nuevos pecados! Con confesar una vez al año, o dos, vamos, bastaría, pienso yo. Claro es que salimos del paso muy lindamente. Yo de algún tiempo acá no le digo al cura más que lo que me parece. Ya te conté los disparates que me preguntó el de las Descalzas. Desde entonces hago mi composición y no me apuro por nada. ¿Y tú cómo te las arreglas con don Sinforoso? ¿Es preguntón; es de los que se pasan de listos y quieren saber, a más de los pecados cometidos, los pecados probables, y se meten en lo que no les importa?... Verdad que tú ya sabrás desenvolverte. A buena parte van. Yo digo que la mujer casada no debe confesarse más que con su marido, si este no es un pillete, como hay muchos. A ti te digo yo todo lo que pienso; tú me dices a mí parte de lo que discurres, porque un hombre, naturalmente, debe tener alguna más libertad de pensar, y así somos felices, y nos entendemos a maravilla.»

30 de marzo. Suspendo aquí los desenfados de María Ignacia, para dar sitio al estupendo notición de hoy. En Novara, gran batalla entre piamonteses y austriacos, vencedores estos, viéndose precisado Carlos Alberto a salir de estampía, previa abdicación en su hijo Víctor Manuel. No caben en sí de contento los de mi tertulia Emparánica, y mi hermano Agustín ya ve asegurada la paz del mundo y el orden social con este triunfo del Imperio... Ni ante la rota de Novara, que ha sido el humo en que se desvanecen las esperanzas unitarias de los italianos, entran en razón los descamisados y descalzonados de Roma, que siguen adorando a esa tarasca ebria de su República. El Papa, muy obsequiado del *Rey Piísimo* (Fernando II), continúa en Gaeta esperando que las tropas francesas y españolas le devuelvan sus Estados, hoy en poder de todos los demonios. Estos no van con exorcismos ni anatemas, y es menester gran cantidad de pólvora y balas para conseguir arrojarlos del santo cuerpo en que se han metido.

«¿No has reparado —me dijo anoche Ignacia—, que en casa no quieren a Narváez? Lo habrás notado sin duda. Ello está bien a la vista. Siempre que hablas de él, para elogiarle, naturalmente, o callan o salen con alguna cuchufleta... y que el Sureda las dice del peor gusto. Luego papá y las tías no pierden ripio para ponerle faltas: que si es un cascarrabias, que si no guarda la religión, que si no mira más que por sí, que si todo lo arregla con andaluzadas, que si debajo de la capa de moderado es un liberal tremendo, que si ha dicho o no ha dicho del nuncio una frase muy fea... y no pude enterarme, porque entre sí los hombres la pronunciaron muy en secreto, y unos se indignaban, otros se reían... En fin, Pepe, que no le quieren en casa, desengáñate. ¿Sabes la que soltó esta noche don Serafín Cleonard? Pues que la reina ha perdido el miedo a Narváez; pero que le mantiene en el poder por meterle miedo a su marido don Francisco y tenerle siempre en jaque... Mi tía Josefa, que, como sabes, está muy al tanto de lo que pasa en el cuarto del Rey, se echó a reír y dijo: «Ya no le temen. ¿Qué han de temerle, si el tigre va saliendo gato? Preparado está ya el cascabel que han de ponerle.

—¿Y no añadió quién es el guapo que se lo pondrá?

—Se lo calló la muy ladina. Si mañana se les va la lengua un poquito más... Seré toda orejas, para grabarlo bien en mi memoria y poder contártelo.»

XIII

17 de mayo. No me preguntéis nada de cosas públicas, ni aun de la expedición militar que ha salido ya para Italia. Todo lo ignoro, y lo que traen a mi oído derecho los amigos cuenteros y parlanchines, o el bullicio de las calles, no tardo en arrojarlo por el izquierdo hasta dejar mi caletre vacío de cuanto no pertenezca a mis personales intereses y cuidados. He tenido a mi mujer muy malita. ¡Qué días, qué cinco semanas de mortal ansiedad! En mi sobresalto y tribulación temí que no solo perdiéramos el fruto, sino el árbol. Gracias a Dios, vimos felizmente resuelto el infarto de la garganta y cuello con alarmantes manifestaciones de erisipela... Dejadme que respire. Ya la tenemos completamente bien: el mundo recobra su alegría. Yo le digo a María Ignacia que Dios está resueltamente de nuestra parte; ella se ríe y me contesta, barajando la fe con el escepticismo: «Acá para entre los dos, Pepe, yo pienso que Dios me ha de conceder... ya sabes qué... El *tener* felizmente a nuestro hijo, pues ya que me negó tantas cosas buenas que otras poseen, esta me la tiene que dar. Si no, no sería justo... Aunque... vete a saber si es justo. Yo voy creyendo que no lo es, y que su principal atributo es la injusticia, al menos lo que por tal tenemos de tejas abajo, y que es quizás... la sublime esencia de la justicia. En fin, chico, lo que quiera Dios ha de ser, y, como dice tu madre, venga lo que viniere, siempre tendremos que dar gracias.»

Así en la enfermedad como en la convalecencia y franca mejoría, se redoblaron los mimos que a María Ignacia prodigamos todos, y por mi parte, a más de renovar ante ella la declaración y juramento de fidelidad que como esposo le debo, le sometí y entregué mi lícita libertad, que tal fue el compromiso de alejarme sistemáticamente de todo lugar donde pudiera presentárseme ocasión pecaminosa. Con ello no hago, en realidad, gran sacrificio, porque de tal modo embarga mi voluntad el indescifrado misterio de la sucesión, que al presente nada me solicita fuera de mi casa, y me sorprendo de encontrarme desalentado y glacial ante personas que el año anterior me sacaban fácilmente de quicio. Desde mi regreso de Atienza, he visto más de una vez a Eufrasia, en su casa, en las ajenas, en el teatro, en la calle. En nuestras primeras entrevistas, encareció sin ironía mis virtudes, incitándome a persistir en ellas. En febrero último, un casual incidente nos aproximó y puso en soledad con tan tentadoras circunstancias, que el no desmandarme habría sido, más que honradez, santidad. Por fortuna, la presteza con que acudió la manchega a la corrección de mi atrevimiento, nos salvó a los dos, acreditando su virtud más que la mía. Desde entonces nos hemos visto poco y sin ocasión de largas explicaderas. Me han dicho que en su casa, donde politiqueaban el año anterior los disidentes de la situación moderada, cabildean ahora los enemigos más oscuros del régimen. No sé qué hay de verdad en esto, ni me importa.

De Virginia y Valeria debo decir que cada una tiene de novio a un capitán... Por extraordinario efecto de reflexión de lo femenino a lo masculino, los dos novios me parecen un capitán solo. Ya no bromean conmigo las dos chiquillas, ni yo, respetándome y respetándolas, me permito jugar con ellas a los amorcitos. Sé lo que debo a la sociedad, a los amigos y a mí propio: siento en mí la saludable invasión anímica de la sensatez; como árbol magnífico que soy, plantado en el suelo de la patria, me duelen las raíces al menor movimiento de mi tronco... Noto en mí un sentimiento nuevo, la alegría de la corrección, porque nace entre las vanaglorias de una vida llena de ventajas y dulzuras del orden material. En la cúspide de mi sensatez, pirámide que tiene por base mi sólida posición, afirmo de nuevo que la renuncia que hice a María Ignacia de mi asistencia a reuniones mundanas, no es en realidad un sacrificio muy meritorio, pues en muchos casos no iba yo a ciertas casas más que a medir la longitud y latitud de mi aburrimiento. Tan solo echo de menos la tertulia de María Buschental, cenáculo de hombres presidido por una mujer encantadora, de sutil ingenio. Allí van mis mejores amigos; allí se habla de lo divino y lo humano con deliciosa libertad, y se lleva puntual cuenta y razón de las flaquezas cortesanas que ofrecen interés por andar en ellas los poderosos, pues las flaquezas de los pequeños a nadie interesan; allí se hace la exacta crítica de las cosas públicas, harto más sincera que la de los periódicos, porque las causas y móviles de los hechos, comúnmente reseñados con falaz criterio por la Prensa, salen de las bocas vestidos y armados de la refulgente verdad... Espero que en cuanto rebasemos la formidable línea de la sucesión, recabaré de mi bendita esposa que, a cambio de otras concesiones, me dé de alta en el amenísimo conciliábulo de la Calle del príncipe. Por hoy, me resigno a no tener más sitio de esparcimiento y charla que el Teatro de Oriente (convertido en Congreso, mientras se concluye la nueva *Cámara de los Comunes*), aunque allí, como dice Salamanca, tiene uno *la desdicha de encontrar siempre a todas las personas que le cargan.*

29 de mayo. Pongo en conocimiento de la Posteridad un importante suceso. Ayer estuvo en casa mi amigo Eduardo San Román con esta comisión: «Vengo de parte del general Narváez a llevarte a su presencia... No te asustes: desea conocerte.» Sorpresa y confusión: esta sube de punto cuando agrega el simpático emisario que no se trata de concederme audiencia, por otra parte no solicitada, ni de una entrevista ceremoniosa: será una simple presentación de confianza, por la mañana, cuando el general, no vestido aún, o a medio vestir y quizás tomando chocolate, recibe a sus amigos más íntimos. Francamente, no entraba en mi cabeza que con tan primitivas formas de llaneza me llamase y recibiese don Ramón a mí, para él desconocido, o apenas conocido de nombre. Llegué a creer que San Román me daba una broma; pero con tal seriedad insistió en su mensaje, que hube de tenerlo por verídico. Pensando que me hallaba en vísperas de una singular emergencia, me dije: «¿Qué es esto? ¿Para qué me querrá el dueño y árbitro de los destinos de la Nación?... No puede ser para ofrecerme un acta en elección parcial, que de esto se ocupa Sartorius... Para reñirme no ha de ser, porque en nada le ofendí, y no soy su subordinado... Ni para darme las gracias, porque ningún servicio me debe...» En fin, pronto saldría de confusiones. Convine con Eduardo en que nos reuniríamos en casa, por hoy, a la hora que él designara.

Por la noche, mi mujer y yo apuramos hipótesis y conjeturas para dar con el quid de tan extraña cita, y en el giro de nuestra charla, hablamos de mi presunto introductor San Román, en quien reconozco a uno de mis mejores amigos. Soldado de pluma más que de espada, sus notables escritos de Arte Militar le han valido el entorchado de plata. Es quizás el brigadier más joven del ejército, y en política no anda ciertamente a retaguardia: don Ramón le ha hecho diputado por Loja, su pueblo, que es como hacerle de la familia... La tenaz adhesión de nuestro pensamiento a la persona del guerrero de Arlabán, nos llevó a recordar la carta inédita, inconclusa y sin curso del pobre Miedes, que de Atienza trajimos y conservamos como oro en paño en recuerdo de nuestro bondadoso y trastornado amigo.

«Mira tú —dije a María Ignacia—, que sería muy gracioso entrar yo a la presencia de Narváez saludándole con el dictado de *Buey liberal*, que según Miedes es la fórmula sintética de su carácter.

—Gracioso sería, sí... ¡Lo que tardaría el hombre en tirarte por las escaleras abajo!

—Como no dispusiera que me agregaran a la primera cuerda que salga para Filipinas...»

Bromas aparte, no llegué sin temor, esta mañana, a la Inspección de Milicias, morada del general cuando es ministro presidente. La idea que todos los españoles, con razón o sin ella, han formado de la fiereza del personaje, justificaba mi vago recelo, que San Román cuidó de disipar asegurándome que no debía temer ningún arranque iracundo, porque el león, no tan fiero como se le pinta, solo echa el zarpazo a los subalternos que no cumplen su deber. Entramos, y en una estancia nada elegante, que más bien parecía cuerpo de guardia, vi que hacían antesala unas cinco o seis personas, algunas de las cuales conocía yo. Eran don Juan Gaya, Administrador de la Imprenta Nacional y Director de la *Gaceta*, mi jefe un año ha, hoy Diputado por la Seo de Urgel (¡Cielos, apiadaos del inocente Cuadrado, mi compañero de oficina!); el corpulentísimo don José María Mora, Diputado por un distrito de Alicante y oficial en Gobernación, y el de tenebroso entrecejo y desapacible rostro Don Claudio Moyano, Rector de la Universidad. Además vi a uno que me pareció periodista, cara que conozco mucho, mas el nombre se me ha ido de la memoria... Mientras yo saludaba a mi antiguo jefe en la *Gaceta*, y le proponía que trabajásemos juntos para traer de su destierro al sin ventura Cuadrado, desapareció Eduardo San Román. Al poco rato le vi volver con un ayudante, y ambos me llevaron afuera, como quien desanda lo andado, y luego me condujeron por un pasillo con dobleces que no parecía sino un rompecabezas. Al término de esta caminata, entramos en un aposento grande, todo claridad, donde lo primero que vi ¡Dios me valga!, fue la propia persona del *Túrdulo* don Ramón Narváez en mangas de camisa. Entrar yo por aquella puerta y salir él de otra frontera, con vivo paso, mirar fiero y arranque impetuoso, que me dio la impresión de un toro saliendo del toril, fue todo uno. Quedeme parado a pocos pasos de la puerta sin saber qué hacer, ni a dónde volverme, ni a quién saludar. Por un momento dudé que fuera el duque de Valencia quien de tal modo me recibía. Mis introductores, no menos perplejos que yo, se pararon también en firme junto a mí, a punto que el general, en medio de la estancia, gritaba como quien da la voz de mando en lo más comprometido de una batalla: «¡Bodegaaa!

—Mi general —dijo el ayudante—, yo le llamaré.

—En el pasillo se cruzó con nosotros cuando entrábamos», balbució San Román, señalando al ayudante la dirección que tomar debía.

Narváez, gritando nuevamente «¡Bodega!» reforzaba su exclamación con el repique de una campanilla que cogió de la mesa y agitaba en su mano. Después se volvió hacia mí, y secamente, sin dar espacio al saludo que inicié, me dijo: «Dispense usted, *pollo*.» Al poco rato, como si la presencia de un extraño calmase su furia, aplacó los gritos, y no hacía más que sacudir la campana, diciendo por lo bajo: «Este Bodega me va a quitar a mí la vida.» De pronto entró el ayudante, y tras él un criado como de cincuenta años con un servicio de chocolate. Lo mismo fue verlo Narváez que le tiró la campanilla con toda la fuerza de su brazo, diciendo: «Ahora te lo tomas tú, arrastrado... que ya con tu cachaza me has quitado la gana... ¡Si me tienes podrida la paciencia!... Que te lo lleves, te digo... ¡Qué no lo tomo, ea, que no lo tomo!»

Cayó la campanilla a los pies del criado, el cual, imperturbable, como si creyera en conciencia que de su enrabiscado señor no debiera hacer más caso que de un niño, dio con el pie al proyectil que este le había lanzado, y siguió su camino rodeando la pieza hasta dejar el servicio en una mesa próxima a la ventana. Yo había oído hablar del famoso Bodega, del viejo soldado, compañero y servidor del general en la guerra, y ahora su ayuda de cámara y mayordomo; pero no le había visto nunca. Encontrele alguna semejanza con el gran Miedes, la cual, si muy vaga en la fisonomía, más acentuada en la traza y estatura, salva la diferencia de edad, era exactísima en los pies, grandes, juanetudos, como los del sabio celtíbero, marcando bajo el paño de los zapatos bultos como nueces. Pues el fiel servidor, mudo y flemático, sin precipitarse en sus movimientos, luego que dejó el chocolate en la mesa, cogió el chaleco, y alzándolo en ambas manos, hizo un movimiento semejante al del banderillero cuando cita al toro y le muestra los palillos que ha de clavarle. Narváez arrojó sobre su asistente una mirada de indignación, y llegándose a él dio media vuelta y se dejó meter los brazos por los agujeros de aquella prenda. Luego se abrochó deprisa, y antes que Bodega trajera la levita le echó otra rociada: «Te digo que te lleves ese menjurje. He dicho que no lo tomo ya. Llévatelo, o te lo tiro a la cabeza.» Bodega, sin la menor alteración en su rostro, que parecía de palo, puso a su amo la levita; el general, volviéndole la espalda, se la ajustó con un nervioso estirón del paño sobre la cintura; luego palpó y aseguró su peluquín, que con los berrinches parecía desviarse un poco. Retirose Bodega con la tranquilidad del justo, sin cuidarse de obedecer a su señor en lo de llevarse el desayuno, y el duque, al verle salir, le flechó de nuevo con una mirada de odio; después dirigió otra de desdén al chocolate; por último, volviéndose a mí, me señaló un sofá, a punto que él también se sentaba, y me dijo: «Dispense, *pollo*, que le reciba con esta confianza... Voy a decirle con qué objeto me he tomado la libertad de llamarle...

XIV

—Mi general —le respondí—, estoy siempre a sus órdenes. No podía usted hacerme honor más grande que tratarme con esta confianza...

—Pues, verá...

—Tome usted su chocolate, mi general —le dije creyendo corresponder a su franqueza—. Por mí no se prive...»

Me interrumpió con un gesto impaciente que traduje de este modo: «No se ocupe usted de lo que no le importa. Yo tomaré o no tomaré el chocolate conforme a mi santa voluntad; usted oiga y calle.» Así lo hice. No sin grande estupor oí estas palabras, que reproduzco suprimiendo el ligero ceceo andaluz con que el Dictador las pronunciaba: «Pues quería decir a usted lo siguiente: en su casa, en la casa de los señores De Emparán se conspira de un modo descarado contra mí... No, no me lo niegue. Con usted no va nada. Tengo de usted la mejor idea: ya sé que es sensato, muy sensato, y que entre las ideas del marqués de Beramendi y las de su suegro... hay un abismo... Lo que no quita que usted aparente amoldarse... Naturalmente, es esposo de su hija... ¡Si me hago cargo!... Es posible también que delante del yerno no se permitan decir todo lo que sienten, ni dejar traslucir sus intenciones. Yo lo sé todo, y si no lo sé todo, sé mucho, lo bastante para no dejarme sorprender. Mi objeto al llamarle no es pedirle que me cuente lo que se habla en su casa. Ni yo acostumbro apelar a esos medios, ni usted, que es un joven pundonoroso, de gran talento, según me dicen, se había de prestar a un espionaje de tal naturaleza... No, no: mi objeto es tan solo decirle que haga entender a su familia que Narváez no está ignorante de lo que se trama contra él, y que se halla dispuesto a *meter mano* a todo el que perturbe, sin distinción de pobres y ricos. Es gran injusticia mandar a Filipinas a tanto infeliz descamisado, y dejar aquí a los revoltosos de buena posición, que pelean contra *lo existente*... Con armas que no son el trabuco naranjero, y se hacen fuertes en barricadas... que no son las de las calles. Aquí donde usted me ve, soy yo más liberal que nadie, y si me apuran, más demócrata que la Virgen Democracia. Ni temo a los de abajo ni adulo a los de arriba... Si los que pintan el diablo en la casa de Emparán son *carlinos*, enhorabuena: que salgan al campo, que den la cara. Yo he visto de cerca las caras de Zumalacárregui, de González Moreno, de Don Basilio, de otros muchos guerreros muy respetables, y no me dan asco. Ellos luchaban en su campo, yo en el mío; ellos se mataban por su Rey, yo por mi reina. Éramos rivales nobles. Ganamos nosotros la partida. Por zancas o barrancas, quedaron los facciosos debajo; nosotros encima... Pues ahora los convenidos de Vergara, y los clérigos de capa corta que allí tuvieron su desengaño, quieren suplantarnos y abolir el Régimen, y traernos el carlismo sin don Carlos, o el absolutismo con Isabel, y esto no hemos de tolerarlo, ¡carape!... Como no hemos de consentir que los que tronaron contra la desamortización, sean ahora los que quieran echar abajo *lo existente*... No será tan malo el árbol cuando a su sombra hicieron sus pacotillas estos ricachones que ahora se gastan el dinero en escapularios, y que me acusan de que no miro por la Religión... Hable usted de esto con su señor papá político, y con otros que en pocos años se han llenado de millones. Si es tan malo el Régimen, que se lo cuenten a los que por ese mismo sistema político, ¡ahí duele! fueron *Comisionados del crédito público*, y se encargaron de recoger el papel-moneda de los conventos... ¿Dónde está ese papel? Yo no digo nada: hable usted con los que dicen que se ha convertido en ladrillos y estos en casas...»

Aprovechando el primer descanso que tomó el orador, dije que si en mi casa se hablaba mal del Gobierno, común achaque de toda casa de Madrid, cualquiera que fuese la procedencia de sus ladrillos, no debía ello tomarse como efectiva conjura, sino como desahogo natural de las almas españolas; a lo que me contestó el duque con un suspiro que de su pecho salía como avergonzado, por no ser aquel pecho de los que albergan la resignación, o el sentimiento de una radical impotencia contra fatales obstáculos. Después miró un instante al suelo, y me dijo que aunque la intriga no tuviese su principal centro en mi casa, allí debía él dar un toque de atención en esta forma: «Cuidado, caballeros, que tengo abierto el registro para Filipinas...» En esto apareció de nuevo Bodega, y su amo le interpeló en el tono más suave: «Bodega, hijo, ¿qué haces que no te llevas ese chocolate maldito? No lo tomo... Oye otra cosa: sírvenos el almuerzo a las doce en punto. Este señor almuerza hoy conmigo.» Cuando yo le daba las gracias por tanta fineza, entró el ayudante, al cual preguntó su jefe si había más personas en la antesala. «Acaba de entrar don Pedro Egaña; hace un rato llegaron el señor Sagasti y don Pascual Madoz.

—Que pasen a esa sala los que aguardaban y los recién venidos: los despacharé a todos de una estocada —dijo el duque abriendo la puerta que a la estancia próxima conducía—. Bodega, no hay prisa para el almuerzo, porque hoy no tengo que ir a Palacio: de aquí me iré al Senado.»

Y con severidad tutelar, tranquilo y apacible, como quien ejerce paternalmente la autoridad doméstica, el gran Bodega recogió el servicio, diciendo: «Buena memoria nos dé Dios. Si no va mi general a Palacio, bien sabe que le espera en su casa el señor don Luis Mayans. ¿No quedaron en eso?

—¡Oh! sí: tienes razón... Almorzaremos a las doce en punto.»

Pasando el duque a la sala de audiencias, quedamos allí el ayudante y yo con San Román, el cual, mientras hablamos Narváez y yo lo que referido queda, había permanecido en discreto apartamiento, leyendo no sé si *La España* o *El Heraldo*, a la claridad del balcón. Luego que estuvimos solos, vino Eduardo a mí para darme instrucciones acerca de la actitud que debo observar ante el general en las incidencias probables de un largo coloquio. «Si te trata con confianza, guárdate mucho de hacer lo mismo con él; si te da alguna broma, aguántala sin que se te pase por el magín la idea de devolvérsela, aun siendo de las más inocentes. No tolera confianzas de nadie, como no sea de Bodega, y en cuanto a bromas, no ha nacido todavía quien se las dé. Es un hombre bonísimo, pero de un amor propio que no le cabe en el alma. Admite que se le contradiga en ideas; pero no quiere oír cosa alguna por donde a él se le figure que queda en ridículo a sus propios ojos. Nada de chistes, Pepe, alusivos a lo que ha hecho, o pueda hacer y acontecer. Cuanto al general se refiera, sea dicho en el tono más serio.»

Terció el simpático ayudante en la conversación para añadir nuevas advertencias a las expresadas por San Román, lo que yo agradecí mucho, porque con tales maestros no había medio de desbarrar. «Fíjese usted también en esto: de las caricaturas que le sacan en los periódicos callejeros, no tiene usted que hacer mención ni aun para reprobarlas, ni tampoco hablar de los papeles satíricos, ni reírles las gracias. Los muñecos y las sátiras más o menos chistosas o indecentes, le sacan de quicio... Dé la prensa en general, aun de la moderada, hable usted con poca estima.

—Es un gran corazón y una gran inteligencia —dijo San Román—; pero inteligencia y corazón no se manifiestan más que con arranques, prontitudes, explosiones. Si mantuviera sus facultades en un medio constante de potencia afectiva y reflexiva, no habría hombre de Estado que se le igualara.

—Es todo inspiración, todo inspiración.

—Lanza el gran bufido, y cuanto mayor sea este, más pronto vuelve el hombre al estado de calma y prudencia. Créelo: si a todos los que ha mandado fusilar, pudiera resucitarlos, lo haría de buena gana... Si es duro en los hechos, en la palabra suele ser muy inconveniente... pero su furor pasa pronto.

—Le hemos visto pedir perdón a muchos que le oyeron cosas terribles, cogidos de las solapas.

—Las personas a quienes más ha protegido y protege, digo yo que son las hechuras del arrepentimiento. Recibieron algún apabullo, les salpicó a la cara el espumarajo de la ira del león... Pero luego ha venido el león mismo a limpiarlo, concluyendo por colmar de beneficios al ofendido.

—La principal regla de conducta es no tomarse con él ni la más ligera confianza.

—Una mañana estuvo aquí un diputado andaluz, que es hombre graciosísimo. Fue en las Cortes pasadas. De su nombre no me acuerdo; de su cara sí: alto, moreno, con patillas de *boca de jacha*, dientes muy blancos, y un decir ameno, con chiste en cada frase, y los ademanes tan sueltos y desahogados que ellos bastaran para hacer reír. Narváez se divirtió oyéndole contar cosas de la tierra: aquel día ceceaba como en su mocedad. El pobre granadino, viendo a su paisano tan gozoso y bromista, se fue del seguro y cometió la pifia de ponerle la mano en el hombro. Sentir la mano del andaluz en su hombro fue para don Ramón como sentir la picadura de una víbora. Volviose, cogió con violencia la insolente mano, y echando lumbre por los ojos, le dio un fuerte estirón hacia abajo, diciendo: «¡Esa mano en los calzones!» Quedose el otro de una pieza. No volvió a soltar chistes, ni don Ramón se los hubiera reído aunque a chorros los echara. Pasado algún tiempo, el tal se trocó de amigo en furioso enemigo de Narváez, y escribió sus chirigotas en *La Postdata*... Al fin se hizo progresista: ha estado en un tris que le mandemos a Filipinas.»

Antes que San Román concluyera, oímos la voz del general en la sala próxima. Reñía con don Pedro Egaña y con don Pascual Madoz, que también

94

es hombre de malas pulgas. Luego supimos por el ayudante que los señores Gaya, Mora, Sagasti y Moyano se habían retirado después de oír alguna palabra, ni agria ni dulce, del *Espadón*. Este toreaba por lo fino a don Pedro Egaña, que venía con pretensiones vascongadas, y a Don Pascual Madoz, que solicitaba privilegios para Cataluña. Era un caso de incompatibilidad irreductible entre los intereses catalanes y los vascos. Llamado por el duque, pasó el ayudante a la sala de audiencias para hacerse cargo de todo el papelorio que dejaban los dos pedigüeños de gollerías, y al abrirse la puerta oímos a Narváez que gritaba: «¿Pero esto es España o la ermita de *San Jarando* que hay en mi tierra, donde cada sacristán no pide más que para su santico? Ea, caballeros, yo estoy aquí para mirar por el Padre eterno, que es la Nación, y no por los santos catalanes o vascongados...» Les despidió con buena sombra, y si Egaña partió cejijunto, conteniendo su enfado dentro de la cortesía, don Pascual, que es muy nervioso, chillón, rudo, francote, como cuarterón de catalán y aragonés, y de aragonés y navarro, salió con la peluca bermeja un tanto descompuesta y erizada, diciendo: «general, es usted atroz, y a este paso iremos... A donde no queremos ir.»

Terminadas las audiencias, creímos que nadie quedaba en la sala; pero el periodista que vi al entrar, y que según dicho del ayudante se había retirado, apareció de nuevo como un duende, no sé si por secreta puertecilla o surgiendo de los pliegues de un cortinón. Con forzada sonrisa y pruritos de ligereza que eran disimulo y atenuantes de su miedo, adelantose en seguimiento del general que a nuestro lado volvía. Infeliz esclavo de las duras necesidades de su oficio, se arriesgaba, con peligro de la existencia, a quitarle motas o pulgas al león. Volviose este con el movimiento rápido que a sus arranques de ira o de generosidad precedía, y tocado por suerte de la segunda más que de la primera, dijo al intruso en el tono con que imitaba la paciencia: «Pero, condenado Santanita, ¿cuándo concluirá usted de freírme la sangre?

—Mi general —dijo con ceceo andaluz el llamado Santana, tranquilizándose—, es usted más bueno que el pan y más dadivoso que San Antonio bendito. ¿Qué le cuesta decirme con palabra y media lo que está pidiendo con tanta necesidad mi *Carta autógrafa* de esta noche?

—¡Si no hay nada, si no tengo nada que decirle!

—Mi general, yo le voy conociendo ya, y sé que cuando más regatea más da, y que si al principio le niega a uno hasta la sal del bautismo, luego le entrega su corazón, ese corazón más grande que la Puerta de Alcalá...

—Basta, Santana... —replicó don Ramón, en plena expresión de benevolencia—. Ahora no puedo entretenerme. Véngase esta noche antes de comer, a la salida del Congreso... No, no: de diez a once, y hablaremos.

—¿Pero no podré llevarme ahora un par de rengloncitos, como quien dice, nada?... La expedición ha llegado a Gaeta. ¿Se sabe ya si Córdova ha conferenciado con el Papa?... ¿Cuándo *empezamos* las operaciones?... ¿*Atacaremos* a Garibaldi antes que lleguen los refuerzos?...

—Que vuelva esta noche, ¡jinojo! —dijo Narváez como con ganas de enfadarse *una chispita*, pues con la mayor presteza pasaba de un extremo a otro de la gama humoral—. Esta noche, y no moler, amigo. Ya sabe que le quiero bien, por trabajador y honrado, y que le distingo entre tanto holgazán trapisondista.

—A la orden, mi general —murmuró el otro despidiéndose con militar saludo y saliendo como un cohete.

XV

—Este Santana me gusta —nos dijo Narváez cuando nos sentábamos a la mesa—. Es hombre de gran mérito; es un inventor que adivina alguna cosa que no se ve y que él quiere descubrir; confía en sí mismo; no tiene capital: él lo creará con cuatro pedazos de papel y una piedra litográfica... y con la paciencia de todo el mundo, ¡carape!, pues el maldito pone a contribución a cuantos podemos darle alguna noticia, y hasta que no aflojamos la mosca no nos deja en paz... Pero con eso y con todo, este hombre es una voluntad, y merece que se le proteja... Le conozco desde que empezó. Me ha dado algunas jaquecas...»

Luego me contó San Román este pasaje delicioso de las relaciones de Narváez con Santana. «En los primeros días de la *Autógrafa*, se le fue la mano al periodista apreciando ciertos actos del general. Este, al leer el periódico bufaba como un gato. "Si encuentro en la calle a ese catatintas, le deshago —me dijo. Y una tarde quiso la mala suerte del periodista que, viniendo él por la calle mayor fuésemos por la misma calle y acera, en dirección contraria, el general y yo... Santana, con ojo de lince, le vio desde lejos y se pasó a la acera de Platerías; Narváez, que también tiene buen ojo, le sorprendió el movimiento y se fue a él como un ave de presa, y antes que pudiera escabullirse le agarró por las solapas y... yo no sé las perrerías que le dijo. El otro daba sus excusas... Realmente, el agravio era insignificante, de esos que se hacen un día y otro a los hombres políticos, censurándoles con más o menos equidad sin lastimar su honra. Seguimos calle adelante, sin que yo me permitiese hacerle ninguna observación sobre la aspereza de su genio, porque le vi sofocadísimo, y tardaba más que de costumbre en recobrar la calma. Por la noche, aquí, le noté bastante aplanado, taciturno, contestando poco y mal a los hombres políticos que vinieron a verle. Hasta con su íntimo amigo, el granadino don Miguel Roda, estuvo muy avinagrado. A la mañana siguiente le encontré en la misma disposición de espíritu; a Bodega tan pronto le llenaba de improperios como le llamaba hijo... Bien se veía que un pesar le agobiaba; pero como es hombre de arranques, y los de sinceridad son quizás los más hermosos que tiene, así como no se le pudre en el cuerpo ningún resquemor por agravio recibido, tampoco se le quedan dentro las espinillas de los disparates que hace. Soltando un terno volviose a mí de repente y me dijo: "¡Qué me traigan a ese Santana!... Eduardito, hazme el favor de traérmele. Ayer, ya lo viste, le atropellé estúpidamente... No había motivo... Estuve muy duro... ¡Un hombre que se gana la vida sin pedir a nadie más que noticias!... Este le mete a uno los dedos en la boca, jamás en los bolsillos. Quiero hacer algo por él, y demostrarle que Narváez no es rencoroso. Dispondré que se suscriban a la *Carta autógrafa* todas las Direcciones generales, a más de los Ministerios... y se recomendará la suscripción a todos los jefes políticos y a los cuerpos del Ejército"... Con que ya ves si el hombre es de buen natural. Esto pasó tal como te lo cuento.» Era en verdad un rasgo que descubría la integridad del carácter, una línea que era toda la figura.

Durante el almuerzo, del que participaron también San Román y el ayudante, nada nos dijo el duque digno de que yo lo mencione. El hábito del gobierno le había curado de sus resabios expansivos, y comúnmente, como alguna cuestión picante no excitara su nativa franqueza, nada decía que debiera reservarse. De los diversos asuntos políticos o internacionales que estaban, como suele decirse, sobre el tapete, apenas habló; ocupose más de nosotros que de sí mismo, pidiéndonos noticia de la sociedad que frecuentamos, y distinguiéndome a mí con sus finezas. No sé si debo contar como tal la insistencia en darme la denominación de *pollo*, que me pareció de notoria impropiedad, pues aunque soy joven efectivo, por razón de mi estado y circunstancias no pertenezco a la juventud suelta y de cascos ligeros designada vulgarmente con aquel término gallináceo. Este se aplica hoy sin ton ni son, y significa frivolidad, corbatas de colorines, primeros pasos en cualquier carrera; significa infatigabilidad en el baile, lanzándose a la moderna *polka* con vértigo y furor, audacia en los amores, atreviéndose con las damas de alto copete, alegría decidora, jactancia de los triunfos cuando los hay, resignación en las calabazas; significa el desprecio del romanticismo y la repugnancia de venenos y puñales. El llamar *pollos* a los muchachos es uso moderno, y data del 46; lo inventó, que invento es la novísima aplicación de las cosas, así vocablos como fuerzas naturales, una dama muy linda, en una reunión aristocrática, no sé si en casa de Montúfar o de Montijo, o de Santa Cruz (averígüenlo los eruditos). Oía esta señora las arrebatadas declaraciones de un jovenzuelo tan elegante como atrevido, y aunque las oía con agrado, hubo de contestarlas con una negativa graciosa. El mancebo, que no era bastante fino para guardarse el *no* sin más explicaciones, pidió a la dama razón de su desvío, y ella, tomando el brazo de un señor maduro (cuarenta años), le dijo: «¿Por qué? Porque es usted todavía *demasiado pollo.*» La frase fue de las que caen en terreno fértil: hizo fortuna, sin duda como flor nacida en tales labios, y no tardó en extenderse rápidamente al lenguaje común. Bautizados por la hermosa dama, nombre de *pollos* tuvieron ya para *in aeternum* todos los jovencitos bien vestidos y arrogantes que buscan dotes o pretenden los favores de mujeres hechas, más o menos casadas, bien o mal avenidas con sus esposos. Ha llegado a tener un uso constante y amaneradísimo la palabreja: a mí me llamaron *pollo* desde que vine de Italia hasta que me casé. Después del cambio radical de mi posición, nadie me ha llamado así más que Narváez, del cual me ha dicho San Román que aplica el mote a muchos que ya gallean. Para él son todavía *pollos* Cumbres Altas y Pepe Casasola.

Otro toque del general. A mitad del almuerzo noté que no le parecía bastante bueno el vino que bebíamos. «Tráenos el borgoña del año 4», dijo a Bodega que hacía de maestresala, tan imperturbable, metódico y puntual en estas funciones como en todas las demás de su omnímodo servicio. Sin mirar a su amo, ni alterar ningún rasgo de su fisonomía, que era siempre de palo, Bodega contestó: «El borgoña se guarda para las comidas de etiqueta.» Yo temblé; no me atreví a mirar al duque, creí que ya volaba un plato desde la mano del anfitrión a la cabeza del criado; pero no cruzó los aires más que esta frase con que el general nos explicaba su mansedumbre, después de mirar compasivamente al gran Bodega: «A este bruto hay que matarlo o dejarlo.»

Servido el café, mandó poner junto al balcón una mesita, y me hizo señas de que allí nos apartáramos para tomarlo juntos y solos. «Vaya —pensé yo—, ahora me dirá lo que resta, pues ya no tengo duda de que hay segunda parte.» En efecto: no tardó el hombre en explicarse. Ved aquí cómo: «Pues hay conspiración, *pollo*, por más que usted no se entere bien de lo que se habla en su casa. ¿No va usted por la de Socobio, Saturnino? ¿No frecuenta usted la de Socobio, Serafín, que hoy vive en las habitaciones altas de Palacio?» Díjele que muy rara vez voy yo a esas casas, y siempre de visita, acompañado de mi mujer, a lo que él replicó: «Pues en este mal negocio anda, como portadora de recaditos y de instrucciones, una señora que... No es ofensa, *pollo*... una señora que, según públicos rumores, ha tenido y tiene amistades íntimas con usted.» Al oír esto me turbé un poco. Si se refería el general a Eufrasia, podía ser verdad que esta señora conspirase; mas no lo es que tenga conmigo las concomitancias *de hecho* que el vulgo supone.

«¿Qué señora es esa, mi general? Creo que a usted le han informado mal.

—La de Terry, hijo... ¡Si es más conocida que la ruda!... Pero ¿se hace usted el novicio, o cree que yo lo soy?...

—Yo le juro que...

—¿Pero es de veras?... Vamos, ahora que es usted hombre de arraigo no quiere ponerse a la altura de su reputación.»

Le conté ingenuamente el caso, mi amor por Eufrasia, mis largas esperas, y por fin, mi retirada honesta al campo de la fidelidad conyugal. No me creía. Riendo me dijo: «¡Pamplinoso!... Pues quien lleva el alza y baja de estos enredos me había asegurado que no era usted solo... porque esa no está por exclusivismos, ¿sabe usted?... Es de las *de ancha base*, como el Ministerio que quiere Pacheco, donde entran todos... Otra: también oí que se jacta de haber hecho la boda de usted.

—No es cierto, mi general —respondí, molesto de tener que dar tales explicaciones.

—Ahora resulta que este *pollo* cándido y honesto no se entera de nada. ¿No sabe tampoco que Eufrasia y una tal Rafaelita, hija de uno que fue jefe político en tiempo de Espartero, son los correos de gabinete que llevan a la casa de Socobio y al palacio de usted las órdenes de otra casa más grande?

—No lo sabía, mi general.

—¿Y también ignora que esta y otras andan ahora continuamente entre curas?

—He observado en esa, como en otras amigas mías, un furor de moda religiosa, y demasiada querencia de los altares, sacristías y confesonarios.

—La manchega y su editor responsable, Socobio, confiesan ahora con el padre Fulgencio.

—Sé que el escolapio es muy amigo de esa familia.

—Pues siento mucho que no se haya usted arreglado con esa señora, pues de usted pensaba valerme para hacer entender, tanto a *la* Eufrasia, como a *la* Rafaela...»

Detúvose y lanzó un terno de los garrafales acompañado del destello iracundo de sus ojos, y seguido de esta explosión: «Como me llamo Narváez, que no quisiera morirme sin coger un barco viejo, de los más viejos que tenemos en los arsenales, y llenarlo de estas beatas... y mandarlo bien abarrotado de ellas... ¿Qué Canarias ni qué Filipinas?...¡a las islas Marianas!»

Dando un golpetazo en la mesilla, levantose repitiendo: «¡A las islas Marianas!» Recorrió una y otra vez la estancia, corajudo, apretando las mandíbulas y mascando el cigarro, y sus labios escupían el nombre de aquel remoto archipiélago: «Marianas... Islas Marianas...»

Pasado lo más vivo del arrechucho, volvió a mi lado y prosiguió así: «¿Tienen algo que echarme en cara como jefe de un Gobierno que está obligado, como todos, a mirar por los intereses eclesiásticos? Hablo de intereses, porque de Fe y de Principios no hay que hablar, que católicos el que más y el que menos somos todos aquí. ¿No he mandado un ejército a Italia para restaurar a Pío IX en sus Estados, que le birlaron los demagogos de Roma? ¿No estoy dispuesto, luego que el Papa recobre su Silla y en ella esté bien seguro, a tratar con él del nuevo Concordato, cediendo en todo, y haciéndolo a gusto de nuestras reverendas beatas, y de nuestros venerables obispos, y de nuestros convenidos de Vergara, y de nuestros apreciabilísimos compradores de bienes del Clero?... No me digan a mí que estos quieren el Régimen: en esa intriga no hay más que Carlismo, Montemolinismo... Parece que aquí todos están locos... locos los de abajo, locos los de arriba y los de más arriba... Créalo usted: a veces, metido yo en mí mismo, me pregunto: ¿Pero seré yo solo el cuerdo entre tanto tocado, y mi papel aquí es el de rector de un manicomio?... ¡España y los españoles! ¡Vaya una tropa, compadre! Aquí, el Gobierno no halla día seguro; aquí es imposible acostarse sin pensar: ¿qué absurdo, qué disparate nos caerá mañana? Y se da usted a discurrir cosas raras, y nunca acierta. Mil veces me digo yo: ¿tendrán razón los *anárquicos*? ¡Porque mire usted que tenemos cosas, carape! El que inventó el llamar *cosas de España* a todos los desatinos que da de sí esta Nación, ya supo lo que decía... Y aquí no se puede gobernar porque nadie está en su puesto, nadie en su obligación y en su papel, sino todo el mundo en el papel de los demás. Como que hay quien conspira contra sí mismo, sí, no lo dude usted, quien se entretiene en destruir su propia casa... labrada, Dios sabe cómo, con esfuerzos... que me río yo...! ¡Ay, *pollo*! usted no es militar, usted no ha hecho la guerra, peleándose con otros españoles por *un sí* y *un no*; usted no se ha metido hasta la cintura en ríos de sangre. ¿Y todo para qué? Para que, a la vuelta de algunos años de lucha y de otros tantos de celebrar la victoria con himnos y luminarias, nos encontremos como el primer día... Ni más ni menos que el primer día, creyendo, como antes se creyó, que puede venir el Zancarrón, y que aquí no ha pasado nada... Lo que digo: todos locos...»

Comprendí que el general, en esta familiar y quizás indiscreta expansión de su ánimo, solo mostraba una mínima parte de su pensamiento. Oyéndole por primera vez en mi vida, parecíame ver en todo su desarrollo la procesión que le andaba por dentro. Acordeme de un concepto enigmático de Miedes, que así dice con enrevesado estilo: «Gobernáis atado de pies y manos, con ligaduras palatinas, y os estorba el paso y el gesto la polvorienta madeja de supersticiones, o de místicos escrúpulos que descienden de la altura como telarañas de los tiempos...» Esta monserga del sabio atenzano, que copio de memoria sin responder de la exactitud de su fraseología, ya no me parece tan estrafalaria.

«Dispénseme usted, *pollo*, que le haya molestado —me dijo después—. Y admitiendo que su dominio sobre esa viborilla de la Socobio no es como creí, bien podrá valerse de algún medio, como su pretendiente y adorador que fue, para persuadirla de que ella y su amiga la Milagro corren el riesgo de salir un día codo con codo entre guardias civiles... No es broma, no... Yo soy capaz de eso... Que me busquen el genio y verán... Las contemplaciones tienen un límite. O gobierno como se debe gobernar, o me voy a mi casa. Tener fama de duro y no serlo es gran tontería. Exigirme que lleve a todo el mundo derecho, ir yo más derecho que nadie, y que se me tuerzan los que a todos deben darnos ejemplo, es fuerte cosa...» Algo más entre dientes dijo que no pude entender. Hállase, sin duda, estos días atormentado por la tenaz aprensión de que no le permiten desplegar alguno de sus capitales atributos. O no le dejan ser *thur*, que es como decir *buey* (fuerte), o no le dejan ser *duluth* (liberal), o le estorban sistemáticamente para dar al mundo la feliz combinación de ambas cualidades. Saco de la entrevista la impresión de que es un hombre de tanta voluntad como inteligencia; pero le falta el resorte que hace mover concertadamente estas dos preciosas y fundamentales piezas del mecanismo anímico.

¿Y cómo puedo yo explicarme que viéndome aquel día don Ramón por primera vez, dejara traslucir ante mí una parte, siquier pequeña, de sus amarguras políticas? Lo explico y razono por mi insignificancia, porque nunca fue, según mil veces oí, tan hábil en disimular sus agravios como expresivo en arrojarlos a la cara del primero que le sale. Tratando conmigo de un negocio de espionaje, sin quererlo, abandonándose a la sinceridad, se le fue un poco la mano, y como el velo que tapaba el asunto privado estaba unido por invisible alfiler al velo del público asunto, vi más de lo que el general quería que viese... Si no hubiera nombrado al padre Fulgencio, nuestra conversación no habría salido de los términos de la gacetilla; pero en un descuido de su boca andaluza, movida siempre de la imaginación y harto abundante en amarga saliva, escupió al fraile (a quien sin duda no podía tragar), y desde aquel momento lo que solo había sido gacetilla fue Historia... Historia no fría y colada como la que pasa a los libros, sino viva y caliente como la sangre de nuestras venas.

XVI

31 de mayo. Asistido de mi excelente memoria pude contarle a María Ignacia los varios incidentes y dichos de mi conferencia con Narváez. No se contuvo mi mujer en el asombro que tan interesante visita debía de causarle, sino que se divirtió grandemente oyéndome referir los pasajes cómicos, y se rió con ellos como en la representación de un gracioso sainete. «Por lo que cuentas —me dijo—, pienso, como tú, que le falta un resorte, y es lástima que un hombre de tan buenas prendas no las tenga completas y bien ordenadas. Pero se me ocurre una cosa, Pepe. Dios le negó a don Ramón el resorte o clavija para concertar la voluntad con la inteligencia; pero le ha concedido a Bodega, que viene a ser como clavija suplente, que hace las veces de la que falta. Me parece a mí que España estaría gobernada con perfección si el duque fuera ejecutor de lo que pensara y dispusiese el Bodega... ¿No crees tú lo mismo?»

Hablamos aquella noche y al siguiente día de lo que Narváez llamaba conspiración en casa de Emparán, y convinimos en que, si no formal conjura, hay un exceso de comidillas que pueden ocasionar algún disgusto. Me ha dicho Ignacia que delante de ella suspenden la conversación o varían de tema. Como en mi presencia no se habla tampoco de Narváez y sus ministros, resultamos mi mujer y yo en una especie de aislamiento político dentro de la familia. Don Feliciano, en puridad, parece curarse poco de las hablillas de sus amigotes, o no les da importancia real, como hombre que llegado al colmo de sus ambiciones, bien cubierto el riñón, vive persuadido de que con unos y con otros siempre ha de estar a flote. Que personalmente no patrocina aventuras, bien a la vista está. Es absolutista furibundo, cimentado en el pedernal de la religión, más que por la pura fe, por la tenaz creencia de que las artes de Gobierno se derivan del dogma, y de que la potestad civil y la divina son dos brazos de un solo cuerpo. A pesar de esto, no se lleva mal con *lo existente*, ni apetece variaciones que podrían traernos un estado peor. Su gran riqueza es la consejera de su inestabilidad, y le inspira el prudente sistema de poner toda cuestión política en manos de Dios. «A lo que el Señor disponga debemos atenernos —es su lema—. Ni se mueve la hoja en el árbol sin la voluntad celeste, ni los titulados gobernantes disponen cosa alguna que no venga de lo alto.» Esta filosofía, adoptada por mi ilustre suegro en la plenitud de sus materiales provechos, es de lo más práctico que han ideado los hombres.

Por picar en todo, de Eufrasia charlamos mi mujer y yo. Indudablemente, la conjura que trae tan desasosegado al bueno de Don Ramón es la de casa de Socobio, no la de la nuestra. Por algo que María Ignacia ha oído a su tía Josefa, hemos podido traslucir que los hilos de alguna tramoya palaciega pasan por los dedos de la dama moruna y rematan en su conciliábulo, viniendo solo al nuestro alguna ramificación secundaria. No puedo menos de abominar del politiqueo de las mujeres, sacando a relucir el ejemplo de mi cuñada Sofía y de otras de igual laya, que con sus hombrunas aficiones dan a todos de cara y sirven de fácil asunto a los escritores satíricos. Dijo a esto mi sabia esposa que no es Eufrasia una marisabidilla o politicómana a estilo de Sofía, pues su talento la preserva de caer en tal ridiculez. Las intrigüelas de la Socobio no la privan del encanto femenino, ni su natural instinto de toda elegancia la permite incurrir en afectaciones que destruyen la gracia. Y acabó exhortándome (fórmula donosa del mandato) a que me abstuviese de acercarme a la tal sirena (monstruo medio mujer, mitad merluza), pues corro el peligro de que sus cantos armoniosos y pérfidos me arrastren a algún escollo del que no pueda salir, o tengan que sacarme sabe Dios cómo.

3 de junio. Por accidente natural de lo que llamo cacerías de hechos y pesca de personas, vino a caer anoche en nuestras manos el padre Fulgencio, por todos muy nombrado, de pocos conocido. Veréis lo que pasó. Fui a Gobernación a visitar a Sartorius. Por la noche, una vez solos, le faltó tiempo a mi cara esposa para decirme: «¿No sabes, Pepillo, quién ha estado aquí esta tarde? Pues el padre Fulgencio. No lo tomes a broma: el celebérrimo escolapio, confesor de monjas, confesor de reyes... Asómbrate, chico: dijo que sentía tanto no verte... que la fama de tu talento le ha despertado la curiosidad, y que desea echar un párrafo contigo. Mis tías no sabían qué hacerle. Por poco le ponen un cirio a cada lado del sillón donde estaba sentadito... Antes que se me olvide: tantas flores quiso echarme el hombre, que ya me apestaba. Que soy modelo de esposas, modelo de hijas y modelo de no sé qué. Le consta que Dios se ocupa mucho de mí, y que tiene muy bien arregladitas todas las cosas para mi felicidad... Ha dispuesto Su Divina Majestad que yo te dé sin fin de hijos, y que todos ellos sean muy buenos, pero muy buenos, alguno santo. Ya ves qué gloria para ti y para mí... Pues te aseguro que nos hemos equivocado de medio a medio, chico, y la idea que teníamos del padre no concuerda ni poco ni mucho con la realidad. Recordarás que nos lo figurábamos como uno de esos frailachos sin educación, puercos, zafiotes, de esos que hablando contigo, a lo mejor te sueltan un eructo, sin más precaución que ponerse la mano en la boca en el momento de darlo a la luz. Ni es tampoco viejo, sino así, entre-joven; ni es sucio, Pepe; antes bien, me ha parecido que se rocía la sotana con aguas olorosas... Como lo oyes: no te rías. Su rostro es más bien guapo que feo, dentro del tipo de guapeza propio de curas, que es muy distinto de la hermosura de hombres... ya me entiendes. Los ojos son negros y listos, la tez bastante morena, y el habla... ¡ay, hijo! el habla fue lo que más me sorprendió, pues nosotros nos lo figurábamos con una voz muy bronca, como de castellano cerril o vizcainote medio salvaje, y resulta que es andaluz, que cecea un poquito, y con su miajita de gracia y aquel. No habló más que de temas de religión pura, sin mezcla de política, y de personas religiosas. ¡Ah!... Se me olvidaba lo mejor: mis tías le preguntaron por tu hermana... Sabrás que de Talavera tratan de mandárnosla otra vez acá, porque no le prueba aquel clima, ni las franciscanas de Madrid se pueden pasar sin su dulce compañera. Vuelven todas las palomas dispersas a juntarse en su nido... ¡Ay! si yo fuera reina, si yo fuera Narváez y Bodega reunidos, ¿sabes lo que haría? Plantar en la calle a todas las monjas, y suprimir la vida de claustro. La que quiera dedicarse a rezar por los pecadores, que rece en su casa. ¡Mira que llamarlas esposas de Jesucristo! ¡Qué indecencia! ¿Cuándo tuvo el Redentor esposas, ni mentó para nada estos casorios? ¿Ni qué falta le hacen a Dios estos coros de Vírgenes flatulentas, aburridas y desaseadas?... ¡Ay, si mis tías me oyeran! Creerían que me he vuelto loca... Pues algún día, cuando yo acabe de perder la vergüenza, pues hasta hoy no la he perdido más que para ti, les diré que el Señor no puede estar conforme con tanta virginidad, ni estimar a las doncellas más que a las casadas. ¡A dónde iría a parar la Humanidad si todas nos quedásemos para vestir imágenes! ¿Nacen o no nacen las criaturas? Pues si nacemos, claro es que tiene que haber madres, ¡y lo que es madres vírgenes...! No se sabe más que de una, María Santísima... Con que, sin mamás y papás, ¿cómo ha de haber mundo y personas?... Pero dejemos esto, y sigo contándote que el padre Fulgencio tomó chocolate, no sin hacer antes muchos repulgos con su boquita, los cuales no acabaron hasta que entró mi tía Josefa con la jícara y bollos, diciendo: «Hágalo por penitencia, padre, y si es exceso, cárguelo a nuestra cuenta.» Bueno: pues ni la más ligera alusión a las cosas de que hemos hablado nosotros, hizo el escolapio, acreditándose así de hombre ladino. Si yo no hubiera estado presente, ¡sabe Dios...! En resumidas cuentas, el don Fulgencio no me resultó antipático. El será *un peine*, como dicen que dijo Narváez en casa de la generala Córdova; pero lo que es en visita, nadie verá en él más que un pobre gaznápiro correctito, bien criado, insignificante. Se fue a las seis, repitiendo sus plácemes y cucamonas al despedirse de mí.»

La visita del famoso escolapio solo sirvió para que María Ignacia conociera su facha, modos y habla dengosa. De lo interno, nada. «Fue —me dijo, expresando gráficamente lo incompleto de su observación—, como si me presentaran un libro de Historia escrito en lengua desconocida y con estampas. No comprendí nada del texto. Contentéme con ver los monigotes.»

4 de junio. A mí viene mi nunca bastante ensalzado suegro, y me manifiesta que seré pronto diputado en elección parcial. Aunque harto estaba yo de saber lo que se urdía, híceme de nuevas, para que el señor de Emparán pudiera darse el lustre de su protección y de mi agradecimiento. Desde abril venía mi hermano Agustín trabajando a la calladita con el conde de San Luis este negocio, y elegida entre las dos vacantes la de Tolosa, no necesitó más el Gobierno para ver en mí una firmísima columna del Régimen. A fines de mayo, solo faltaba el *exequatur* de los cacicones, diputados por Vizcaya, Guipúzcoa y Álava, que poseedores de toda influencia en las tres provincias, tienen hecho un pacto fraternal con visos de masónico, por el cual mandan ellos solos dentro de aquel país, con cierta independencia del mangoneo ministerial. Para obtener el pase o conformidad de estos reyezuelos de taifa, solicitó mi hermano la mediación de mi suegro, según este me dijo al referirme las dificultades vencidas. Habló, pues con don Pedro Egaña y don Francisco Hormaeche, con el médico Sánchez Toca y don Fermín Lasala, que representan los distritos de Vitoria, Guernica, Vergara y San Sebastián respectivamente, y si en los dos últimos halló excelentes disposiciones en favor mío, los primeros se le pusieron de uñas, y hubo de sacar el Cristo de su amistad y de su *arraigo* en Guipúzcoa para que me tragasen y digiriesen. Debo advertir que tanto el señor Egaña como el señor Hormaeche son cabezas de pedernal, y tan extremadamente celosos de la conveniencia y franquicias de aquellos pueblos, que a todo las anteponen, y solo a la defensa de esta particularidad española se consagran. Por esto, más que de diputados tienen, según la gente dice, traza de *embajadores*, que como tales proceden, y como tales cobran. Mi buen padre político cuida mucho de hacerme comprender que su noble país me acepta, no por mi nombre, que allí nada significa, sino por el nombre adyecticio que me ha dado mi matrimonio, y por el sonoro título vasco de Beramendi.

Mi mujer y yo, que en las noches pasadas divagamos acerca de este asunto, riéndonos de las Cortes, de los electores de Tolosa, y de los discursos que tengo que pronunciar defendiendo los fueros, acabamos de ponernos en solfa con esta metamorfosis de mi nombre en el pensamiento tolosano, pues no soy quien soy, sino un yerno, al que se pega la etiqueta de un marquesado. Nos hace muchísima gracia lo que anoche mismo nos contó San Román. Preguntado Narváez por el candidato nuevo, y no acordándose de mi apellido, salió del paso así: «¿Candidato por Tolosa? El *pollo* de Emparán.»

XVII

8 de junio. Obligado a reflejar en estos papeles, con mis particulares andanzas, algo de lo que anda o corre en tomo mío, diré que la expedición que hemos mandado a Italia en socorro del Soberano Pontífice continúa moviendo la opinión y dando mucho que hablar. Considérase afortunado todo aquel madrileño que puede mostrar una carta de reina, de Estébanez Calderón, de Lersundi o de Arteche, describiendo la marcialidad y gallardía de las tropas en el acto de recibir la papal bendición, y manifestando las ganas que tienen de batirse y acá volver cargaditos de laureles. Sobre este particular, mi buena madre ha escrito a María Ignacia lo que a la letra copio, reflejo del popular sentimiento: «Y de la Cruzada que *habéis* mandado a Italia para reponer al Papa en su Silla, no te digo más sino que me pasé la tarde lloriqueando; tal efecto me hizo el relato que trae el periódico de la bendición de Su Santidad a las tropas, cosa grande, hija, cosa sublime, que a todos los españoles debe llenarnos de satisfacción y júbilo. ¿Qué más podían ambicionar nuestros militares? Me los figuro locos de alegría, deseando que les den la voz de fuego y de ataque, para no dejar títere con cabeza, y dar cuenta de toda esa caterva de anárquicos, infieles y *republicanos* que le han usurpado al Pontífice su bendito reino. Digo yo que si los soldados españoles han sido y son de suyo valientes, como hijos, hermanos y sobrinos del Cid Campeador, y no han menester de bendiciones del Papa para vencer a todo el mundo, ahora que les cae tan de cerca y como de primera mano el rocío celestial, su arranque y bríos serán tales que no habrá poder humano que les haga frente. El cartaginés y el romano, el celtíbero, el godo y el sarraceno de que nos hablaba el pobrecillo Miedes, que de Dios goce, serían ahora niños de teta delante de nuestra milicia. Pienso que cuando esta leas, querida hija, habrán llegado a Madrid noticias de alguna tremenda batalla en que no queden ni los rabos de los Garibaldis y Mazzinis... Ya estoy viendo al gran Pío entrando triunfalmente en Roma en brazos de los Córdovas y Lersundis, que ahora son los caballeros o paladines de Dios... Hemos de consagrar, hijita del alma, nuestro sufragio y nuestras oraciones a los pobrecitos que han de morir, pues muertes habrá, que ellas son inseparable calamidad de las guerras. Y no es bien que nos metamos en averiguaciones del por qué permite Dios peleas sanguinarias entre los hombres, pudiendo arreglar las cosas con solo su querer. Tratándose ahora de poner en su Silla al que es Vicario del mismo Dios, parecía natural que Dios, en este caso juez y parte, dispusiese hacer polvo a los malos sin sacrificar la vida de los buenos. Pero ¡ay! la semejanza de esta campaña por la Fe con las comunes querellas entre naciones, más debe maravillarnos que confundirnos, pues lo que hay es que Dios abandona su causa a los humanos, y es grande orgullo que sea España la que ahora pelea por Él... Ya estoy viendo, hija mía, los beneficios que van a llover sobre nuestra Nación por esta Cruzada. En premio de haber salido a su defensa, el Señor nos dará la paz en todo lo que resta de siglo, y si me apuras, por el que viene; y a nuestra reina piadosa colmará de venturas, y al Rey muy pío otro tanto, y les concederá numerosa y masculina sucesión para dicha del Reino; y entre todos los ministros y magnates que habéis dispuesto la Cruzada repartirá felicidades, buenas cosechas, suerte en los negocios y demás cosas buenas.

Hija muy amada, ya espero todos los días la noticia de tu alumbramiento, y lo veo tan feliz que más no puede ser. Dios y la Santísima Virgen te asistirán. Y como Pepe me ha dicho que me mandará la noticia por el telégrafo del Gobierno, no hago más que mirar a la torre que tenemos en el alto de Baides a ver si hace alguna garatusa con las bolas... Yo no lo entiendo; pero como el telegrafista don León Preciado me ha prometido que me comunicará la noticia tan pronto como llegue, en él descanso, y no hago más que pedir a Dios que te dé un buen cuarto de hora. Supongo que en estos días estarás muy molesta... Llévalo con paciencia, niña mía, y no dudes de la completa felicidad del suceso. Verás como no me equivoco en lo que te anuncié, y para que no lo olvides y cobres ánimo, te lo repito: Tendrás hijo varón, tan robusto y sanote que si te descuidas la emprenderá contigo a bofetadas a poquito de nacer. Será tan guapo que las muchachas, en su día, se volverán locas por él, y sacará todo el talento de su padre, y todita tu bondad, tu prudencia y tu gracia. Apúntalo, hija, para que veas que acierta y no se equivoca en un solo punto de estas adivinanzas vuestra amante madre −*Librada*.»

12 de junio. Agustín y don Feliciano me notifican que ya parieron los de Tolosa el embuchado de mi elección. Me imagino los terribles incidentes del acto, tantas firmas en el Ayuntamiento como colegios electorales componen el venturoso distrito, descanso de las urnas, que no habrán tenido que indigestarse de papeletas; algunos vasitos de *sagardúa* empinados a mi salud por los muñidores electorales de cada barrio, y luego un acta más limpia que la cosa más limpia del mundo, la cual es, según el gracioso marqués de Albaida, mi amigo, *el bolsillo de los contribuyentes*. Aunque tengo bien aprendida mi lección política, me advierte Agustín que estoy obligado a votar siempre con el Gobierno, salvo en alguna cuestión vascongada que pudiera surgir, y en caso de disidencia, votar con Sartorius, como fiel parroquiano de su iglesia... No puedo seguir. Me llaman de mi casa. Ya me figuro... Abandono mi *confesonario*, la biblioteca del Congreso...

15 de junio. El día 12, a las tres de la tarde, salió mi mujer de su cuidado con felicidad y presteza, que parecieron maravillosas al propio Corral. Según este, que presidió el acto en nombre de Esculapio, y mi suegra, que al mismo llevaba su conocimiento práctico y el maternal cariño, no se ha visto alumbramiento más fácil y espontáneo, ni primeriza más valiente, ni criatura más desahogada que la que Dios me ha dado por hijo. Sus primeros berridos revelaron un carácter impetuoso, dominante, que no admite objeciones a su potente albedrío. Mi suegra observó que cuando lo fajaban después de lavarlo, daba manotazos como un atleta del circo, y que su robustez es lo mismo que la de un aguador. Mi mujer dice que es muy pillo, y que le da unos tremendos estrujones con *aquellas manazas*. No necesito contarle a la Posteridad mi satisfacción, mi orgullo, mi gratitud a Dios, omnipotente y próvido; ni afirmar que se centuplica el cariño a mi mujer por los extraordinarios bienes que me ha traído, entre ellos la inefable dicha de ser padre, cabeza de familia, dicha que las redondea y resume todas, así las espirituales como las del orden social, así las que tienen su raíz en el corazón como las que extienden por todo el ancho campo de la vida sus lozanas ramificaciones.

Tres días he permanecido junto a María Ignacia sin separarme de ella un instante, platicando del chiquillo y de lo bravo y jacarandoso que viene. Bien quisiera criarlo, y asegura que le sobra lozanía para ello; pero los abuelos y yo entregamos el heredero de Emparán a la opulenta ubre de una de las dos amas alcarreñas enviadas por mi madre. No debe exponerse mi esposa a los peligros y pejigueras de la lactancia, ni ello estaría, como dice mi suegro, *en armonía con su posición*...

Si hoy he tenido que abandonar mi grato puesto de honor y de alegría junto a María Ignacia, débese al enfadoso deber de jurar mi cargo en este maldito Teatro Congreso. Tres días ha, me estrené de padre de familia; hoy me estreno de padre de la patria. Una vez prestado, con la debida solemnidad, de rodillas, la mano sobre los Santos Evangelios, el juramento que confirmaba mi investidura, pasé a sentarme en los escaños, prestando voluble atención al rezo perezoso con que aquellos señores, mis compadres de la patria, en corto número allí reunidos, examinaban y discutían los Aranceles de Aduanas; y fue tal mi embeleso ante tan entretenido asunto, que habría caído en profundo sopor si no escapara del salón, buscando mayor amenidad en el de Conferencias, ancho vestíbulo de lo que ha de ser teatro. Allí me encontré a mi caro amigo Federico Vahey, diputado por Vélez-Málaga, el hombre de mejor sombra de este Congreso, el que con sus oportunidades y agudezas ameniza las soñolientas páginas del *Diario de las Sesiones*; y sentándome con él en un diván excéntrico, pasamos revista al nutrido personal de periodistas y diputados que allí bullía. Después de apurar graciosos comentarios de aquel vano tumulto, y de trazar con fácil palabra retratos breves de este y el otro, díjome Vahey que lleva una exacta estadística de los representantes del país que gastan peluca, los cuales no son menos de diecisiete. Con disimulo me los designa en los grupos próximos, sin cuidado en los distantes, para que yo aprecie la variedad de color y estilo de aquellos capilares artefactos, que tapan calvas venerables. La primera peluca que me hace notar es la de Pascual Madoz, rubia y con ricitos, como las que las beatas suelen poner a San Rafael o al Ángel de la Guarda; veo y examino después la del señor Maresch y Ros, diputado por Barcelona, excelente persona, de notoria honradez y trato muy afable, mas de un gusto marcadamente catalán en la disposición de sus pelos postizos. Muy bien hecha y ajustada, hasta parecer cabellera de verdad, es la falsa de Martínez Davalillo, representante de Santa Coloma de Farnés; pero no puedo decir lo mismo de la del señor don Joaquín López Mora, de un gris polvoroso, y con bucles que parecen serpientes; ni merece mejor crítica la del señor Ruiz Cermeño, representante de Arévalo, que parece de hojas secas. Pero después de bien vistas y examinadas todas, asignamos el primer premio de fealdad a las que ostentan los dos hermanos Ainat y Funes, el uno diputado por Pego, el otro no sé por dónde, las cuales, sobre ser mayores que el natural, imitan en su bermeja color tirando a rucia, las greñas del león viejo del Retiro. Ved aquí en lo que nos entreteníamos dos descuidados padres de la patria, novel el uno, corrido y desengañado el otro.

No quise volverme a casa sin echar otra ojeada al Salón de Sesiones, por ver a qué alturas andaba la divertidísima cuestión de Aranceles. Ante una docena de diputados soñolientos, hablaba un orador de alta estatura, ya viejo, de bella fisonomía y cabellos blancos naturales, vestido con luenga levita de corte inglés, muy elegante, la palabra tan pronto atropellada como premiosa, el gesto vivo, tendiendo con facilidad a descomponerse. Era Mendizábal.

En el momento de mi entrada en el Salón, decía: «Yo, señores, repitiendo lo que ayer tuve el honor de manifestar al señor Infante, soy partidario del libre comercio; pero no desconozco que en espera de tiempos mejores, hemos de conceder a nuestra industria una protección prudente...» Después se metió en un laberinto de cifras, en el cual no pude seguirle. Entendí que hacía estudio comparativo de la fabricación algodonera en Inglaterra y en Cataluña. En el Banco Negro, o de los ministros, solo estaba el señor Mon, con benévolo cansancio, mirando al orador, y denegando alguna vez con signos de cabeza, o con un sonreír bonachón. En el banco de la Comisión, había dos individuos, el señor Amblard y otro que no conozco (me parece que era el señor Barzanallana, pero no puedo asegurarlo), ambos de bruces en el respaldo delantero, o sea el Ministerial, en actitud de hastío. Entre los diputados que escuchaban al orador vi a Gonzalo Morón, que a todo atiende, de todo habla y en todo ha de lucir su ingenio fecundo; Sánchez Silva, que no pierde ripio en las cuestiones de Hacienda; Madoz, que entró poco antes que yo, y don Alejandro Oliván. Los demás, como el gotoso señor Álvaro, director de Aduanas, y el señor Canga Argüelles, que, según creo, es director de Fincas del Estado, dormían una siestecita o escribían en sus pupitres. Detúveme un rato, atraído de la familiar sencillez de aquel cuadro que me pareció interesante, y no pude menos de contemplar con tanta tristeza como admiración al hombre de voluntad atlética, que expresaba su pensamiento rodeado de un silencio tedioso y de una desatención lúgubre, ante unas cuantas personas que representaban a la generación heredera de la suya... Por fin, oí decir a Mendizábal tras un leve suspiro: «Y no sigo, señores diputados, porque el Congreso está fatigado, con razón fatigado de este interminable debate... y yo también lo estoy.» Recogiendo con ambas manos los largos faldones de su levita, se dobló despacio para sentarse. Como entonces le veía yo por primera vez en mi vida, me pareció que buscaba el descanso como todo aquel que cree haber hecho grandes cosas.

El Vicepresidente, conde de Vistahermosa, a quien faltaba poco para descabezar un sueñecico, levantó la sesión.

20 de junio. Ayer volví al Congreso porque era día de Secciones y querían meterme en una comisión de importancia. Fuera de este motivo, relacionado con mis altos deberes, vine por el gustillo de oír a Olózaga, que hablaba por primera vez después de su vuelta de la emigración, y aunque el asunto en que había de intervenir era la enojosa y nunca terminada cuestión de Aranceles, se creyó que de esto tomaría pie para un discurso político de sensación y bullanga. Hubo, pues, plena entrada y concurso de gente política o de afición, y las tribunas, que aquí son palcos, se habían llenado dos horas antes de la hora reglamentaria. Ya después de las cinco empezó el célebre agitador progresista su discurso, que como retórica parlamentaria me pareció admirable, oración capciosa en que los derechos de Aduanas eran un pérfido artificio combinado con arte sagaz para producir gran cisma y confusión en la inquieta mayoría. Gracias que el Gobierno anduvo listo y acudió con remedios oportunos a componer el cotarro. Terminado todo con menos rebullicio de lo que se esperaba, no pude consagrar el resto de la tarde al recreo de mi confesión, porque se me atravesó inopinadamente una eventualidad que no sé si llamar feliz o adversa, y que debió de ser obra de un diablillo chancero, a juzgar por la extraña mezcolanza de sorpresa, sobresalto y alegría que ante ella sentí. No había concluido don Salustiano su perorata, cuando un ujier me entregó un papelito enviado desde las tribunas. Era de una señora que me suplicaba subiese a verla antes de que terminara la sesión. Leer la esquela, alzar la vista hacia el palco frontero y ver a Eufrasia, que en aquel instante me miraba risueña, llevándose a la mejilla su abanico cerrado, fue todo uno. No había escape. ¿Cómo eludir, sin pecado de grosería, un reclamo tan halagüeño? Pensé que algún asunto más importante para ella que para mí quería comunicarme la señora de Socobio, y con esta idea tomé la resolución de acceder a su ruego; así, en cuanto Olózaga se sentó, levantéme yo, y al palco me fui derecho. Salió a mi encuentro la dama, y en el antepalco, que es de los mayores en este soberbio edificio teatral, fui recibido sin ceremonia, ambos en pie porque no teníamos donde sentarnos. Como las demás señoras no se habían movido de su sitio, atentas a la respuesta que daban a Olózaga los oradores de la comisión, pudimos hablar lo que fielmente copio:

«Ante todo, amigo mío, abra usted de par en par su alma para recibir mis enhorabuenas; ábrala mucho, porque si no, no caben. Ya es usted padre; asegurada está la sucesión de su casa y familia... Créalo: he tenido un alegrón muy grande. Ya sé que la madre y el niño siguen muy bien: él como un ternero, ella como una excelente vaca. Ya tiene usted todo lo que deseaba: un hogar feliz, una posición independiente... Con lo que no estoy conforme, es con que me le hayan metido en política, trayéndole a esta farsa del Congreso. Porque esto es una mascarada, y si no sirve usted para dar bromas, vale más que se largue de aquí.»

Díjele que yo tomaba la política a beneficio de inventario, o con un simple fin decorativo; que mi hermano Agustín y Sartorius me habían dado la investidura, propiamente así llamada porque era como ponerse un vestido elegante, o un lucido uniforme social. A esto respondió con gracia:

«El traje ha de resultar molesto para quien se lo pone sin la mira de hacer el papelón. Esto es muy bueno para los que buscan el negocio; pero los que ya lo tienen hecho no vienen aquí más que a servir de comparsas... Vamos, no me mire usted tanto: creeré que estoy hecha una visión.

—Es todo lo contrario. La encuentro a usted guapísima.

—Un poquito flaca.

—Propiamente flaca no: con tendencias a la estabilidad de formas, y a no engordar... En el rostro no hallo variación: solamente los ojos me parecen más grandes, más soñadores... O soñolientos...

—Pensé que iba usted a decir que estoy ojerosa. Eso no: duermo perfectamente, y no lloro nunca ni tengo por qué.»

Reparé en su traje elegantísimo, de batista de Escocia chaconada, con fino dibujo verde musgo sobre fondo blanco; el sombrero de paja gruesa de Italia, con lazos y flores de tafetán de los mismos tonos. El ajustado cuerpo en forma de blusa marcaba su inverosímil talle gentil, unión de las abultadas zonas del seno y caderas.

«Ya habrá usted comprendido —prosiguió— que no te he llamado exclusivamente para darle mis parabienes. Tenemos que hablar un poquito... pero aquí no puede ser. Cuando se levante la sesión, véngase a dar conmigo una vuelta por la Castellana. Mi coche está en esa calle por donde se sube a la parroquia de Santiago. Allí le espero... Y ahora, no se entretenga más. Ya suena la campana llamando a votación... También aquí tengo yo que ser su maestra, instruyéndole en las obligaciones parlamentarias. Ese cencerro convoca a todo el ganado de la mayoría para que vote lo que manda el Gobierno. Vaya usted, corra, y lleve preparado el *sí* o el *no*, según lo que sea... Con que ¿le espero en mi coche?»

Mirando cara a cara el peligro y sobresaltado de la atracción que sobre mí sentía, contesté que daríamos la vuelta en la Castellana... una sola vuelta, todo lo más dos... Media hora después navegaba yo en el coche, y por cierto que al entrar en él iba ya un poquito mareado.

XVIII

Sépase ante todo que no íbamos solos Eufrasia y yo. Nos acompañaba una vieja muy compuesta, hermosura en ruinas, que tuvo su apogeo y esplendor en los años medios de Fernando VII, camarista que fue de la reina Doña Isabel de Braganza. Perteneciente a la aristocracia mercenaria, de creación palatina, ostenta el deslucido título de condesa o baronesa (no estoy bien seguro) de San Roque, de San Víctor, o de no sé qué santo. En la duda, la designaré provisionalmente por el primer bienaventurado que se me ocurra. Es mujer histórica y de historia, hoy mandada recoger por la subida cuenta de sus años, aunque todavía colea en la vida social. Entiendo que tiene un hijo y un yerno en la regia servidumbre.

«Ya sé —me dijo Eufrasia en el rápido avance del coche por la calle del Arenal—, que Rafaela y yo estamos amenazadas de salir, codo con codo, en la primera cuerda para Filipinas.»

Soltaron ambas la risa, y yo agregué, siguiendo la broma: «A donde van usted y su amiga es a las islas Marianas... ¿Pero cómo lo saben si yo a nadie lo he dicho?

—Lo sabemos —replicó la veterana beldad—, porque el fantasmón no lo dijo a usted solo. Por Pepe Villavieja me mandó un recado para que yo lo pusiera en conocimiento de las interesadas... No hicimos caso: nos reímos...

—Tan bien le resulta a ese espantajo —observó Eufrasia—, el meter miedo a los hombres, que cree poder amedrentar fácilmente a las mujeres. ¡A buena parte viene!... ¿Pero qué ha de hacer él más que estar a la defensiva, muy al cuidado de su pelleja? ¿Con que a las islas Marianas nada menos? ¿Está él bien seguro de que no le embarcarán para allá con viento fresco? Si en aquellas islas hay caribes, ¡qué buen maestro se pierden para perfeccionarse en la barbarie!

—¿Pero es verdad que conspiramos, amiga mía? Yo no lo creí. Pensé que se trataba de una intriguela... No política.

—Puede usted tranquilizar a su amigo, asegurándole que se han suspendido los trabajos, y que no hemos de volver a las andadas hasta que no se sepa cómo va el negocio de Italia.

—Hasta que no veamos —dijo la San Víctor—, si *Fernandito* pega o no pega.

—Yo todo lo temo de esta gente y de su *mala pata* —declaró mi amiga—. Al refrán que reza *Por todas partes se va a Roma*, debe añadírsele: *menos por Gaeta.*

—Pero explíqueme, Eufrasia —dije yo riendo de verla tan *oposicionista*—, ¿qué motivos, qué razones... porque alguna razón habrá... la han traído a la enemistad de Narváez? Antes no pensaba usted así... ¿Ha recibido don Saturno algún agravio del presidente del Consejo?»

Mordisqueando el abanico, la moruna miraba hacia la calle con evidente ira, más bien rabia. Durante una pausa breve, la San Blas y yo nos miramos, como interrogándonos sobre cuál de los dos hablaría primero, y sobre lo que debíamos decir para poner airoso término a la pausa. Rompió por fin el silencio la marchita beldad con esta familiar explicación: «Usted, señor de Fajardo, merece toda confianza, y como está en antecedentes... Me consta por la misma Eufrasia que está en antecedentes... yo me permito responder por mi amiga, para que esta pobre no se vea en la precisión de recordar... Ciertas infamias. Narváez es hombre muy deslenguado. No respeta ni categorías ni reputaciones, y poniéndose a soltar chascarrillos, no se detiene ante ningún reparo. Hablando de esta una noche en casa de Santa Coloma, refirió no sé qué incidentes, de esos que los hombres poco delicados se confían unos a otros, escenas o casos de la vida que el tuno de Terry hubo de relatarle viajando por el extranjero... Cosas reservadísimas que contadas con descaro y mala intención... Resultan...

—¡Mentiras, fábulas absurdas! —dijo Eufrasia pálida y balbuciente y completando la información de su amiga—. Cuando me trajeron el cuento, no sentía más que una cosa: no poder volverme hombre.

—Pues hay más, señor de Fajardo —prosiguió la otra—. Al presidente del Consejo se le podrán perdonar las botaratadas de lenguaje, que quien trata con políticos es natural que alguna vez se desboque; pero al caballero no se le perdona que sin venir al caso ridiculice a personas de arraigo, apartadas de estas miserias de la vida pública. Ya sabe usted que se trató de conceder a Saturnino un título de Castilla. Esta no quería; pensaba que era subir demasiado pronto. Pero el pobre Saturno, que de algún tiempo acá venía sonando con el marquesado, no era tan modesto en sus ambiciones. El asunto iba por buenos caminos. Arrazola estaba conforme; el Rey se interesaba en ello. Un día, en el mismísimo Palacio Real, preguntó a Narváez el duque de Gor qué título se pensaba dar a Saturnino, y el *Espadón*, como si dijera una cosa muy seria, respondió: «Le haremos *marqués de Capricornio*.» Ya ve usted qué grosero insulto.

—Tanta grosería y bajeza —dijo Eufrasia—, me han hecho mudar de parecer respecto a esa gracia y a su oportunidad. Ahora, viendo en qué manos está la Nación, lo que antes creí prematuro ya me parece tardío. Seremos Marqueses. Esta Sociedad no merece la modestia. Donde ya no hay ninguna virtud, donde todo se ha pisoteado, y por si algo faltaba, ya pisotean de firme, la mayor de las tonterías es tener delicadeza y escrúpulos. Coronas que fueron de oro han venido a ser de papel dorado, y las de papel se han hecho de oro. Respetar lo pasado, mirarlo mucho, ya para amarlo, ya para temerlo, es cosa que ahora no se usa. Pues vivamos en lo presente, y coloquémonos donde sea más fácil pisotear que ser pisoteado.»

Causáronme pena este pesimismo y el nuevo ser psicológico de mi amiga. Yo no comprendía por qué rápida evolución, la que hace un año me daba prácticos consejos del vivir manso, cauteloso y positivo, esquivando las pasiones, se dejaba contaminar de las más violentas. Sobre esto dije algo, a lo que me respondió imperturbable: «Las pasiones vienen cuando tenemos arreglada la vida. Si por acaso llegan antes, se encuentran la puerta cerrada, por estar una en los afanes de dentro... Y como al encontrar cerrado se marchan las pasiones, de aquí que pasen por virtuosos los que no lo son. Va una mujer tan tranquila, y a lo mejor alguien le da con el pie; entonces se acuerda de que es víbora, de que puede serlo, y lo es.»

Admirando su ingenio, díjele que todo aquel reconcomio contra Narváez podía muy bien carecer de fundamento, como nacido de hablillas y dicharachos de los desocupados. ¿Quién le aseguraba que eran del propio duque las malvadas referencias de Terry, y la grosería del título de *Capricornio*?

«¡Ay! —exclamó Eufrasia—; como si yo misma lo hubiera escuchado, segura estoy de que esas infamias salieron de aquella boca, manchada con tantas blasfemias y palabrotas de cuartel. Usted, por lo visto, se ha dejado deslumbrar por el brillo falso de ese soldadote, y ha creído la leyendita que propalan los adulones que le rodean. ¡Oh, Narváez, león que lleva dentro un cordero! ¿No es eso? Un hombre que en sus arranques instintivos de mal humor atropella sin reparo al más pacífico, y luego le pide perdón y le hace favores, y le da chocolate de Astorga. Ese es el tipo que quieren darnos en aleluyas, corazón sensible que cuando se irrita ruge, y cuando se aplaca es lo mismo que un niño... ¿No es esta la leyenda? ¿Apostamos a que usted es de los que la ponen en circulación y la reparten de oreja en oreja para que corra?»

Respondí que la tal leyenda, bosquejo biográfico del natural trazado por los contemporáneos, me parecía lo más próximo a la verdad, y que por ella, pues no hay mejor modelo, fijarán los historiadores futuros la figura de Narváez. Eufrasia sonrió, recreándose en la fuerza de los argumentos que en contra de la leyenda cree poseer, y reclamada la atención de su amiga y la mía nos dijo: «Pues aquí me tienen ustedes con voz y autoridad de Historia para echar abajo esa mentira novelesca. Lo que voy a contar, yo lo he sentido muy de cerca, y mi padre, que vivo está, y otros señores manchegos muy respetables, pueden dar de ello testimonio. El año 38 pasó este caballero por un pueblo de la Mancha que se llama Calzada de Calatrava... Iba en persecución del carlista Gómez... ya sabe usted, la famosa expedición de Gómez... De aquel pueblo al mío, donde yo estaba con mis padres, no hay más distancia que dos leguas o poco más. Yo era entonces una mozuela: me acuerdo de aquellos sucedidos como si fueran de ayer, y la impresión de terror que dejaron en mí no se borrará nunca; que si espanto causaban allí los facciosos con sus crueldades y saqueos, no daba menos que sentir este maldito que los perseguía en nombre de la reina, pues unos y otros llegaban, asolaban y partían como una legión de demonios. Era en el mes de agosto; llegó Narváez tal como ayer, y hoy mandó fusilar, con juicio sumarísimo, al último Prior de la Orden de Calatrava, don Valeriano Torrubia, a un rico propietario de la misma ciudad y a una mujer. ¿Creerán ustedes que este hecho brutal era escarmiento de facciosos porque las víctimas habían dado apoyo al cabecilla Gómez? Pues están muy equivocados, y si la Historia se escribe así, maldita sea mil veces. El delito del pobre don Valeriano era estar emparentado con la familia de Espartero, y ser, como este, hijo de Granátula, que solo dista de la Calzada una hora de camino. Para condenarlo, así como a sus compañeros, en la sumaria hecha de mogollón sin más objeto que cubrir el expediente, se alegó la entrega de un fuerte, realizada siete meses antes, al paso de Cabrera, después de una reñida acción en que perecieron trescientos y pico de liberales. Oigan ustedes a mi padre. Mi madre, que era Torrubia y tenía parentesco con el Prior, diría, si viviera, que ninguno de aquellos infelices era carlista ni tuvo arte ni parte en la entrega del fuerte. Todo esto, si no lo he presenciado, lo he sentido en derredor mío, expresado con gritos de dolor que eran gritos de verdad. No son referencias lejanas desfiguradas por el tiempo y la distancia, sino hechos que palpitaban a mi lado, entre mi familia y mis convecinos, y que siguieron estampados en la memoria de todos los que entonces vivíamos en la Mancha.

«Pues oigan más. La única persona, entre las principales de la Calzada, que pudo intervenir en la entrega del fuerte, fue un cura llamado Vadillo. ¿Por qué, pregunto yo, este hombre de la leyenda, este cordero con garras de león no fusiló a Vadillo y sí a los otros, que nunca se significaron como carlinos? ¿Por qué no quiso escuchar, ni recibir siquiera, al hermano de Espartero, canónigo de Ciudad Real, que acudió a pedir clemencia, y llevaba, según dicen, órdenes de que se suspendiera la ejecución? Porque, sépanlo ustedes y sépalo el mundo todo, lo que menos le importaba a este tío era perseguir carlistas y alentar liberales; su pasión dominante era el odio a Espartero, y la envidia de los triunfos y de los increíbles adelantos de mi paisano; su móvil, la idea de ser como él, poderoso y popular; su fin, destruir todo lo que significase adhesión a Espartero, partido de Espartero, familia de Espartero... Esto, que aquí no se vio nunca, lo vimos claro todos los que allá vivíamos: yo respiré estas ideas, y de su verdad no puedo dudar... Ahora viene la segunda parte de mi cuento, y aunque para mí esta parte es tan verdadera como la que acabo de referir, no me atrevo a darla como Historia. Vamos, que también traigo yo mi poquitín de leyenda para colgársela al *Espadoncito andaluz*. La noche antes del fusilamiento, la pasó don Ramón en compañía de una guapísima mujer... La conocí: había sido mi amiguita; tenía tres años más que yo... Fue público y notorio que el cura Vadillo no era extraño a las amistades de la buena moza con el general. Si un día entregó un fuerte a Cabrera, otro día le entregaba otro fuerte a Narváez; solo que este castillo, aunque muy bonito como mujer, no valía nada como fortificación... Cierto es lo que digo de esas amistades: lo que presento como leyenda, usted, Pepe, puede ponerlo en claro si se atreve a preguntárselo a Narváez... O a Bodega, que debe saberlo lo mismo que su amo. Pregunte usted a cualquiera de los dos si es cierto que en la noche de marras vacilaba el general entre el rigor y la clemencia, y que Rufina Campos le pidió que fusilara sin piedad, ofreciendo su cuerpo en pago de la orden; si es verdad que en su impaciencia por concluir aquel negocio de las muertes, le hizo coger la pluma y le llevó la mano para que firmara... Este es un punto que yo no me atrevo a sacar de la Fábula para llevarlo a la Historia: lo cuento como me lo contaron, y no respondo de ello.

Lo que no tiene duda, amigo mío, es que en Calzada de Calatrava había por aquel tiempo una fuerte discordia entre dos bandos que se habían formado, y ardían en rencores con más fuego de pasioncillas locales que de ideas políticas, y que uno de estos bandos se valió del tremendo Narváez para desbaratar al otro. Pescaron al *Espadón* echándole por cebo la carne fresca de Rufina Campos. Con que ahí tienen los señores Narvaístas una vela que encenderle a su ídolo, el borrego con zarpa de león, que más valdría decir de hiena, por la propiedad de las cosas históricas... ¡Y este hombre quiere que ahora nos dobleguemos ante su *Orden* y ante su *Principio de autoridad*, él, que siempre fue díscolo y revolucionario, él, que no hizo más que pisotear su tan cacareado *Principio*! ¿Cómo se ha de respetar a quien nada respetó? ¿Cómo ha de sofocar las conspiraciones quien toda su vida se la pasó conspirando? Si los sublevados victoriosos del 40 llamaban insurrectos a los vencidos, y estos a su vez, triunfantes el 43, llamaron rebeldes a los del 40, ¿qué nombre hemos de dar a todos más que el de bandidos? No se asombre usted, Pepe, ni me ponga la carita burlona, que sus burlas y su estupefacción no son más que una máscara con que tapa un escepticismo tan negro como el mío. Yo no creo en estos hombres, Pepe, ni usted tampoco. La Historia de España, mientras hubo guerra, es una Historia que pone los pelos de punta; pero la que en la paz escriben ahora estos danzantes, no se pone los pelos de ninguna manera, porque es una historia calva, que gasta peluca. Yo, qué quiere usted que le diga, entre una y otra, prefiero la primera... Me repugnan los pelos postizos.»

Esta idea nos dio pie para reír, dejando incontestada la graciosa sátira contra los hombres públicos, y sin comentario el terrible cuento manchego.

XIX

Recorriendo la Castellana, cuando ya la tarde caía, deploraba yo que la presencia de la beldad vetusta me privase de hablar con Eufrasia libremente. Perdóneme mi cara esposa; yo me sentía de improviso arrastrado fuera de la existencia regular, al influjo de aquella mujer, que si fue mi tentadora en tiempos libres, cuando con piadosa mano hacia las pacíficas venturas materiales me guiaba, ahora, por diverso estilo, me trastorna y enciende con los atrevimientos de su voluntad sin freno. Lo único de que yo hablarle podía delante de la señora mayor, era la conspiración de ópera cómica en que ponía todos los donaires y sutilezas de su entendimiento, y sobre ello le pedí más explicaciones, que solo a medias quiso darme. «Conténtese usted, por ahora, con lo que le dije... y es que por el momento hay tregua... ¡Pues no faltaría más sino que yo le revelara a un enemigo nuestros planes! Bastante haré, el día en que se den los pasaportes al Ministerio Narváez-Bodega, y se haga limpia general de *hombres públicos*, bastante haré, digo, con librarle a usted de que le lleven a las Marianas, a tomar los aires que me recetaron a mí... Esté, pues, tranquilo... Y no le digo que se venga a conspirar a mi campo, porque con el marqués de Beramendi no hay que contar ya para nada. Hombre acaudalado y padre de familia, sus ambiciones deben limitarse a cuidar hijos, que los tendrá en gran número, sin que pueda en ningún caso dudar que son suyos... ¿Le parece que es ésta poca ventaja en los tiempos que corren?

—Es usted mala, Eufrasia, y pensando bien por el lado mío, arroja por otros lados su sátira cruel.

—¿Pero no le he dicho que soy víbora, Pepe? Entre morder y ser mordida, con veneno, ¿qué es preferible?... Y en resumidas cuentas, el ser satírica no es lo peor que puede ser una mujer... Porque yo muerda un poco, no se escandalizará usted, Pepe.

—Pero creeré que no está en carácter, y que pierde parte de su encanto con esas mordeduras. ¿Recuerda usted lo que significa en griego su bonito nombre? *Eufrasia*.

—Ya me lo dijo usted en otra ocasión: significa *Alegría*.

—Pues eso ha de ser usted siempre: *Alegría*, la alegría del mundo, de la sociedad...

—¡Ay, Pepito, Pepito... A buenas horas!... En otro tiempo pude pensar que sería eso... ¡Pero hoy, después de tantas penas y de tanto luchar!... Además, mi condición alegre se va saliendo de mí a medida que va entrando la hipocresía.

—¡Hipócrita... también se declara hipócrita!

—Me declaro práctica, maestra en filosofía marrullera, con arreglo a la época y al país en que vivimos. ¡Y usted me desconoce, y usted me niega, Pepe, usted que es mi mejor discípulo!...»

En esto, echábase encima la noche, y una contingencia venturosa vino a conjurarse contra mi virtud y a favorecerme en mis desatinados estímulos de perdición. La condesa o baronesa de San Lucas, de San Gil o de no sé qué santo, dijo a su amiga que, llegada la hora de recogerse, diese orden al cochero de dejarla en su casa, Costanilla de la Veterinaria... ¡Con cuánto gozo sentí el traqueteo de las ruedas, corriendo presurosas, descontando los segundos que faltaban para que sola conmigo se quedase la moruna! El ansiado instante llegó al fin, y con él reverdecieron mis antiguas cualidades de audacia y desparpajo. Mis primeros conceptos, reforzados con ademanes que centuplicaban su expresión, fueron para darle a entender que mi ciencia de hipocresía era una vana fórmula, mientras no la justificara con faltas positivas y delitos categóricos que...

«¡Eh, eh! —me dijo más serena que yo—. ¡Mucho cuidado, señor pollo... Con espolones! Estese quieto, y no se me desmande tampoco de palabra. Tome ejemplo de mí. Es hora de que yo vuelva a mi casa, y usted forzosamente ha de irse a la suya, donde le esperan su mujer y su hijo. A los disparates que me ha dicho contestaré muy poco; pero ello será tal que habrá de agradecérmelo. ¿Quiere usted que seamos amigos, que empecemos otro curso de amistad? Pues para hablar de eso, para discutir si puede ser o no, si usted y yo merecemos el beneficio de esa amistad... quizás no lo merezca usted, quizás sea yo quien no lo merece... pues digo que para tratar de esto, es menester que nos veamos otro día, o que nos escribamos. ¿Qué prefiere?

—Las dos cosas. ¿Va usted por las tardes al Casino de Embajadores?

—¡Ay, qué chiquillo!... Basta: yo escribiré a usted.

—¿Al Congreso?

—Al Congreso. Y usted tomará las precauciones debidas para que no le lleven las cartas a su casa.

—¿Y yo a dónde contesto?

—Déjeme que lo piense.

—¡Ay, qué pensadora se nos ha vuelto!

—Hijo, me llamo *Alegría*, no me llamo *Locura*. ¡Pues si yo no pensara, qué sería de mí! Pensando, pensando, he llegado a donde estoy. Si mucho he discurrido para subir, no tendré que discurrir menos para no caerme.»

La extraordinaria donosura con que lo dijo desató en mí con mayor fuerza los en mal hora resucitados ímpetus amorosos o de aventureros amoríos... Pero no me dio tiempo la dama moruna para la debida manifestación, puramente verbal, de lo que yo sentía, y tirando del cordón avisó al cochero para que parase... Estábamos en la calle del Arco de Santa María. «Bájate prontito, y no seas loco —me dijo endulzando con el tuteo el amargor y crudeza de la expulsión—. Obedéceme sin chistar, y te escribiré al Congreso.» ¿Qué había de hacer yo más que resignarme? Triste cosa era quedarme a pie de un modo tan brusco, aunque mi desairada situación fuese la más conforme con los buenos principios... Pero lo más singular de aquel paso, no sé si comienzo fin o empalme de livianas empresas, fue que al desaparecer de mi vista el coche de la moruna, se apagó en mi pensamiento la ilusión que con tan vivo centelleo me había turbado. Cierto que a una caída más o menos hipócrita quedaba no solo expuesto, sino comprometido, por ley caballeresca no muy ajustada a la eterna ley moral; pero en medio de los velados desórdenes de un extravío de esta naturaleza, no creo que deje de conservar intangible y puro el bien de mi casa, ni la paz que allí me rodea. Si contemplando a Eufrasia y oyendo su gracioso divagar de política, pude repetir para mis adentros el verso de Leopardi *E il naufragar m'e dolce in questo mare*, caminito de mi casa, y acercándome a este refugio bien templado, me dije: «En ese mar bonito y placentero, podré pasearme sin que nadie me vea; pero nunca naufragaré.»

Firme en estas ideas, y comprendiendo cuán penoso y desairado sería para mí que María Ignacia tuviese conocimiento de mi paseo con la Socobio, por soplo de algún paseante que me hubiera visto, eché por la calle de en medio, y se lo conté yo con franqueza relativamente honrada. Claro es que no le conté todo porque no era preciso; y cuidé de advertir que nos acompañó *en todo el paseo* la respetable señora condesa o baronesa de San Juan Nepomuceno. Con gran sorpresa mía, no pareció mi mujer enojada de aquel incidente. Tuve la suerte de cogerla en un momento en que las expansiones de su grande alegría no daban a su alma tiempo ni espacio para el recelo. Nuestro niño revela una resolución firmísima de vivir, y aptitudes colosales para proveerse de medios de vida. Mama de una manera insolente, bárbara, y se apodera de la teta con muy mala educación. El ama es robusta, inagotable, y además, de buen natural. Todas estas bienandanzas se reflejan en el alma de mi esposa, y ayudan a su restablecimiento, franco, rápido y seguro. No quiere María Ignacia abrir en su espíritu ningún hueco por donde entre la tristeza; no quiere más que afianzarse en la posesión de sus felicidades, que estima bien ganadas. Dios le concede lo que merecía.

Viéndola tan bien dispuesta, me permití ampliar un poquito las referencias de mi paseo romántico, y ella con gran sentido me dijo: «Procura no volver más, y si otra vez te invita, busca una manera delicada de zafarte sin caer en grosería... La verdad, esa intriganta me ha tenido por algún tiempo en ascuas; pero esas ascuas ya no me queman... ¿En qué me fundo para sentirlo así? No lo sé; en algo que se nos revela por el corazón, por las ideas y el cavilar de una misma. Yo no creo en angelitos que vienen con recados a la oreja, como es uso y manía de monjas; pero sí creo que Dios nos baraja los pensamientos para que con ellos sepamos la verdad de las cosas nuestras, de lo que nos llega a lo vivo, Pepe. Como te digo, las ascuas en que estuve por esa maldita manchega, ya no me queman... No viene el mal por ese lado. O no habrá más ascuas, o cree que vendrán de otra parte. Pero de ninguna parte vendrán, ¿verdad, marido mío?»

23 de junio. Viendo crecer de día en día la estimación en que mi suegro y toda la familia me tienen, siento en mí la autoridad; me lanzo a platicar con el señor don Feliciano del delicado asunto de las habladurías de su tertulia, pues sin que yo vea en ello, como Narváez, el escándalo de una conspiración, pienso que tales enredos no armonizan con la respetabilidad de la casa. Presentada exquisitamente la cuestión, mi ilustre padre político concuerda conmigo, y alabando mi prudencia y sensatez, se arranca con estas sesudas consideraciones: «Yo me encargo de llamar al orden a estos mis amigos, y de hacerles comprender que, si vienen mudanzas hondas en la política, no quiero que salgan de mi casa... Tengamos en cuenta que eres diputado, y ministerial de añadidura, y que si algo ocurre y te ves en el caso de tomar la palabra en el Congreso para defender la situación, no es bien que te acusen de jugar con dos cartas... Puedes decirle al señor presidente del Consejo, si de esto vuelve a hablarte, que si algunos sujetos graves, y otros que no lo son, le tienden algún lazo para que se enrede y caiga, los hilos no pasan por mi mano. Yo, bien lo sabe él, no soy partidario del Parlamentarismo, ni creo en este Régimen de estira y afloja; pero respeto lo *existente*, por el hecho de ser *existente*, que no es poco. También nosotros tenemos nuestros *hechos consumados*, como ahora se dice, dignos de todo respeto. ¿Qué sería de la Sociedad si cada cual no permaneciera en los puestos adquiridos? El disputar los puestos es lo que da alas al funesto Socialismo, y lo que fomenta la Demagogia, ese *virus*, Pepe, ese maldito *virus* que hace estragos en todo el mundo. Ya que la República Romana, centro de ladrones y asesinos, está a punto de caer arrasada por nuestras tropas, vean ahora estos gobiernos de poner aquí un poco de orden, y de refrenar a tanto periodicucho, y de hacer entender a los del *Progreso* que se despidan del poder para siempre...»

Conforme con todo lo sustancial de esta arenga me manifesté, añadiendo que las clases pudientes *somos* las llamadas a conducir el rebaño social. Pero me recaté de expresar la idea que al oír a mi suegro me andaba por el magín, esto es: que todos los pudientes, cuál más, cuál menos, llevamos dentro el demagogo, y si me apuran, el socialista, que son dos clases de *virus*, de donde resulta que no habrá orden verdadero hasta que no nos metan en cintura... O nos metamos nosotros mismos.

Esto pensaba, y ansioso de distracción, di con mi cuerpo en el Congreso, donde me aburrí soberanamente; por la noche, previo el asentimiento de María Ignacia, con quien yo consultaba siempre mis visitas nocturnas, me fui a casa de María Buschental, donde encontré algunos amigos de mi época de soltero, y otros con quienes había hecho conocimiento en las Cortes: Escosura, Tassara, Borrego, Carriquiri. Departimos de cosas sociales y políticas con la libertad que es el fresco ambiente de aquella morada neutral de las opiniones, y si he de decir verdad, también allí, entre tan amenos narradores y comentaristas, me sentí, como quien dice, a dos dedos del hastío.

Hallábame en un estado particular de mi alma, sensación de ansiedad y de vacío, dolencia que de tarde en tarde y sin ninguna inmediata razón ni causa conocida suele acometerme, y que por lo común, lo mismo que viene se va, dejándome un leve rastro de tristeza. Ni aun María Buschental, cuyo trato y gracias amables con puntaditas maliciosas fueron y son siempre el antídoto de las murrias, logró desvanecer las mías. Por último, confabulados ella y mi amigo Escosura, aplicaron solapadamente a mi melancolía el tratamiento de las bromas, sin excusar las del género más agresivo, y hube de oír sátiras crueles en que no salía yo muy bien librado.

Según María, yo penaba por la Socobio, mujer corrida y de mucha trastienda, maestra y grande erudita en todos los artes de amor. Según Patricio, yo no he tenido con ella más que triunfos pasajeros, regateados, y felicidades suspendidas de improviso para precipitarme a la desesperación... Yo negué, declarando que no hay tales triunfos ni los he solicitado. Reían a carcajadas, y sin duda todo lo que dijeron lo creían como artículo de fe. Así es el mundo: en la crónica social, disfrutaba yo injustamente reputación de glorias y fracasos, como los falsos héroes que con apócrifas grandezas usurpan un lugar en la Historia. Así lo dije a la dama y a mi maleante amigo, añadiendo no sé qué frivolidades para seguir la broma, y algún chiste, que no me salió, francamente, pues no estaba yo para chistes. Por fin, agarrándome a la primera coyuntura que se me presentó, me despedí cuando empezaban la animación y el interés dramático en el gracioso mentidero de María Buschental.

Deseaba yo verme en la calle y respirar aire menos impuro que el de un salón. Sentía vivísimo anhelo de llegar a mi casa, de ver a mi mujer y a mi hijo, y buscar mi solaz y recreo en la felicidad que nadie podía disputarme. Sinceramente y sin la menor afectación, me reí de la historia que mis amigos me colgaban, y ahondando con miradas atentas en todo mi ser, por una parte y otra, advertí que la moruna no me interesaba ni poco ni mucho, que la fascinación de sus gracias es pasajera. Mas no porque observase todo esto, y de mi observación o descubrimiento me alegrase, se mitigaba mi tristeza. «Es el pícaro trastorno de nervios, o del cerebro, quizás desfallecimiento del espíritu —me dije—, ese vacío, esa expectación inexplicable... Voy corriendo a mi casa, y allí se me quitará.»

Sentí detrás de mí una voz que me llamaba, y me estremecí cual si sonara un disparo en mis oídos... Era mi amigo, el pintor Genaro Villaamil, que al salir del café de la Iberia, me vio pasar, y corrió en mi seguimiento. Algunas noches solemos retirarnos juntos, pues somos casi vecinos. Vive en el Postigo de San Martín. Hablome de no sé qué... Algo de la expedición de Italia, de la Fuoco, de su peinado, no menos famoso que sus pies... Yo le oía sin ninguna atención, y deseaba que me dejara solo. Parecíame que teniendo que oírle y contestarle, por urbanidad, tardaría más en llegar a mi casa.

Íbamos por la calle del Arenal, él, más corto de piernas que yo, acelerando su andar para seguirme, cuando una mujer pasó frente a nosotros como a diez pasos de distancia... Cruzaba de la acera de San Martín a la de San Ginés, y nosotros íbamos ya muy cerca de la iglesia de este nombre. La mujer que vimos se paró un instante ante mí y me miró fijamente. Yo la vi a la claridad de la Luna que inundaba la calle, la vi, la miré y la reconocí... Era Lucila... Siguió la moza su camino. ¡Cielos! entraba en la iglesia. Atravesó el patio, y antes de llegar a la puerta volvió a detenerse y a mirarme. Antes dudara de mi existencia que dudar que aquella mujer era Lucila, la hermosura salvaje que descubrí en el castillo de Atienza, la sacerdotisa, la musa histórica del gran Miedes, la perfecta hermosura, la ideal hembra, con quien ninguna de las de nuestra edad y raza puede ser comparada... Mi amigo Villaamil, apretándome el brazo, exclamó con entusiasmo de artista y de varón: «¡Qué mujer, Pepe! Nunca vi figura igual.» Habíamos entrado en el patio; yo me abalancé hacia la puerta de la iglesia, engañado por la ilusión de que Lucila me esperaba en aquella penumbra... Nada vi: la soberana imagen habíase apagado en la cavidad del templo, como luz devorada por el vacío.

XX

La impresión que de aquella imagen quedó en mi retina y en mi mente fue tan viva, que puedo describirla como si aún la tuviera delante. La que en su cuerpo y rostro es la perfección misma, cifra y conjunto de proporcionadas partes armónicas, vestía como las hijas del pueblo más elegantes, entre manola y señorita, la falda sin vuelos, de medio paso, un pañuelo por los hombros. No llevaba mantilla; el peinado, de lo más sencillo, gracioso y coquetón que puede imaginarse... Con ardiente curiosidad y anhelo me metí en la iglesia, Genaro detrás de mí, y apenas dimos algunos pasos hacia la capilla en que veíamos claridad, bultos, y oíamos murmullo de rezos, la poca gente que allí había salió perezosa, arrastrando los pies. El rosario, novena o lo que fuese había terminado. Las luces se apagaban: el sacristán pasó junto a mí con un manojo de llaves. En la vaga sombra, difícilmente se conocían las personas que iban hacia las puertas... Busqué inútilmente entre ellas a la que, tan descuidada en su devoción, llegaba en las postrimerías del piadoso acto... Pero pensé que situándome en la salida no podía escapárseme. A un tiempo, Villaamil y yo nos hicimos cargo de una grave dificultad estratégica. San Ginés tiene dos entradas, y por consiguiente dos salidas. Yo hubiera querido dividirme y vigilar ambas puertas. «Usted mire por la calle del Arenal —me dijo el pintor con rápida previsión militar—; yo miraré por la plazuela.» Así lo hicimos.

Vi salir a pocos hombres, en los que no me fijé, y mayor número de mujeres que observé atentamente, cerciorándome de que todas eran viejas, y las que no lo eran, no daban lugar a confusión a causa de su ostensible fealdad. Por mi puesto de guardia, puedo jurarlo, no salió la mujer de las soberanas proporciones. Cuando terminada la requisa, y expulsado yo por el sacristán, me reuní en la plazuela con mi amigo, este me comunicó que por su puerta no había salido la moza, podía jurarlo. Mi desconsuelo y ansiedad fueron tales que no acerté con ninguna explicación del caso, y sin el testimonio del pintor habríalo tenido por un caso de alucinación. «Para mí, querido Pepe —me dijo Villaamil—, esa mujer no ha salido...» «¿Cómo que no ha salido? ¿Es acaso alguna efigie que pernocta en los altares?...» «Si no es efigie sagrada, merece serlo. Ahora me confirmo en que no fue engaño lo que creí ver. La moza, al entrar en la iglesia, avanzó derechamente hacia la sacristía.» Un rato estuvimos discutiendo este enrevesado punto: ¿Tiene la sacristía comunicación directa con la calle? Hicimos reconocimiento topográfico, dando la vuelta a la parroquia por el arco y pasadizo. Sostenía Villaamil que por una puertecilla que hay en la plazuela, muy cerca del arco, había visto salir varios bultos; pero la distancia y el sombrajo que allí hacen los muros le impidió distinguir si eran clérigos o mujeres. La portezuela por donde se *desvanecieron* estos fantasmas estaba cerrada a piedra y barro. El balcón estrecho y las desiguales ventanas que a cierta altura vimos nos indicaban que hay allí una habitación aneja a la parroquia. ¿Será la vivienda del párroco? Villaamil declaró con firmeza que a la mañana siguiente lo averiguaría. Mis deseos eran averiguarlo al punto. De pronto, como quien encuentra la solución de un problema oscuro, Genaro me dijo: «Oiga usted, Pepe: ¿se habrá metido en la bóveda, en la célebre bóveda de los disciplinantes?...» «¿Y dónde está la bóveda?...» «Viene a caer aquí debajo, y su entrada es por la capilla del Cristo, donde estaban rezando cuando entramos...» «¿Y esa bóveda tiene luego salida por alguna parte?...» «Dicen unos que sale a las Descalzas Reales, otros que a San Felipe el Real; pero esto me parece fábula...»

Propúsome el pintor interrogar al sereno, pero a ello me negué, no por falta de ganas: deseaba emprender solo mis investigaciones. La intervención de Villaamil en un asunto que yo consideraba enteramente mío me molestaba. Todo intruso que me disputara mi absoluto derecho a descubrir a Lucila era ya mi enemigo. Fingiendo un poco le hice creer que solo un interés caprichoso y pasajero me había movido, y me le llevé hacia la calle del Arenal, para dejarle en su casa antes de entrar yo en la mía. Por el camino le hablé de todo menos de aquel misterioso hallazgo y pérdida de la mujer bonita; pero él, sin poder apartar de lo que vimos su potente imaginación de artista, exclamaba: «¡Qué cuadro! Es la primera vez que veo en Madrid un asunto poético y una composición prodigiosa... La mujer furtiva es lo de menos... ¡Pero la plazuela iluminada por la Luna, el arco de San Ginés, donde se alcanza a ver el farolillo del sereno... luz rojiza... los desiguales edificios, la disposición irregular de las casas y tejados...! Es un cuadro, Pepe, un soberbio cuadro...» No tuve yo tranquilidad al quedarme solo, y abrasado de celos precoces, no podía desechar el temor de que Villaamil se me anticipara en la busca y rastreo de la mayor belleza del mundo.

Entré en mi casa en una situación de ánimo que no permitía otro disimulo que el darme por enfermo y necesitado de soledad y descanso. Mi mujer, con tierna solicitud, dispuso que me trajeran tacitas de tila y de té. No podía yo resistir su mirada penetrante, y cerraba los ojos con afectación de dolor de cabeza, que no tardó en ser efectivo. Varias veces he preguntado a María Ignacia si hablo yo en sueños, y me ha dicho que no, que tan solo doy grandes suspiros. Esto me tranquiliza, pues tendría muy poca gracia que durmiendo nombrase yo a Lucila, o por ella preguntase a imaginarios guardianes... La noche fue malísima, y los ratos de insomnio me atormentaban menos que los breves letargos con angustiosa opresión y terrores. Ni un momento dejé de sentir la presencia vigilante y cariñosa de mi mujer. Su ternura me incomodaba; le mandé que se recogiese, afirmando que me sentía bien y que mi desazón había pasado.

Otro día de junio. Pienso que he perdido la razón, o que llevo dentro de mí un ser nuevo, invasor intruso que ha desalojado mi antiguo ser. No me conozco. Dudo si la continua presencia de Lucila en mi alma es un suplicio intolerable, o un bien necesario que me ocasionaría la muerte si desapareciese. Ninguna mujer se ha posesionado de mi pensamiento y de mi voluntad con tan absorbente tiranía. Soy suyo, y por mía la tengo desde el principio al fin del mundo. Porque desde su emergencia en el castillo, fue para mí la ideal mujer, la perfección del tipo, y ante ella no puede haber otra, ni la hubo ni la habrá. ¿Esto que escribo es locura? Así lo pienso; pero una vez escrito no será tachado por mi mano. Quiero manifestarme cual soy en el momento presente, y si deliro ¿qué razón hay para que me obstine en aparecer discreto y sesudo, tal y como mi señor suegro me ve, o quiere verme, representándome a su imagen y semejanza? Salgan al papel mis desatinos, si lo son, en espera de que el tiempo los convierta en concertadas razones.

La inutilidad de las diligencias que hoy he practicado en San Ginés y contornos, me ha traído a un abatimiento lúgubre. Ni sacristanes y monaguillos, ni el sereno, ni el celador del barrio, ni los tenderos vecinos saben nada de semejante mujer... He recorrido las calles próximas, he dado vuelta a toda la manzana. Recordando que Lucila apareció por el lado de San Martín, he reconocido también las calles de Capellanes, Tahona de las Descalzas y otras, con la esperanza de encontrarme al patriarca Ansúrez, o al hermanito pequeño; pero ningún rostro de la familia celtíbera he topado en mi divagación por este barrio. En casa logro componer mi pálido semblante, para que ni aun mi mujercita, con su milagrosa perspicacia, entre en el sagrado de mis pensamientos. Voy al Congreso, que es donde más solo puedo sentirme, y huyendo de los amigos que en el Salón de conferencias y pasillos me agobian con su enfadosa charla, busco un refugio en mi asiento de los escaños rojos, y me sumerjo en las narcóticas aguas de la discusión de Aranceles. Me creo dentro de una redoma, y mi atención es como la del pececillo colorado que nada en redondo mirando el cristal que lo aprisiona. Veo al cetrino Nicolás Rivero, al fornido Pidal, a Cantero chiquitín, a Moreno López elegante, a Negrete proceroso, y oyendo el run-run de un orador, para mí desconocido, cierro los párpados; el sueño me rinde... Al volver en mí me siento demagogo, me descubro anárquico; no encuentro palabras bastante expresivas para calificar el horripilante desenfreno y audacia de las ideas que se congestionan en mi mente. Porque la somnolencia no acabe de aplanarme, huyo del Teatro-Congreso, y me voy de paseo por la calle mayor y Carrera de San Jerónimo sin parar hasta el Retiro, donde encuentro amigos, algunos diputados; hablo con ellos; sigo, empalmo con otros; vuelvo a charlar, tomo y dejo, y lo mismo acompañado que solo, continúo sintiendo en mí el llamear ardiente de las fieras pasiones revolucionarias. Los sombreros de copa que cubren el cráneo de tanto señor y señorete me producen indecible antipatía, y nada sería para mí tan sabroso como emplear mi bastón en el apabullo de todos los tubos de felpa que me salgan al paso. ¿Hay nada más imbécil que la invención de esta ridícula tapadera de nuestras cabezas?... En mi negro humor, hasta las señoras se me hacen odiosas y soberanamente grotescas, con sus modas de París y el artificio vano de su exótica finura.

Sí, sí, debo de estar enfermo: esta noche, de las cenizas de la hoguera en que prendí fuego a toda la sociedad de mi clase, ha surgido mi grande amor al pueblo. Todo lo que no sea pueblo no es más que una comparsería indecente, figuras de un carnaval que a lo chocarrero llama elegante, y a las pesadas bromas da el nombre de cultura. Los días del vivir actual, esto que con tanto énfasis llamamos *nuestro siglo*, *nuestra época*, ¿qué es más que un lapso de tiempo alquilado para fiestas? El plazo de alquiler a su fin se aproxima, y en ese momento del quitar de caretas, volveremos todos a ser pueblo, o no seremos nada... Amo a Lucila porque amo al pueblo: estos dos amores no son más que uno... Presumo que voy al mayor desconcierto de mi razón, y dejo la pluma...

Vuelvo a tomarla, después de una pausa de dos horas, y declaro que veré con grandísimo gozo los disturbios y convulsiones que tanto temen nuestros *hombres públicos*. La tan maldecida República Romana tiene todas mis simpatías, y los Mazzinis y Garibaldis son mis ídolos... Lleno estoy del condenado *virus* que es la desesperación de mi suegro ilustre, y con este veneno apaciento mis ideas, con él mis deseos de que nuestras tropas, impotentes para reponer a Pío IX en su eterna Silla, tengan que traérsele para acá, de que húngaros y austriacos hagan polvo a los Radecskys y Metterniches, de que todos los pueblos ardan y todas las artificiales categorías sucumban, de que Francia sea inmensa barricada donde alcen su haraposa bandera los socialistas, comunistas y falansterianos del mundo entero... Ya veis que voy de mal en peor... Me siento insufrible: vuelvo a dejar la pluma... Suspendo esta confesión; pero conste que soy demagogo, furiosamente demagogo...

Otro día de junio. Hoy, gracias a Dios, en mi alma turbada se van apagando los incendios revolucionarios. No obstante, oyendo al señor de Emparán, que me ha dado matraca horrible con la carta filosófica remitida por Donoso Cortés desde Berlín, y publicada estos días por *El Heraldo*, he sentido en mí un vivo anhelo de que lo maten, no a Donoso Cortés, sino a mi suegro (a los dos no fuera malo), de que vengan al Gobierno las hordas socialistas y le arrebaten cuanto posee, sus riquezas todas, raíces, valores públicos, *etc.*, no dejándole más que la camisa, y esto por el aquél de la decencia. ¿Qué?... ¿qué tenéis que decirme? Ya entiendo: que Emparán en la miseria sería yo miserable, reducido a la extrema necesidad de pedir limosna. ¿Y qué? ¿Pensáis que esto me arredra? Pues bien: seré mendigo, andaré descalzo, gozando en la total ruina de los zapateros y en el acabamiento de todo sastre. ¿No iban descalzos y muy ligeritos de ropa los iberos y celtas, y eran felices, y se gobernaban admirablemente y vivían luengos años?... Si por algo, fijaos bien, rectifico esta idea destructora, y dejo a la remota Posteridad el despojo y aniquilamiento de mi padre político, es porque me aterra pensar que mi mujer y mi hijo anden también descalzos y en paños menores por esos mundos. No: sálvense de la catástrofe estos caros objetos, y si para ello es indispensable el indulto del señor de Emparán, recojo todo mi *virus*, y perdonado queda en este renglón. Para quien no tendré misericordia es para Donoso Cortés, que en su famosa carta berlinesa me ha estomagado con sus ñoñerías filosófico-ultramontanas. ¿Hay elocuencia más vacía ni retórica más insustancial? Desde que ha sabido que Narváez le odia cordialmente y se jacta de no haberle leído nunca, se aviva y enciende más mi cariño al *Espadón*, y voy creyendo que es el único grande hombre entre tanto necio hablador y tanto acebuche barnizado. Sostuve esta tarde una viva disputa en el Casino, defendiendo rabiosamente a Narváez, y abominando de los que con desdeñoso humorismo llama *la cáfila de abogados*... Éntrame ardiente anhelo de ver al duque, y de platicar con él de los diversos temas que hoy mueven las lenguas de nuestros *hombres públicos* y de nuestras *mujeres... privadas* (guarda, Pablo). De mañana no paso sin que yo me encare con el *buey liberal*, o en su defecto, con Bodega, que en este momento de la Historia mía y de España también merece mi afectuoso respeto. Él es pueblo, como yo, pueblo que resplandece en las alturas.

XXI

Primeros de julio. Han pasado algunos días, no sé cuántos: llevo mal ahora la cuenta del tiempo... En este paréntesis corto de mis Confesiones, mi pensamiento no ha estado libre de alternativas y mudanzas. Sufrí recrudescencias de mi rabia demagógica, y he visto luego que esta formidable pasión o dolencia remitía, dejándome volver a mi normal estado de sensatez. Conviéneme declarar que ni en mis delirios ni en mis sedaciones me ha faltado el cariño a mi mujer y a mi chiquillo, sentimiento de un orden reposado, compuesto de deber y amor, y que ha llegado a parecerme armonizable con mis ensueños. Cuando disponga de más reposo, explicaré la filosofía que pongo en práctica para socorrerme con ese cómodo sincretismo... Lo más urgente ahora es que traslade al papel un suceso mío, que no por mío precisamente, sino por suceso en sí propio importante, debe ser comunicado a la indagadora Posteridad. Ello es que al cabo quiso Eufrasia que se *cumplieran las profecías*: así llamo a las promesas de ella, y a las malignas suposiciones del vulgo. Una carta que al Congreso me escribió, la respuesta mía, una breve entrevista después en el paseo, determinaron lo que por lo visto deseaba ella más que yo en aquel día, no muy lejano del presente. Cogiome en tal estado espasmódico y cerebral, que mi primer impulso fue no acudir al dulce reclamo. Después lo pensé mejor, y entendí que el Acaso me deparaba quizás un grande alivio de mis murrias; deparábame asimismo el gusto de dar la razón al penseque mundano, y de convertir el cronicón apócrifo en historia verídica, espejo de la vida real. Me molestaba la mentira ¡y era tan fácil trocarla en verdad!

Diome la verdad mi amiga una tarde en el Casino de Embajadores... Perdonad que me interrumpa para deciros otra vez, y van dos, que me carga Donoso Cortés, y que ya estoy ahíto de la indigesta carta filosófica que nos enjaretó desde Berlín. Infinitas veces se ha tragado su lectura mi papá político, y algunos párrafos quedaron impresos en su memoria como el Padre nuestro. Creeré que lo aprendió en viernes. Esta mañana lo repetía en tono triunfal: «Si se me preguntara mi opinión particular sobre el eclecticismo, diría que es una rama seca y deshojada del árbol del racionalismo. Del racionalismo ha salido el spinozismo, el volterianismo, el kantismo, el hegelianismo y el cousinismo, doctrinas de perdición... La sociedad europea se muere:

sus extremidades están frías, su corazón lo estará dentro de poco. ¿Sabéis por qué se muere?» A esta pregunta que mi suegro hacía con entonación propia, como si fuera de su cosecha, contestábamos al unísono mi mujer y yo: «No señor: no sabemos nada.» Y él, hinchándose de vana elocuencia, como lo estaban sus bolsillos de copiosos caudales, se contestaba: «Muere porque la sociedad había sido hecha por Dios para alimentarse de la sustancia católica, y médicos empíricos le han dado por alimento la sustancia racionalista...»

Pero lo que más a mi señor suegro, reventando de rico, seduce y entusiasma, es aquel pasaje sentimental en que nuestro rutilante orador nos revela que hemos venido al mundo para llorar y padecer. La cosa resulta clarísima y se demuestra con un ejemplo. «La vida es una expiación —decía don Feliciano con semblante fúnebre al repetir uno de los trozos más enfáticos de la carta—; la tierra es un valle de lágrimas. Si no queréis alzar la vista a los Cielos, ponedla en la cuna del niño sin pecado... ¿Qué hace el niño privado aún de pensamiento, de razón y hasta de voluntad? Pues llorar...» Argumento incontestable: si el niño, que todavía es un ángel, llora, nosotros que estamos llenos de pecados, ¿qué fin y destino tenemos más que hacer pucheros en todo el curso de nuestra vida? Observaba yo que mi ilustre suegro, con tanto recomendar el llanto a las personas mayores, se abstenía personalmente de toda demostración de duelo, y nos decía, más regañón que dolorido: «Esta es la verdad, la doctrina pura. Aprended, aprended aquí.»

Perdónenme la digresión. Sigo contando. Quedamos en que fui a la calle de Embajadores. Ya comprenderéis que de tan delicado asunto solo debo hablar lo preciso para establecer la debida coordinación lógica entre las diversas partes de estas confidencias. Me permito saltar de la primera a la segunda entrevista con Eufrasia, que fue ayer, y añado que las alegrías de estos reservados encuentros dejan en mí un sedimento amargo, y que no han apagado, no, el volcán que suscitó en mi mente la fatal aparición de la salvaje Lucila. Os diré con confianza que los halagos de la moruna, con ser en determinadas ocasiones de extraordinaria intensidad sensitiva, me traen el hielo en inmediata concatenación con el fuego, cual si fuesen eslabones que forman un toisón de alternados metales. En sus encantos, a poco de gustarlos, no me ha sido difícil ver el desabrimiento de las cosas de serie, que traen de atrás su principio y continúan repitiéndose en la igualdad de sus casos y consecuencias. Yo me sentía sucesor de alguien y predecesor de otro u otros, y si mi herencia me parecía triste, más lástima que envidia sentía de mis presuntos herederos.

Otro día de julio. A la tercera vez, con más empeño que en la primera y segunda, trato de indagar el móvil y fin de aquella conspiración de zarzuela en que la moruna entretiene sus ocios. La reciente intimidad no tiene bastante poder para quebrantar el secreto. Eufrasia elude las preguntas, cambia de conversación, niega cuando se ve estrechada; acaba por afirmar que todo concluyó, que fue una broma, chismorreo de damas locuaces, que no saben cómo pasar el rato. Mis coloquios en tan cercana disposición me permiten observar que es recelosa, sagaz y reservada, que las pasiones no ahogan jamás su discernimiento, que poniendo en sus empresas toda la perseverancia del mundo, sabe esperar. Yo no me recato de confesarle mis simpatías por la demagogia, sin descubrir el secreto psicológico de esta novedad, y ella me alienta, declarándose también un poquito revolucionaria, sin precisar ideas.

Permitidme que en una nueva digresión afirme otra vez, y van ciento, que me encocoran lo indecible el señor Donoso, marqués de Valdegamas, y su ciencia relamida. Si me ofrecéis recibo lo tomaré, y sigo en mi cantinela... Es que a diferentes horas, en las situaciones más diferentes, invade mi alma el desdén de estas retóricas vacías. Ese buen señor que a mis contemporáneos entusiasma, a mí me revienta: no puedo remediarlo... Y a propósito, para que no me acuséis de inoportunidad: Eufrasia, tomando pie de no sé qué apreciación mía, me ha dicho, mientras se arreglaba el desordenado cabello: «¿Verdad que es hermosa la carta de Donoso Cortés?» Yo troné contra el ídolo de las damas y de los grillos parlamentarios, y mi amiga lo defendió con grandes hipérboles, repitiendo algunas de sus vaciedades más rotundas: «Luzbel no es el rival, es el esclavo del Altísimo.»

—Bueno, ¿y qué? Concedo que no es el rival, sino el esclavo... ¿Y qué?

—Que el mal no es obra de Satanás: «el mal que el *ángel rebelde* infunde o inspira, no lo inspira y no lo infunde sino permitiéndolo el Señor, y el Señor no lo permite sino para castigar a los impíos, o para purificar a los justos con el hierro candente de las tribulaciones...» Así lo parla el maestro...

—Eso va con nosotros: falta saber si somos impíos y merecemos azotes, o justos que seremos purificados.

—No seas tonto. Eso lo dice por las revoluciones...

—¿Qué más revolución que nosotros?

—No hables en plural: tú eres demagogo.

—Y tú descamisada...

—¡Ay, qué pillo!... El descamisado, el *sans culotte* eres tú... Las palabras de *Quiquiriquí* sobre el señor de Luzbel no van con nosotros. Es que algunos han dicho que la revolución de febrero del año pasado en Francia, la que echó del trono a Luis Felipe, fue un castigo, y que después vendría la misericordia de Dios. Pues no es eso: Donoso Cortés, con ese talentazo que no le cabe en la cabeza, ve las cosas claras y dice que no habrá misericordia... «Los que vivan verán asombrados que la revolución de febrero no fue más que una amenaza, y que ahora viene el castigo...»

—¡Ya escampa! Pongámonos en salvo.

—No te burles. Vendrá un cambiazo muy gordo que nos libre de tanto pillo.

—Y en ese cambiazo trabajas tú y otras, a cencerros tapados... Destruiréis todo lo actual, y pondréis al frente de la Administración un Ministerio de niños llorones presidido por *Quiquiriquí*.

Soltó al oír esto una risa franca, fresca, sonora, expresión de abandono y travesura.

«Déjame que cierre así la discusión —me dijo—. Mi nombre es *Alegría*...» Y acabó por confesarme que también a ella le revuelven el estómago los sermones de Valdegamas, y que si los celebra y repite es por seguir la corriente; que toda aquella hinchazón insustancial no sirve para nada, ni traerá la más pequeña mudanza de las cosas públicas. El mundo, según Eufrasia, se gobierna por pasiones, no por ideas, y estas no influyen sino cuando son apasionadas. No echo yo en saco roto esta sentencia, que me parece de un profundo sentido en los tiempos que corren. Tiene la moruna mucho talento. Así lo declaro, y ella con candoroso orgullo me dice: «¿Pues qué eres tú...? Si yo fuera reina haría de España una gran Nación. Yo sabría ser mujer y soberana, sin que la soberana y la mujer se estorbasen la una a la otra. Yo poseería y practicaría el arte más difícil, que es el de escoger hombres más o menos públicos, y en cada puesto estaría el sujeto apto para desempeñarlo... Yo los examinaría bien, y hasta que no estuviera bien segura de sus cualidades no les daría el rango... Créete que yo haría una reina admirable, como Isabel de Inglaterra, o Catalina de Rusia; pero con la condición de ser soberana absolutamente absoluta, porque de otro modo no respondería del acierto. ¿Libertad? No habría más libertad que la mía. ¿Religión? La mía, y que fuera yo mi propio Papa. ¿Ejército? Yo generalísima. ¿Marina? Yo Almirantísima. ¿Gobierno? Yo Ministrísima... Verías tú qué bien andaba todo. Yo y el Pueblo, y entre este y yo un cierto número de lacayos instruidos que sirvieran fielmente al Pueblo en mi nombre.» Preguntada por mí acerca del lugar que a su esposo daría en este absolutísimo gobierno mujeril, me contestó que en su Reino decretaría el cese de todos los maridos que no fueran padres, y que a don Saturno, por gratitud, le nombraría inspector general de Matrimonios, para divorciar a los que no tuviesen prole... Yo, como padre que soy bien acreditado, tendría un puesto de importancia en la Nación...

Con estas y otras tonterías pasamos el rato. El ingenio de esta mujer me divierte... pero el vacío de mi alma continúa sin llenar. Termina la moruna diciéndome que se va a la Granja, donde está la Corte, y me incita a que vaya también yo con mi familia... Si María Ignacia y sus padres desean lo mismo, ¿por qué no acabo de resolverme? ¿Qué interés o querencia me amarran a Madrid? Respondo que sí, que no y qué sé yo.

Otro día de julio. Hoy, después de dos infructuosas tentativas, he logrado satisfacer mi vivo deseo de hablar con Narváez, de quien tenía yo las mejores ausencias, pues supe no ha mucho que en casa del duque de San Carlos me alabó y encareció infinitamente más de lo que yo merezco. Antes de pasar a la presencia del *Espadón* tocome un poco de antesala, la cual se me hizo corta por la agradable compañía de mi amigo y compañero de Congreso, Eusebio Calonge, el más joven quizás de los mariscales de Campo. ¿De qué habíamos de hablar sino de la expedición a Italia, general comidilla en estos días? Marchitas las ilusiones de los que vieron en el envío de tropas a Gaeta un principio de históricas hazañas militares, ¿qué hacían allí los españoles? Recibir la bendición del Papa, ocupar a Terracina, y gastar su ardimiento en marchas y contramarchas.

«El veto del general francés, cerrándonos el camino de Roma —me dijo Calonge—, nos ha puesto en situación muy desairada. La expedición queda reducida a un acto diplomático, y únicamente con ese carácter se la puede defender hasta cierto punto. Mi opinión es que los actos diplomáticos de un ejército solo son eficaces después de actos verdaderamente militares. La fuerza que pega duro es la fuerza que puede negociar...» Pareciome de perlas esta observación de mi amigo, que revelaba la viveza de su entendimiento, y algo más habríamos divagado sobre aquel asunto, si no nos interrumpiera don Juan Bravo Murillo, que salía de hablar con Narváez. Tocaba su vez a Calonge, que según me dijo despacharía en cinco minutos. No llegaron a tantos los que empleamos don Juan y yo en recíprocas salutaciones. No he tenido ocasión de decir que el ilustre extremeño y hombre público es antigua relación de los Emparanes, y ha dirigido como letrado en ocasiones diversas, y en una muy reciente, los asuntos de la casa. Don Feliciano le estima como amigo, y le mira como a un santo en la religión de la jurisprudencia. Nada teme mi suegro del rigor de las leyes teniendo en sus altares a San Juan Bravo Murillo.

«¡Dichosos los ojos...! —exclamó Narváez al recibirme—; y conste que ya no le llamo *pollo*. Por muchas razones merece usted el empleo inmediato...»

Hablamos de todo, de Eufrasia, de mi familia, de mi hijo, de los Emparanes, de los Socobios, de todo menos de la *campaña de Italia*, punto delicadísimo que no me atreví a tocar, sabedor de lo aburrido que anda mi hombre con este frustrado intento de intervención gloriosa. En su tono, en su mirada, descubro la calma que ha sucedido a su recelo de las conjuras, y siempre que la conversación recae en cosa referente a mi persona, sus elogios me colman de gratitud, no inferior a mi confusión, pues ignoro en qué funda el alto concepto que de mí ha formado. Háblame de que desea utilizar mis dotes, esas dotes que con increíble benevolencia y engaño llama extraordinarias, y cuando pienso que su idea es ofrecerme un puesto diplomático, sale por un registro que me causa tanta sorpresa como disgusto. ¿Sabéis a qué quiere aplicar el duque las facultades mías, que estima o parece estimar desmedidamente? Pues a las funciones de un cargo palatino. La independencia que disfruto me permite tomar a risa la propuesta de mi jefe y amigo, y manifestarle que podrá hacer de mí lo que quiera, pero jamás hará un palaciego. Él se ríe también; al despedirme me da palmaditas, repite en forma humorística su pensamiento de vestirme de gentilhombre, sumiller de corps o cosa tal, y con toda seriedad me dice: «Yo miro este asunto por el lado mío, por el lado de la conveniencia oficial, y sostengo que es necesidad imperiosa del Estado tener en aquella casa un personal inteligente, instruido, que posea las buenas formas y las ideas liberales... Ya ve usted si es difícil... Digamos imposible. Adiós; que vuelva usted pronto por aquí, y aunque no quiera hablaremos de lo mismo...» Salí: la idea del general, descartando radicalmente de ella mi persona, pareciome idea luminosa y madura, de hombre de mundo, de hombre de Estado.

Al anochecer, camino de mi casa, no falté a la estación que dos veces al día, una por lo menos, hago en San Ginés, por la querencia misteriosa de los lugares donde, visto una vez el paso de la felicidad, creemos que allí nos está esperando para pasar de nuevo. Es aquel mi sitio de peregrinación, y a él acudo por devota costumbre, o por impensado rumbo de mis andares. No diré que hayan sido absolutamente infructuosas mis pesquisas en la parroquia y sus aledaños, porque si ningún conocimiento positivo ha venido a saciar la sed que me devora, creo haber descubierto hilos menudos que a otro más grande, y finalmente al ovillo de esta sin igual aventura, pueden conducirme. Desengañado de sacristanes y monagos, así como de vecinos y porteras, me dediqué al trato de pobres de ambos sexos que piden en aquel santo lugar. Repartiendo sin tasa calderilla y algo de plata, he adquirido en tan mísera república relaciones muy útiles... Pero anoche encontré la puerta cerrada; la turba mendicante se había retirado de sus puestos, faltándome hasta el más fiel y consecuente amigo, que esperarme suele a deshora en la escalerilla del patio por la calle del Arenal. De los hilos tenues, imperceptibles casi, que este hilandero de chismes ha puesto en mi mano, no quiero ni debo hablar mientras no sepa si han de conducirme a la esperanza o a mayor desesperación.

XXII

16 de julio. Decididamente nos vamos a la Granja. Habría yo preferido pasar en Atienza los rigores del verano, por disfrutar de mayor sosiego y dar a mi madre el gustazo de tenernos en su compañía. Estos eran también los deseos y planes de María Ignacia; pero el unánime voto de todo el señorío Emparánico en favor del Real Sitio de San Ildefonso se impone a nuestra voluntad. Punto final en las discusiones, y comienzo de los fastidiosos preparativos... Mi mujer, o ignora en absoluto mi devaneo con Eufrasia, o lo considera superficial y sin importancia, aplicando al caso una filosofía suya, soberana, elevadísima, que en rigor no puede admitirse más que estableciendo ley conyugal distinta para cada sexo... Cuido de rodear mi falta de cuantas precauciones pueden preservarla del conocimiento y aun de la sospecha de esta familia; pero creo difícil mantener la ignorancia más allá de los temporales límites que encierran todo humano artificio.

Deseaba yo una ocasión de ver a Eufrasia antes de su partida, y hablarle de estos temores, apelando a su buen discernimiento para que, mientras dure la jornada en el Real Sitio, encerremos en mayor tapujo nuestras intimidades, o las encubramos con la soberana hipocresía de suspenderlas efectivamente. De fijo accederá, porque, como gran maestra de la vida, es cautelosa, ve y entiende toda realidad, y en sus programas, según me ha dicho mil veces, *figura en primer término* la conservación de mi prestigio y buena fama en la familia. La ocasión que yo buscaba se me ha presentado esta tarde. Habiendo ido con mi señor suegro a visitar a Bravo Murillo (para consultarle un pleito Emparánico entablado en el Consejo Real), tuve el gusto de toparme allí con Don Saturno del Socobio y su morisca esposa, que se despedían del extremeño, con quien están todos los Socobios del mundo en buena amistad social y jurídica.

Pero antes de que yo refiera esta visita y las entretenidas pláticas que en casa del insigne letrado y ministro tuvimos, oblígame el orden del relato a contar alguna meditación mía muy interesante; que las meditaciones, y aun los volubles escarceos de la mente, son materia o documentación utilísima de la historia de un hombre, más o menos sincero confesor de sí mismo. Es, pues, el caso que al despertar esta tarde de la siestecilla con que suelo pagar mi tributo a los ardores veraniegos, sentí en mi alma un bienestar hondo, cual si de ella, con la virtud de aquel descanso, se desprendiera un formidable peso que la oprimía. Sentíame no ya aliviado, sino totalmente restablecido de lo que yo llamaba el *mal de Lucila*, la monomanía, la horrenda pasión de ánimo que encadenó mi pensamiento y todo mi ser a la imagen más soñada que vista de aquella mujer. Y la súbita extinción de mi mal, habíamela traído... ¿A que no lo adivináis? Pues una idea, que al despertar apareció posesionada de mi mente, y encendida dentro de ella como vivísima luz, semejante por su potencia a las que en los faros alumbran el paso de las naves. La idea que me iluminaba, única, despidiendo rayos en mi cerebro, era esta: la enfermedad que yo he padecido no es más que *una efusión estética*.

«Mujer —dije a la mía, que en el momento de mi despertar se me apareció con el chiquillo en brazos—, ¿no sabes que ahora caigo en que soy un artista sin arte... un hombre que crece, vive y toma puesto en la vida social fuera de su vocación? En mí has de ver un artista inmenso, escultor, pintor, músico tal vez... quiero decir que yo he debido ser ese gran creador de arte, y por no serlo, me pongo malísimo, y hasta parece que se me va el santo al Cielo.»

Echose a reír mi digna esposa, y sin dejar de zarandear en sus brazos al crío, me contestó: «¡Pero, bobito, si eso que me dices no es idea tuya!... ¡Si eso te lo dije yo anoche cuando te acostabas! Y te lo repetí no sé si dos o tres veces hasta que te quedaste dormidito. ¿Ya no te acuerdas?

—Sí: algo voy recordando. Me hablaste de eso; pero no dijiste el nombre del mal que tuve. El nombre de lo que padecemos es muy importante, y creo yo que el hecho solo de saber ese nombre nos cura. Esto que padecí se llama *efusión estética*.

—No me vengas a mí con terminachos. Yo no sé más sino que no te conviene estar ocioso. Tu mamá te conocía bien cuando te recomendaba que escribieras la *Historia del Papado*, y aun creía la pobre que la estabas escribiendo. Yo soñé noches pasadas que habías hecho una catedral tan magnífica, que las de Toledo y León parecían al lado de la tuya buñuelos de piedra... Y otra noche pensé, esto no fue sueño, que si llegas a dedicarte a la estatuaria, habrías hecho maravillas... De todo entiendes, y sobre cada cosa discurres con tanto tino que se queda una tonta oyéndote... Más de una vez te dije que has sido muy desgraciado, Pepe, porque primero quisieron hacerte clérigo y te mandaron a Roma, donde no te encaminaron por el lado del arte, sino por el de desempolvar bibliotecas; luego viniste aquí, te dieron un empleo; nadie se cuidó de ver para qué servías; te lanzaste al mundo; te hiciste señorito elegante; y por fin, sin que lucharas por la vida, ni por el arte, ni por nada, te viste en buena posición y casado con una fea... ¡Ya lo creo que estarás enfermo, Pepe! Y has de ir de mal en peor como no busques ahora otro rumbo, y te ocupes en algo que sea boca de volcán por donde arrojes todo lo que tienes dentro del alma.»

Respondile que cuanto me decía era exactísimo, menos que yo me hubiese casado con una fea, y quien así lo afirmara mentía bellacamente. Varió con rápido giro María Ignacia la conversación, diciéndome que su padre me esperaba ya para ir a la visita del señor Bravo Murillo. Vestime deprisa y corriendo; a los veinte minutos ya estábamos en la calle suegro y yerno. Por el camino iba yo pensando en mi enfermedad, la cual, al paso por San Ginés, no me pareció radicalmente curada... ¿Podría creer al menos en una mejoría profunda y franca, precursora del perfecto equilibrio? La idea que al despertar de mi siesta me trajo conciencia luminosa de curación, había sufrido alguna mudanza, como el lento correr de una veleta, y observándola me dije: «No era *efusión estética*, sino *efusión popular*.» Oyendo las campanudas majaderías que don Feliciano me echó por el camino, tocantes al Principio de Autoridad y a las medidas que debían adoptarse contra el tremendo *virus*, me sentí otra vez dañado profundamente, y el síntoma denunciador de mi recaída no era otro que un vivo afán de que reventara mi suegro, o de que un alzamiento de las turbas le hiciese total liquidación de vida y hacienda. En este morboso anhelo mío no entraba para nada la idea de herencia: mi furor revolucionario contra el señor de Emparán era esencialmente desinteresado y justiciero...

Adelante. Antes de que yo tuviese el honor de conocer a don Juan Bravo Murillo, me contó mi suegro que este grave señor se desayuna con media docena de chorizos crudos y medio cuartillo de Valdepeñas. Pensaba yo que quien con tan grosero y bárbaro comistraje se prepara el cuerpo para los trabajos matutinos, no podía ser una inteligencia sutil, de penetrantes destellos. Mas luego, viéndole, oyéndole y tratándole, reconocí en él cualidades de hombre entero, sesudo, tenaz, de viril discernimiento sin fantasía, que me reconciliaron con aquel hábito suyo de la ingestión de chorizos cuando los demás tomamos café o chocolate. La persona de don Juan no puede ser más extremeña: como político es compacto, duro, consistente; como orador, macizo, aplastante, pesado, de una claridad pasmosa en los asuntos de ley escrita. Al jurisperito le tengo por excelente, al político por uno de los más vulgares, hombre aferrado a ideas viejas, y hecho a las rutinas como a los embutidos de su país. La extremeña virtud de la voluntad le sirve para enranciarse más cada día, y es lástima que tal virtud se aplique a convertir en actos el pensar retrógrado y los sentimientos absolutistas. Menos austero de lo que parece, goza no obstante fama de honrado, y lo es. Ha podido ser millonario, y su fortuna, según dicen, no pasa de moderada, en el sentido general. No escandaliza con su lujo, y su vanidad se reduce a vestir bien: usa levitas de buen paño de Sedán bien cortadas, guantes amarillos, botas de charol, y fuma puros de a cuarta, del mejor habano. En sociedad es afable, muy distante de la zalamería; en la Administración todo lo severo que puede ser aquí un ministro, tratante en favor y credenciales.

Encontramos la sala de don Juan llena de gente, y a él recibiendo plácemes por su recobrada salud. Había tenido un ataquillo de *grippe*, la enfermedad que ahora está de moda, y restablecido ya, sus amigos políticos, sus clientes y una caterva de extremeños acudían a felicitarle. Diputados vi unos doce, y al poco rato, con los que en pos de mí llegaron, la cifra pasó de veinte. Allí estaba Cándido Nocedal, que a mi parecer se pasa de listo, de fácil y seductora palabra, progresista el 40, el 44 moderado de la fracción Puritana, en la cual permanece; allí también Carriquiri, hombre rico y por lo tanto ameno, alegre y de afable trato; allí don Cristóbal Campoy, auditor de Guerra en el ejército de don Carlos, hoy moderado de los de peso, que andando se tambalea como un santo que llevan en procesión; allí Don Félix Martín, el diputado labrador, el *villano de Illescas*, como suelen llamarle, alto, moreno, con gruesos anteojos, y un levitón que debiera ser de paño pardo para que el hombre estuviese más en carácter; allí Don Santiago Negrete, diputado por Llerena, corpulento, cetrino, de voz atronadora; allí los extremeños Ayala y Fernández Daza, este de figura juvenil y semblante risueño; allí, en fin, don Joaquín Compani, *el ingenuo del Congreso*, o hablando en francés, *l'enfant terrible*, porque las verdades se le salen de la boca sin que

146

pueda la discreción contenerlas, hombre de una franqueza sublime, orador altísono y de voz cavernosa, que se ha hecho célebre por haber soltado la bomba de que solo hay en España *dos elementos de gobierno: el cansancio de los pueblos y la empleomanía.* Naturalmente, tal afirmación fue terror y escándalo de los que viven dentro de la ficción y el convencionalismo; pero no se arredró *el ingenuo,* y sin pararse en pelillos hizo brava defensa de la empleomanía, y sostuvo que es *un hecho* contra el cual nada pueden los declamadores, porque escaseando en España los medios de vivir, hay que reconocer a los españoles el derecho al presupuesto.

Ofrecidos mis respetos a don Juan, déjele con don Feliciano hablando del asunto contencioso, y pasé a saludar a mis amigos de la Cámara. Entró enseguida don Joaquín Rodríguez Leal, diputado extremeño, independiente, progresista, amigo particular de Bravo Murillo, y tras él el marqués de Torreorgaz, menguadito de talla, de buen humor, contento de la vida, como hombre adinerado. Este representante del país no deja transcurrir ninguna legislatura sin presentar y apoyar una proposición de ley declarando la absoluta incompatibilidad del cargo de diputado en los empleos, honores y obvenciones. ¡Qué si quieres! Es un soñador, el hombre de lo imposible, y don Juan Bravo Murillo, según cuentan, ha sudado más de una vez la gota gorda contestando a tales utopías. Son amigos y paisanos, y no riñen más que en el Congreso. Llegaron luego otros extremeños desconocidos, dos de ellos con sus respectivas señoras, de la tierra de Hernán Cortés y Pizarro, y por fin hizo triunfal entrada el matrimonio Socobio, don Saturno risueño, claudicante, envejecido; Eufrasia elegantísima, dominando desde el primer instante con su desenvoltura graciosa toda la reunión. No fueron pocas las alabanzas que don Juan le tributó por su hermosura, y los piropos con que le rindió pleitesía como dueño de la casa y admirador respetuoso del bello sexo. Las extremeñas damas allí presentes, que aún vestían por la última moda de Badajoz, o por las retrasadas de Madrid, no quitaban los ojos de la vestimenta y accesorios de la manchega, reparando todo lo que llevaba.

Iniciamos la conversación por el tema fácil de los insufribles calores y de lo bien que sienta un viajecito a la Granja en esta canicular estación, y don Juan saca uno de sus tópicos predilectos, que es *traer aguas a Madrid.* Asegura que el abastecernos de tan precioso *elemento de vida* se impone, cueste lo que costare, para que la capital de las Españas no sea un pueblo sediento y sucio. A renglón seguido se entabla una interesante porfía sobre la calidad de los cuatro viajes que surten esta capital, y se marcan bandos o partidos, pues si el uno defiende el sabor del Bajo Abroñigal o la Castellana, no falta quien pondere la delgadez del Abroñigal Alto y la Alcubilla. Don Juan, que ha estudiado detenidamente el asunto, nos dice que Madrid se despoblará si continúa bebiendo por la primitiva medición de reales, que se dividen en cuartillos y estos en pajas. La pobreza de aguas de la Corte se evidencia con solo decir que corren en ella, cuando corren, treinta y tres fuentes, en las cuales hay ochocientos y pico de aguadores que distribuyen en todo el vecindario trescientos treinta y siete reales de líquido potable. Pero don Juan presentará a las Cortes un proyecto de ley para traer acá el Lozoya, sacándolo enterito de su lecho y derramándolo por nuestras calles, plazas, paseos y jardines. Oyeron esto los presentes como un cuento de hadas. La pintura que hizo Bravo Murillo de los espléndidos chorros de agua que su proyecto realizado habría de verter sobre Madrid, cautivó de tal modo al auditorio, que no solo se nos refrescaban las imaginaciones, sino también los cuerpos.

XXIII

Pero el marrullero y pesadísimo don Saturno, que anda de algún tiempo acá medio trastornado con la manía de antiparlamentarismo, y consagra sus estrechas facultades y su holgado tiempo a proveerse de razones, datos y copiosas estadísticas que demuestren la inutilidad o más bien el perjuicio de las llamadas Cortes, ora sean Constituyentes, ora Ordinarias, echó sobre el proyecto del Lozoya no diré un jarro de agua, sino cántaros de fuego, asegurando que de la Representación Nacional no puede salir traída de aguas ni de ninguna cosa buena, sino traída de barullo, confusión, corruptelas e inmoralidad.

«Y no lo tome a mala parte, D Juan, que contra usted no voy, porque usted no ha inventado el Parlamentarismo, ni en él... las cosas claras... Se encuentra muy a gusto, por más que lo calle, vamos, que no pueda decirlo... ¡Pero qué bien gobernaríamos sin Cortes, don Juan, y qué derecho andaría todo el mundo!

—Eso habría que verlo...

—Muy pronto se dice; pero en la práctica...

—No está el mal en las Cortes, sino en el maldito Reglamento.

—Por mi parte, que las supriman.»

Estas y otras observaciones que como granizada caían sobre la opinión de don Saturno, salieron de los grupos en que estaban Torreorgaz, Negrete, Compani, Campoy, don Félix Martín y Carriquiri.

«Si me dejan meter baza, señores —indicó la moruna—, les diré que mi marido no condena el Parlamentarismo en principio...

—¡Oh, sí! en principio, en principio y en fin. Es malo, malo *per se* —vociferó Socobio—, y en ningún caso puede ser bueno. No hagan ustedes caso de mi mujer, que está un poco tocada, y transige, transige con el mal, por aquella falsa teoría de que se puede consentir un mal relativo para evitar un mal absoluto.

—Bueno —prosiguió Eufrasia, sin hacer gran caso del orador—: reneguemos del Parlamentarismo en principio y en postre, pues todo lo que conocemos de él es ruin y corrompido... Se puede demostrar que las Cortes actuales no son más que un Régimen de comedia, porque los procuradores de los pueblos o distritos no los representan más que en el nombre; todos salen elegidos por obra y gracia del Gobierno, que primero los trae y luego los paga... Señores, no hay que ofenderse... Cuando quieran se saca la cuenta parlamentaria, y se demuestra que de los trescientos y tantos señores que dicen *sí* y *no*, los más son funcionarios, y por tanto cobran... Todo es engañifa... No hay farsa más repugnante que esta de las Cámaras...

—¡Señora, por Dios...!

—¡Señora... por decirlo usted, puede pasar... Pero...

—¡Señora...!

—¡Si nadie tiene por qué ofenderse! ¡Oído! —exclamó don Saturno, echándose mano al bolsillo de la levita—. Soy el litigante monomaníaco, y digo como él: «¿Hablaba usted de mi pleito? Aquí traigo los papeles.» Yo, señores, soy un hombre muy práctico, y de mucha paciencia. Soy un hombre, señores, que cuando digo una cosa la pruebo, y... Aquí traigo los papeles. Llevo ya algunos meses recogiendo datos, y formando mi estadística... Voy siempre prevenido, señores. Papel canta. Contra la realidad, contra los números, no hay aquello de *tal y qué sé yo*... Esto es indiscutible... Si el señor don Juan me lo permite, y estos caballeros me honran con su atención, les leeré mi cuadro sinóptico.»

Sacó un doblado papelote, y mientras con solemne pausa lo desplegaba, su mujer dijo: «No es necesario leerlo. Hartos están de saber los señores del margen, que si se exceptúan tres o cuatro próceres, como Berwick, Bedmar y Vistahermosa, media docena de propietarios ricos, y otra media de fabricantes, los cuales, entre paréntesis, vienen al Congreso engañados y para dar a *la reunión* algún viso de independencia; exceptuando esos poquitos, todos, todos cobran sueldo en una forma o en otra.

—Señora, yo no sé lo que es un sueldo —dijo respetuoso el *Villano de Illescas*.

—¡señor Martín, feliz garbanzo que no figura en esta olla!

—¿Y yo, señora? —preguntó risueño Rodríguez Leal, rico hacendado de Badajoz.

—Tampoco usted cobra... Directamente; pero se le da su partija... No se ofenda... En empleítos para repartir en casa. Que levante el dedo el *independiente* que no lleva tras de sí una cáfila de primos, sobrinos o cuñados, que piden y toman destino.

—Señora, ¿pero se ha de hilar tan delgado que...?

—Saturno —prosiguió la dama—, para que se convenzan de que el Congreso no es más que una legión asalariada, léeles tu estadística.

—Que la lea, que la lea.»

Y don Juan Bravo Murillo se volvió para mí, que a su lado estaba, diciéndome risueño: «¿Para qué endilgarnos el mamotreto? *Peor es meneallo.*

—En el trabajo que ha hecho mi marido con escrupuloso esmero y paciencia, se ve lo que todos cobran, y también... Aunque sea mala comparación... El plato donde comen.»

Breve silencio. Entra pomposo y risueño en la sala don Nicolás Hurtado, diputado por Zafra, el cual, después de saludar al señor ministro, se encara con Eufrasia y le dice graciosamente: «Amiga mía, ya está usted con la cantinela de si comemos o no comemos... Deje usted vivir a todo el mundo, criatura, que estando bien comidos, mejor podremos admirar y festejar a usted...

—Gracias, don Nicolás... Siéntese a mi lado, y vote conmigo.

—Sí lo haré. Ya sabe usted que no cobro.

—Así consta en el decreto de su nombramiento... No podía ser de otro modo para poder estar sujeto a reelección... Pero en nuestro delicioso país para todo tenemos trampa; y así, por bajo cuerda, mediante un solapado artificio, percibe usted...

—Veinticuatro mil reales como Oficial Primero en la Sección de lo Contencioso del Ministerio de Hacienda —dijo don Saturno impávido—. Y no hay que asustarse, Nicolás, que aquí no nos ponemos colorados por estas cosas.

—Explicaré a ustedes...» rezongó el señor Hurtado, llevándose la mano a las gafas.

Por lo bajo le dijo la moruna no sé qué conceptos afables y donosos, que le redujeron a prudente mutismo, y siguió lo que podremos llamar información alimenticio-parlamentaria. El ingenuo Compani, *l'enfant terrible* del Congreso, afirmó que por sí no cobraba; pero que entre parentela y amigos tiene como unos treinta chupones sobre su conciencia, sin que por esto abomine del Parlamentarismo, porque la vida moderna requiere un nutrido presupuesto para dar de comer a los que carecen de bienes de fortuna, y no son hábiles para ninguna industria, ni aun siquiera para la de pescadores de caña.

«Allá voy, allá voy —dijo don Saturno impaciente—. En mi Cuadro Sinóptico figuran veintinueve sanguijuelas parlamentarias que chupan por Gobernación.

—Hombre, me parecen muchos para un solo Ministerio —observó Carriquiri.

—Papeles hablan, y numeritos cantan —dijo Socobio—. Y si hay un guapo que se atreva a rectificarme lo que tengo escrito, aquí le espero... Adelante. Por Gracia y Justicia cobran treinta y dos padres de la patria, comprendidos jueces, oidores y empleados del Ministerio.

—No puede ser.

—Se le ha ido a usted la mano en la estadística, amigo don Saturno.

—Pues yo aseguro que los de Gobernación me parecen pocos —afirmó la moruna—. ¿A que me pongo yo a contar y saco más?

—¡No por Dios!

—Verán... El señor don Ricardo de Federico, *treinta mil* reales; el señor Fernández Espino, *treinta mil*; *cincuenta mil* el señor Gaya, director de la *Gaceta*; el señor don José Juan Navarro, *cuarenta mil*; el señor Ruiz Cermeño, *cuarenta*...

—Basta.

—Collantes, *cincuenta mil*; don Joaquín Cezar, *cuarenta*; Álvaro, Anduaga... Bueno, señores: me callo. Saturno, échanos los de Gracia y Justicia.

—Bastará decir que son treinta y dos.

—Se te ha olvidado agregar a don Manuel Ortiz de Zúñiga, que ahora se *nutre*... por la Comisión de Códigos.

—No se olvida nada. Ahora van los de Hacienda, que son ¡ay! veinticuatro, y con cada sueldazo que da miedo.

—Pero en esa lista estarán comprendidos los ex-ministros que disfrutan su cesantía —indicó el señor Campoi.

—No están incluidos —replicó Socobio—. Esos componen otra serie de comilones. Constan también aquí los ex-ministros que no perciben cesantía, *rara avis*, los señores Mendizábal, Cantero...

—Ya que estoy en el uso de la palabra —dijo el ex-carlista Campoi—, protesto de que se me haya metido entre los que manducan en Gobernación. Yo no cobro más que en el concepto de jefe político cesante de Granada, a donde fui sacrificando mi salud, sacrificando mi tranquilidad, y sacrificando mis ideas. Si no tuviera que contender con una bella y distinguida señora, yo sostendría... Pero vale más que renuncie a la palabra y... He dicho.

—Sigamos. Adelante, don Saturnino.

—En Instrucción Pública tenemos quince; en Guerra, veintidós; en Marina, ocho; en el Consejo Real... tantos como Consejeros... Señores, esto da grima. ¿Qué Parlamento es este, ni qué Representación Nacional, ni qué niño muerto? Pues vean más: Empleados en Palacio, seis; en Estado, nueve.»

Nocedal, Carriquiri, Negrete y el mismo don Juan sonreían entre burlones y melancólicos, como si juntamente vieran la extensión del mal y la imposibilidad de remediarlo. Las damas extremeñas, del antiguo tipo de señoras, calladitas y vergonzosas, no hacían más que sonreír, abanicarse con pausado ritmo, y apoyar las exclamaciones de los más próximos con algún término de su cortísimo vocabulario social, con un *¡enteramente!... ¡qué cosa!.. ¡es muy extraño!...* Si antes admiraron y repararon el atavío de la bella manchega, cuando la oyeron despotricar con tan picante y hombruno desenfado, no volvían de su asombro, y la diputaban mujer de poco seso, contaminada de la chocarrería francesa.

Antes se trocarían en caudalosos ríos los viajes de Madrid, inundando las calles de la Villa y Corte; trocáranse los aguadores en marineros y los coches en góndolas; antes el calor africano que sentíamos, en celliscas y hielos de diciembre se convirtiera, que renunciar don Saturno a la cumplida explanación de sus estadísticas ante cada uno de los grupos en particular, y luego persona por persona, mostrando las notas y comprobantes que sobre sí llevaba, y deteniéndose a convencer con mayor esfuerzo de razones a don Juan Bravo Murillo, que oía, suspiraba, y moviendo la pesada cabeza decía que había que verlo, que una cosa es predicar y otra dar trigo... Opinaba lo mismo Emparán, fiel eco del eximio letrado y político, y detrás repetía lo propio el coro de Carriquiri, Campoi, Negrete y otros. Torreorgaz pretendía convencer a don Nicolás Hurtado de que si cuajara su salvador proyecto de incompatibilidad absoluta, el Parlamento sería lo que debe ser, y don Nicolás Hurtado fruncía el entrecejo, acabando por afirmar que con Parlamento libre *iríamos a la Convención*, sí señor... *¡y a los horrores del 93!* El ingenuo Compani, a quien nadie hacía caso, explicaba a las señoras su plan de reglamentación de la empleomanía, y Nocedal, siempre ferviente devoto de las mujeres graciosas y bonitas, se fue derecho a Eufrasia diciendo que a Saturno se le había olvidado la estadística más interesante, la de los diputados maridos, la de los viudos con enredo, o solteros en estado de merecer. Al lado de cada cifra de sueldo debe ponerse: «¿Quién es ella?

—Cándido —replicó la moruna—, no tome usted a risa nuestro Cuadro Sinóptico, que es un monumento de sinceridad. Hay que decir las cosas claras, para que pueblo y reyes y hombres públicos abran los ojos y vean. Y no me diga usted que algunos pocos, muchos si se quiere, no figuran en nómina. Esos que parecen estar curados de empleomanía, padecen de otro mal mayor, lo que llama Sánchez Toca la *empleopesía*, o furor de apandar destinos para fomentar la vagancia de provincias enteras. Hable usted de esto a los hidrópicos de credenciales, a los Mones y Pidales y Canga-Argüelles, a don Fernando Muñoz, a los Collantes, a Sartorius, al mismo don Juan, a Venavides, con ser puritano, y verá usted que el Régimen es una farsa, un engaña-bobos.

—Crea usted, señora, que yo no defiendo el Régimen, ni lo creo perfecto; pero tal como es, con él hemos de seguir mientras no nos descubran otro mejor. Esos que no llamaré lunares, sino verrugas y lamparones que afean el bello rostro del Régimen, son inherentes a toda innovación, y se irán corrigiendo con el tiempo. Como decía don Juan Nicasio, dentro de unos trescientos años se habrá completado la educación del país, y las espinas de hoy serán entonces rosas y claveles. No todas las cosas del mundo son como la mujer, que en el principio fue bella, y bella y seductora es hoy... Como la muestra.

—Gracias, Candidito.

—Pero la mujer es obra de Dios, mientras que el Parlamento es obra de los hombres: por eso es tan imperfecto...

—Pues suprimirlo.

—Mejor será corregirlo. ¿Cuánto mal no se ha dicho de las mujeres? Y buenas o malas, tuertas o derechas, sin ellas no podemos vivir. ¿Qué defecto ve usted en el Parlamento? ¿Que en él se habla demasiado?

—Eso no es defecto, porque yo... ya ve usted si hablo sin ton ni son, y digo mil disparates... ¿pero eso qué? Yo siempre estoy dentro de la legalidad. Soy quizás demasiado rigorista en mis actos, aunque en la palabra parezca un poquito casquivana.

—Usted no parece más que una belleza superior, y por eso tiene algún derecho a no ser tan rigorista... Así como hay bulas para difuntos, haylas para las mujeres que unen a la belleza el ingenio.

—¿Bula yo? No la quiero ni me hace falta. La bula es dispensa de algo, y yo, cumpliendo, como cumplo, mis deberes, no necesito...

—Quiero decir... ¿No sabe usted que el justo peca siete veces?

—Yo ni siete ni ninguna, Cándido; y por justa me tengo.»

XXIV

Desfilaban los visitantes; mas don Saturno embistió al ministro y a mi suegro con su salmodia de moscardón, sin darles respiro, de lo que me alegré mucho, porque así pudimos tener Eufrasia y yo algunos apartes, y comunicarnos las respectivas instrucciones y consignas. Muy contenta de que fuese yo a la Granja con mi familia, me dijo: «Allí no hay que pensar en tonterías. Virtud a todo trance, y edificación completa. Déjalo de mi cuidado, y verás que bien me arreglo para que tú en tu terreno y yo en el mío edifiquemos con nuestra conducta intachable. Ya nos veremos allá, en el teatro, en los jardines, y hablaremos... pero poquito y con la mayor cautela. Hasta la Granja, Pepe... ¡Ay! ¿no ves? Mi Saturno se ceba en el pobre don Juan y en don Feliciano.» En efecto: miré con disimulo las caras de las víctimas, y vi que a don Juan lo había volteado ya dos veces, recogiéndolo para despedirlo de nuevo. Rogué a mi amiga que echase un capote, y así lo hizo, librando de la cogida feroz a tan respetables señores. Poco después de esto, marido y mujer salieron, y quedándonos solos con don Juan mi suegro y yo, escuchamos las observaciones que el extremeño nos hizo acerca de la cosa pública. No ve claro... El verano, políticamente hablando, viene cargado de nubarrones. Los grupos disidentes de Venavides, González Brabo, Ríos Rosas, ayudados de Gonzalo Morón y Bermúdez de Castro, dan mucha guerra. La mayoría va sacando los pies de las alforjas, y no hay ya destinos con que amansarla y sostener en ella esa satisfacción interior que es el nervio y alma de todo ejército... Las actuales Cortes envejecen ya, y están minadas por las malas pasiones. Hay que traer nuevas Cortes el año próximo... ¿Pero quién puede hacer cálculos para un año más, en este país de lo imprevisto? Teme que las tempestades que se anunciaron no ha mucho estallen ogaño... Los revolucionarios no desmayan; la sociedad, apenas curada de una fiebre, se inficiona de otra... Y esto ¿qué es? Es, a su juicio, que el pueblo español no quiere curarse de su principal defecto, la exageración.

Oyendo esto, mi suegro echaba lumbre por los ojos, señal de la conformidad de sus ideas con las que expresaba don Juan. El cual, vanaglorioso como si acabara de descubrir un mundo, continuó así: «Sí, amigos míos, la exageración es lo que nos pierde a los españoles. Aquí el religioso cree que no lo es si no le damos la Inquisición, y el filósofo no ha de parar hasta la impiedad y el descreimiento; el militar quiere guerras para su medro personal, y el civil revoluciones para desarmar al ejército; el negociante no está contento si no alcanza ganancias locas por la usura y el monopolio; el hombre público no piensa más que en acaparar toda la influencia, dejando a los contrarios en seco. En todo la exageración, el fanatismo... Si Dios quisiera hacer de España un gran pueblo, nos haría lo que no somos, sensatos... Pero búsquenme en esta Nación la sensatez. ¿Dónde está? En ninguna parte. No veo sensatez en los partidos; no la veo en la Prensa; no hay sensatez en el Gobierno... No hay sensatez, digámoslo aquí en confianza, ni en la Familia Real... ¿Y cómo le decimos al pueblo bajo que sea sensato si los que andamos por las alturas no lo somos?... En fin, amigos míos, buenas tardes... Es un poco insensato tanto charlar... Ya saben que me tienen siempre a sus órdenes.»

En la calle, oyendo repetir a Emparán la muletilla de la sensatez, con hipérboles harto empalagosas, me sentí repentinamente recaído en mi demagógica dolencia, y se me representó como el más gustoso espectáculo la ejecución de mi suegro, en garrote vil, haciendo artístico juego con don Juan, en dos lados del mismo patíbulo, y ambos echando un palmo de lengua con muchísima sensatez... En casa, el mal me acometió con mayor furia, y del exterminio general no exceptuaba yo más que a mi cara esposa y a mi hijo. Como no quería salir de Madrid sin despedirme de Narváez, a quien debo tantas atenciones, me fui a la Presidencia: no estaba. Dejé recado a Bodega; volví más de una vez, y al fin, a media noche, antes de retirarme al descanso, el general me hizo la distinción de recibirme a mí solo, entre tantos postulantes de audiencia, y tuve el gusto de platicar con él, viéndole en zapatillas, sin peluca, con holgado traje de *nankín*.

«Yo también iré a la Granja —me dijo—, pero lo menos posible... Allí no va uno más que a ver cosas desagradables... Hay que decir a todo *amén*, repudriéndose uno por dentro. Esta vida de Gobierno es muy perra. Aquí el gobernante está siempre vendido, porque cuando no hay revoluciones hay intrigas, y estas salen de donde menos debieran salir; cuando no le atacan a uno de frente o por el costado, le minan el terreno...» Aquí se detuvo, creyendo sin duda que había dicho demasiado. Pareciome que se esforzaba en desechar tristezas, y que buscaba temas susceptibles de charla jovial. De pronto me sorprendió con esta familiar salida: «Bien, *pollo*, bien. ¿Sabe usted que ahora me dan ganas de volver a llamarle *pollo*?... No sé si es porque le veo más joven, o me siento yo más viejo... Antes que se me olvide: lo que me dijo usted hace días se ha confirmado plenamente. Ya no conspiran en casa de Emparán, ni tampoco en las de Socobio. Toda esa gente arrimada a la cola es muy cuca: no quiere comprometerse. ¿Sabe usted dónde se reúnen ahora los zorros? En la Escuela Pía de San Antón. Creen que cuando toquen a escurrir el bulto los salvará el lugar sagrado. No me conocen. La suerte de ellos es que ya no les hago caso. Sí, hijo: me les he metido en el bolsillo. Nada temo por ese lado. En Aranjuez hablé con Su Majestad... Ella, naturalmente, me dio la razón, y con la razón la seguridad de que no tendremos un disgusto. La reina es un ángel; pero... No está averiguado que los ángeles sirvan para ceñir la corona en una Monarquía constitucional... Pero en fin, es buena, y como ella pueda hacer el bien, crea usted que lo hace... No falta sino que pueda hacerlo, que la dejen... que no se atraviese alguna influencia mala... y vaya usted a responder de que no habrá malas influencias en ese maldito Palacio donde entra y sale todo el que quiere... En fin, de esto no puedo decirle a usted más.»

Charlamos un poco de política, expresé mi recelo de que no pudiera gobernar más tiempo con las actuales Cortes, y él, expansivo y desdeñoso, me contestó que con estas y con otras es muy difícil el gobierno... Le informé de la Estadística de don Saturno, y no le pareció mal; que las verdades suelen decirlas los niños y los tontos. De lo que hablamos deduje su desprecio del Parlamento, mecanismo que hacía funcionar sin conocer bien su objeto, pues los que lo pusieron en sus manos no le habían demostrado para qué servía, y los que hoy le ayudan a moverlo no están de ello muy bien enterados. ¡El Parlamento! Funcionando por sí, no permitiría gobernar; funcionando a fuerza de mercedes, no sirve para nada. Tal como tenemos hoy el Régimen, no es otra cosa que el absolutismo adornado de guirindolas liberales... Así lo manifesté al general, correspondiendo a la franqueza que me daba y pedía; y él, después de una pausa en que su mente parecía perderse en penosas vacilaciones, me dijo: «Yo quiero poner muy alto el Principio de autoridad, porque sin eso, ya usted lo ve, no hay país posible; pero al propio tiempo quiero ser liberal, muy liberal, más liberal que nadie.»

Iba yo a contestarle, viendo clara una gallardísima respuesta; pero a las primeras palabras se me fue el santo al cielo; se evaporaron mis ideas y me llené de confusión. Yo no sabía cómo puede un gobernante ser liberal, muy liberal; yo ignoraba lo que es Libertad... «¿Pero qué es Libertad, mi general? —le pregunté por disimular mi turbación. Y él me respondió: «Pues Libertad... Ello es, es... Yo lo siento, pero la definición no me sale, no doy con ella. Dígame usted ahora qué entiende por Principio de autoridad...» «¡Ah! —repliqué yo más confuso a cada instante—. Principio de autoridad es pura y simplemente el aforismo de *quien manda manda*... Ahora el porqué del mando, el origen de la autoridad, yo no lo veo claro. Usted recibe la facultad de mandarnos a todos; la reina, que hoy le da a usted el bastón, ya sea garrote o junquillo, mañana se lo quita. ¿Por qué?... ¿Porque el Espíritu santo inspira a los Reyes? No: no creamos eso. ¿Es la Soberana la suma sabiduría, como dicen los Mensajes a la Corona? No. A Su Majestad no la inspira el Espíritu santo, sino la opinión, que puede equivocarse. Y esa opinión ¿cómo llega a Su Majestad? Puede llegar por boca de leales consejeros; pero puede llegar, y llega también, por boca de una monja histérica, o de un fraile, o de un criado de Palacio. En fin, que la autoridad viene... Del aire, como la salud y las enfermedades, y usted es un continuo enfermo que está esperando siempre que un soplo lo mate o que otro lo resucite.

—*Pollo*, no se guasee usted conmigo —me dijo Narváez nada colérico, antes bien inclinado a las bromas—. Quedamos en que usted sabe menos que yo del Principio de autoridad, y de quien lo trae y lo lleva. Bueno: explíqueme ahora en qué consiste la Libertad... porque yo soy liberal, quiero serlo.

—Quiere serlo... Adora la Libertad. Yo también amo algo que no poseo... que ni siquiera sé dónde está. Precisamente eso nos distingue de los tontos a usted y a mí, general: que amamos lo que no entendemos.

—Con muchísimo salero se está burlando de mí este ángel. Y digo que se burla, porque... Me habían asegurado que tiene usted mucho talento; que desde su más tierna infancia no hizo más que tragar libros y librotes, y que en Roma todas las bibliotecas eran pocas para usted. Eso me habían dicho y lo creí; pero ahora, a los que me trajeron la copla del niño Beramendi, o

Fajardo, tengo que decirles que me devuelvan el dinero... porque resulta que usted sabe de estas cosas lo mismo que yo, total, nada; que en usted, como en mí, todo es un sentimiento, un deseo, una soñación y nada más. ¿Bastará con eso? Porque, oiga *pollo*, aquí en confianza: yo he sondeado a Sartorius, a Bravo Murillo, a todas las eminencias del *moderantismo*, para que me expliquen bien esto de la Libertad y de la Autoridad y del Régimen, y la verdad, *camará*, no me han sacado de mis dudas. Dígame: en estas cosas ¿habrá que decir lo de aquel sabio: *solo sé que no sé nada*?

—Sí, mi general, al menos por lo que a mí toca. Cierto que yo almacené infinidad de textos en mi caletre; pero aunque algo conservo de aquel fárrago, no me sirve para responder a su pregunta. El punto que me consulta es de acción, y yo en cosas de acción estoy poco fuerte. Todos los problemas de la vida me los han dado resueltos. Hablando en plata, soy un hombre de inspiración que no tiene arte en que ejercitarla. Usted me lleva a mí gran ventaja, porque tiene inspiración y arte, el arte de Gobierno.

—Y según eso, yo debo dejarme llevar de la inspiración, o hablando en oro, hacer mi santa voluntad.

—La santa voluntad de un hombre de gran entendimiento, como el que me escucha, no puede ser otra que salvar al país de un cataclismo... Si me lo permite, general, me atreveré a preguntarle...

—Atrévase: ya ve que soy muy llano. Me ha cogido en *la hora del pavo*.

—¿Cree usted, como Bravo Murillo, que esto se va poniendo mal, que por debilidades de todos, la política ¿cómo diré...? fundamental, lleva una dirección torcida?

—Sí señor, así lo creo.

—Y esta dirección torcida de la política fundamental ¿quién puede enmendarla, estableciendo la dirección derecha?

—Solo hay en España un hombre capaz de hacer eso.

—¿Quién es? ¿se puede saber?

—O ese hombre no existe, o es Narváez.

—Pues conociendo usted, mi general, mejor que nadie, la torcedura de que hablo, ¡ánimo y a ello!»

Se levantó como por un resorte, y se lanzó a dar paseos por la estancia marcando enérgicamente el paso militar. Luego se paró ante mí, y tomando la actitud de gallo insolente, provocativo, de indómito coraje, me dijo: «¡Carape, Pepito, que me está usted buscando el genio! ¿Se atreve a dudar que puedo...?

—¡A ello, mi general!

—¿Va usted pronto a la Granja?

—Mañana, si no me manda otra cosa.

—¿Conoce usted de cerca la Corte? ¿No? Pues es preciso que la conozca —dijo reanudando el paseo casi a paso de carga—. Dígame, *niño del mérito*: ¿no le convendría ser Gentilhombre de Su Majestad?

—Soy harto subversivo para servir en Palacio.

—Vamos, como yo. Tampoco serviría en la Corte por nada de este mundo. Primero sería sereno del barrio, salvaguardia, rebuscador de colillas. Veo que somos igualmente demagogos, o demócratas, hablando en oro con diamantes... Oiga usted, *joven* (nueva parada brusca ante mí con tiesura de gallo): yo haré que le presenten a la reina... ¡Verá usted qué agradable, qué simpática!... ¡Oh, si con un gran corazón se gobernara...!

—Accedo a la presentación... Y al Rey ¿por qué no? Deseo conocerle.

—Muy agradable también... A primera vista, muy inteligente... Le cautivará a usted. Pero... ya sabe que ese buen señor y yo andamos algo esquinados. Por hoy, no puedo decirle a usted más... Pues bien: conocerá usted la Corte de cerca, la verá por dentro y por debajo, y cuando haya leído ese libro al derecho y al revés, convendrá conmigo en que dentro de lo humano no hay nada más difícil que...

—¿Que qué?

—Basta. Pasemos a otro asunto —dijo con rápido giro del pensamiento, volviendo a sentarse junto a mí—. Ahora me contestará el simpático Beramendi a una pregunta un poquito escabrosa... Ya comprenderá que este cura no se asusta de nada.

—Ni yo.

—Lo que hablemos no sale de aquí.

Reiterada mi disposición a la confianza, me interrogó respecto a Eufrasia. ¿Insistía yo en negar mis amorosas relaciones con ella? ¿Desde mi última negativa no había ocurrido novedades que...? No le dejé concluir. A un hombre que con tanta llaneza me trataba, no podía yo negarle la verdad. Apenas se

la di, me permití agregar: «general, aprovecho este momento de espontanei-
dad para pedir a usted un favor, una merced... No es para mí...

—Ya la adivino: me pide usted el título de Castilla para esa ave fría de
Socobio. Bueno, *pollo*. Yo hablaré con la reina y con Arrazola, y cuando vol-
vamos a Madrid se hará... La razón de haber detenido ese asunto es que...
vamos; bastaba que fuera recomendación de don Francisco para que yo le
diera carpetazo. Pero ahora, hijo mío, mediando usted... las cosas varían...

—En este caso, señor duque, más que en otro alguno, le conviene a usted
ser generoso.

—Y ya que hablamos de ese diablo de mujer —me dijo sonriendo con
picardía—, de confianza en confianza llegaré hasta preguntarle a usted si es
celoso.

—No, mi general; no tengo ese defecto.

—Vamos, que es usted de una pasta angelical. Tendrá usted otro enredo
que le interese más. Bien, *pollo*. El mundo es de los *pollos*.

—¿Y por qué me hace usted, mi general, esa pregunta de los celos? ¿Puedo saberlo?»

Bien porque de improviso terminase la *hora del pavo*, bien porque calcu-
ladamente quisiera mostrarme el lado áspero de su carácter, ello es que le vi
cambiar de fisonomía y de tono. El bueno y jovial amigo se retiraba dejando
el puesto al hombre autoritario y de inseguro genio. «*Camará* —me dijo acu-
diendo a coger despachos y cartas que le traía Bodega—, no tarde usted en
irse a la Granja... Es la una... Descansar... Le conviene conocer de cerca la
Corte... Será usted presentado a la reina... Vaya, con Dios.»

XXV

San Ildefonso, *agosto*. El general gobernador del Real Sitio, permitiéndome escribir estas páginas en su oficina de la Casa de Canónigos, ha venido a ser el Mecenas de mis Confesiones, y a su graciosa protección deberá la Posteridad el conocimiento de mis singulares aventuras o desventuras (que de todo hay) en esta veraniega Corte de las Españas; y sabrá lo que he pensado y visto, extrañas ideas, excelsas personas.

Sean las primeras líneas de esta crónica para consignar que mi hijo continúa famoso vividor y mamón impertérrito, anunciando con su precoz robustez los grandes arrestos de una existencia fuerte y emprendedora. Su madre goza de perfecta salud; come con apetito, y se recrea en observar cómo se nutre y vigoriza; no pierde ocasión de hacerme notar la dureza de sus carnes y el apretado tejido de sus músculos, diciéndome mientras yo apruebo y admiro: «¿Te parece, Pepillo, que estoy bien dispuesta para mi oficio de madre? Ya sabes que mi gloria es tener muchos hijos y poder criarlos gordos y sanos, y educarlos después para que sean hombres de mérito, o mujeres de su casa. Es mi ambición y no tengo otra. Ahora, tú verás...» No necesito decir cuánto me agradan estos proyectos de hacerme patriarca, y por mi parte estoy decidido a no poner limitación a la numerosa tribu que mi esposa me anuncia. Aumenta mi gozo el ver que María Ignacia no vigila mis actos, cual si no dudase de mi honradez conyugal, o se viese plenamente compensada de cualquier disgusto con las garantías de no interrumpir la serie prolífica que ambiciona. Sin duda se dice: «Dame hijos y llámame tonta.» Pero yo me guardo muy bien de llamarla tonta. Su inteligencia es cada día más alta, y quizás por tanta elevación y sutileza, ha dejado de estar a mi alcance. Pido a Dios que mi hijo se parezca más a mi mujer que a mí.

Pues señor... A los cuatro días justos de mi estancia en este Real Sitio fui presentado al Rey, a la salida de la Colegiata, por el marqués de Malpica. No hubo en la presentación más que los cumplimientos de ritual; pero dentro de ellos supo don Francisco mostrarme excepcional afabilidad, seguro indicio de que mi persona no le era desconocida. Al siguiente día recibí la visita del gentilhombre, don Juan Quiroga, quien me señaló hora para tener el honor de ser recibido por Su Majestad. A fin de que esto vaya con el mejor método, debo empezar por dar conocimiento del Gentilhombre, hermano de la religiosa francisca Sor María de los Dolores Rafaela Patrocinio, comúnmente nombrada *Sor Patrocinio*, quien con la celebridad que adquiriendo va, paréceme que llegará al futuro siglo antes que estas páginas en que por primera vez escribo su nombre. No la he visto nunca; tan solo sé de ella lo que la fama con el resonar de estupendos milagros nos cuenta un día y otro; por lo cual no es ocasión todavía de que a mis Memorias la traiga, como hago ahora con su hermano, a quien tuve por persona noble, juzgándole por su apostura, tono y modales.

No se compadece la nobleza del aspecto con el origen y crianza del señor Quiroga, de quien se cuenta que tuvo niñez mísera y juventud harto trabajosa, pues el hombre se formó y educó en un modestísimo establecimiento de bebidas del Paseo de la Virgen del Puerto, donde, para estímulo del despacho, había el pasatiempo de juegos de envite, como el cané y el famoso de las tres cartas para descubrir el as de oros; y tan buena organización tuvo la casa, según dicen, en este enredillo, que los viandantes salían de allí muy ligeros de todo lo que llevaban. Pues ved de qué bajas capas ha salido este hombre, y admirad conmigo que haya sabido disimular y poner en olvido su ruin escuela, tomando aspecto, lenguaje y modos tan finos que ello parece milagro. Sin duda lo es, si no de la virtud, de la ambición, anímica y social fuerza capaz no solo de mover las montañas, sino de purificar las charcas cenagosas, y hacer de un Rinconete un Don Quijote. Este ha dado quince y raya, por la trayectoria de su transformación, a los Godoyes y Muñoces, y si bien se eleva mucho menos, es su mérito mayor, porque se ha elevado de más bajo. Y hay más: si de los milagros de su bendita hermana dudan los incrédulos, y aun algunos teólogos, de los de éste nadie puede decir lo mismo. En fin, que el hombre me agradó mucho, y sin esfuerzo le ofrecí mi amistad a cambio de la suya.

Pero si grato fue el emisario del Rey Francisco, mayor encanto tuvo este para mí, contribuyendo no poco a mi satisfacción la sorpresa, porque me habían hecho formar del esposo de Isabel idea muy distante y muy distinta de la realidad. Juzgando por los pareceres del vulgo, que se forman sabe Dios cómo, creía yo encontrarme con un señor desabrido y chillón, de escasa cultura, ideas pobres y encogidas maneras, y no le vi conforme al anticipado retrato, al menos en lo esencial; pues si bien no suena su voz con el timbre más robusto, en finura de trato, extensión de conocimientos comunes para poder hablar superficialmente con todo el mundo, y arte Real de desplegar toda la amabilidad compatible con la etiqueta, creo que no hay en la familia quien pueda superarle. Me agradó la pureza de su pronunciación castellana; de rostro le encontré demasiado bonito, con perjuicio de la gravedad varonil; de cuerpo algo menguado en la mitad inferior. A la conciencia de estos defectillos atribuyo la timidez que en él he creído advertir: la vencerá cuando en la conciencia de su posición se afirme. ¡Cuidado que está fuerte el hombre en literatura italiana! Tengo por cierto que hubo de prepararse para mi visita, la cual creyó que debía constar de dos materias principales: mi manuscrito de Roma, que ha leído, y algo de literatura y artes de aquella tierra. Juicios muy atinados, del patrón selecto, le oí sobre pintura y escultura, sobre los Médicis, sobre León X y julio II; y españolizando su erudición me habló del marqués de Pescara y Victoria Colonna, de la Campaña del Garellano, del grande Osuna, del pintor Ribera, y de otros asuntos y personas en que los nombres de Italia y España suenan juntos en dulce armonía. De la presente expedición en auxilio del Pontífice... Se calló muy buenas cosas...

Y por fin le tocó la vez al manuscrito de mis romanas aventuras. Yo, francamente, quizás por haber transcurrido tanto tiempo desde que perdí mis papeles, no me ruboricé oyendo elogiar aquella joya. Si no tuviera la mejor idea de la discreción de Su Majestad, habría podido creer que se burlaba de mí. Entre col y col no dejó de tirarme alguna china, siempre con bastante delicadeza, por la malicia y poca vergüenza que revelo en algunos pasajes de mi autobiografía... Hasta aquí, fuera de lo hiperbólico de las alabanzas y de lo atenuado de las censuras, no había nada de particular. Lo extraordinario, lo que suscitó en mí tanta sorpresa como admiración, por el poder adivinatorio que en don Francisco revelaba, fue que me hablase de la continuación de mis Memorias, escrita en Madrid en febrero y marzo del año anterior, parte que no se me ha perdido, y bien guardada está en mi poder, y yo bien seguro de que por nadie ha sido leída.

«Será interesante, en esa Segunda Parte —me dijo sonriendo con aires de agudeza—, aquel pasaje del baile de Villahermosa, en que se le aparece bajo el disfraz de una *ciociara* la propia Barberina, y le embroma a usted de lo lindo diciéndole que es gallega recriada en Tordehúmos. Principia usted creyendo que es Barberina, y luego ve en la máscara una dama incógnita que le ha robado su manuscrito y quiere divertirse un rato a costa del autor... Es graciosísimo, convenga usted en que es saladísimo. La falsa italiana se divirtió todo lo que quiso, y luego se le escapó a usted metiéndose en un coche con sus criadas...

—Señor —respondí con todo el descaro del mundo—, si Vuestra Majestad conoce esa parte de mi historia, la habrá leído en el manuscrito de la máscara, no en el mío.

—Yo no digo que lo haya leído, señor marqués; digo que será interesante escrito por usted... La escena de Villahermosa se hizo pública. ¿Cómo? Lo ignoro. Lo que sí sé es que la primera lectora de su manuscrito de Italia fue una ilustrada monjita... A propósito, marqués, puedo dar a usted una noticia que seguramente le será muy grata... Su señora hermana, sor Catalina de los Desposorios, a quien usted no ha visto desde el año pasado, volverá este otoño al lado de las religiosas de la Concepción Francisca, que están ahora en el convento de Jesús.»

Siguiéndole, pues así me lo ordenaba la cortesía, en el repentino quiebro que dio a la conversación, hube de mostrarme muy gozoso de que mi hermana volviese a Madrid, de que se juntara prontito con las otras monjas franciscanas y milagreras, no sé si descalzas, calzadas o por calzar. El bondadoso príncipe quiso halagarme en el orgullo de linaje, tributando a mi señora hermana elogios que sin duda merecía, y que yo escuché con bien acentuadas muestras de gratitud. «Es Sor Catalina de los Desposorios —dijo don Francisco gravemente, marcando con la cabeza cada palabra encomiástica—, una religiosa eminentísima, por sus virtudes, por su talento, verdadera gloria de la Orden Franciscana; y yo creo que, si no fuese tan modesta, luciría más, mucho más... Pero si con la modestia de Sor Catalina, insigne escritora que no quiere escribir, pierde mucho la Orden, con la misma virtud gana mucho ella en su alma, y... váyase lo uno por lo otro.»

No sabiendo cómo corresponder a estos encomios, declaré que el alma es lo primero; glosé con afectados conceptos la idea excelsa que el Rey tiene de mi hermana, y sospechando que la visita pasaba de las dimensiones convenientes, pedí la venia para retirarme. El Rey no me retuvo, y saludándome afectuoso, después de poner en mi mano el manuscrito, me dijo: «Isabel también lo ha leído, y desea conocer a usted.» Respondí que ansío ofrecer mis respetos a la reina: solo aguardo que se me conceda la audiencia solicitada... Cortesías, un sonreír ceremonioso, y afuera, Pepe... La verdad, no salí descontento, con mejor opinión de la Majestad Consorte que la que al entrar llevaba, y con mis recobrados papeles bajo el brazo. Milagro me parece que haya vuelto a mí lo que Sofía sigilosamente me sustrajo, ahora restituido a su dueño por este discreto y piadoso varón.

Sigo mi cuento. En la Granja he podido añadir a mis buenas relaciones de Madrid otras muy agradables. Cuento entre mis amistades, *pollos*, hombres maduros de ambas aristocracias, y damas y señoritas o *pollas* de la más alta distinción. Los amigos que más trato son Pepe Ruiz de Arana, Enrique Galve (Alba) y Juanito Arcicollar (Santa Cruz). Los corros que en los jardines se forman son las más risueñas tertulias que cabe imaginar, encanto de los ojos y del oído, cual si los arriates de flores se animaran, cobrando el don de mirada y el don de palique, entre los murmullos y risotadas del agua de las fuentes mitológicas. Allí se juntan, formando lindos grupos de matronas y ninfas, la marquesa de Santa Cruz, las duquesas de Gor y de San Carlos, la princesa de Anglona, y entre ellas, diseminadas por su propia ligereza versátil, Carmen, Pepa, Luisa, Encarnación, Rosario, Jacoba, Cristina, Joaquina y otras, retoños lindísimos de las casas de Malpica, Gor, Santiago, Santa Cruz, que pronto formarán nuevas ramas frondosas del árbol de la Grandeza... En rancho aparte se reúne la aristocracia nueva, producto de la riqueza, de la audacia mercantil o de la usura; mas no veo un extremado prurito de separación entre estos dos firmamentos sociales que pretenden destacarse sobre el vulgo. Hay tangencias y aun inmersiones de unas masas en otras. Yo mismo entro y salgo de esfera en esfera, y llevo y traigo ideas de aquí para allá, confundiendo, hibridizando las clases. Mi amiga Eufrasia ha compuesto hábilmente su círculo, atrayendo a no pocos ancianos y *pollos* de ilustre nombre, mientras don Saturno, infatigable en su proselitismo antiliberal y antiparlamentario, se infiltra en los corros aristocráticos, y busca y halla catecúmenas para su iglesia entre las matronas de Malpica o de Santa Coloma.

Paso ratos entretenidos en estas tertulias *au grand air*, bajo los olmos y tilos de los incomparables jardines. Pero no puedo arrastrar a mi mujer a que participe de mi distracción; ha tomado el hábito y el gusto del vivir oscuro y retraído, y no hay quien la saque de su estuche, o del capullo que ha labrado con las atenciones del niño y su propia timidez. A mis instancias para que no se retraiga en absoluto de la vida social, responde que no le hacen falta corros, ni le interesa saber cómo se viste Fulanita o se peina Doña Mengana: de lo que en los jardines se hable y se murmure se enterará *cuando yo se lo cuente*. Don Feliciano y su esposa sí frecuentan la sociedad jardinesca, arrimándose a la gente de sangre azul, entre la cual tienen no poca simpatía por la noble ranciedad de sus caracteres. A excepción de Doña Josefa, inseparable de María Ignacia en sus caseras afecciones y menesteres, las damas maduras se han quedado en Madrid a las inmediatas órdenes de Genara Baraona, consagradas al visiteo de monjas, vestidero de imágenes, y al trajín de hermandades caritativas o de pura devoción santurrónica.

Tenemos en el teatro compañía modesta de ópera; en la Colegiata funciones religiosas de gran lucimiento. Pero las más divertidas fiestas de la jornada son las cacerías en Riofrío, paseos a Balsaín, en coche o caballo, y las excursiones borricales a la Boca del Asno, Chorro Grande, Silla del Rey, y otros agrestes y pintorescos lugares. En el descanso y merienda de una de estas caminatas fui presentado a Su Majestad, que me agració con amables atenciones, riñéndome blandamente por no haber ido a visitarla. Excuseme como pude, y aunque la culpa no era mía, sino de ella, culpable me declaré, y prometí enmendar pronto mi descuido. No he visto mujer más atractiva que Isabel II, ni que posea más finas redes para cautivar los ánimos. Pienso que una gran parte de sus encantos los debe a la conciencia de su posición, al libre uso de la palabra para anticipar su pensamiento al de los demás, lo que ayuda ciertamente a la adquisición de majestad o aire soberano. Pero no hay duda que ella ha sabido crearse una realeza suya, en perfecta armonía con sus azules ojos picarescos y con su nariz respingada, realeza que toca por un extremo con la dignidad atávica, y por otro con no sé qué desgaire plebeyo, todo gracejo y donosura. Es la síntesis del españolismo, y el producto de las más brillantes épocas históricas. Manos diferentes han contribuido a formar esta interesante majestad. No es difícil ver en tal obra la mano de Fernando III, de Felipe IV, quizás la de otros reyes y princesas de la sucesiva y cruzada serie, manos austriacas y borbónicas, y si hay manos de poetas castizos, digamos que la última pasada se la dio don Ramón de la Cruz.

Fue tan extraño, tan inaudito lo que me pasó en las entrevistas o audiencias que se ha dignado concederme la reina, que para contarlo con el debido respeto de la Historia general y de la de mi vida, necesito tomar resuello, y preparar bien mi espíritu para que no me falte la sinceridad, ni el adecuado lenguaje de esta virtud.

XXVI

La tarde de la merienda, a la vuelta de la Boca del Asno, Su Majestad, pasado un rato después de los saludos de ceremonia, y cuando yo pensé que no se acordaba ni del santo de mi nombre, se volvió de repente a mí y me dijo: «Pero tú, Beramendi, que tan bien sabes escribir las *cosas que pasan*... y con tanta naturalidad, que parece que las estamos viviendo, ¿por qué no escribes esto que ahora ocurre con *la* Lola Montes?» Por aquellos días traían los periódicos el proceso que a nuestra célebre compatriota le formaban por bigamia. Afortunadamente, yo había leído el caso, y pude contestar a Su Majestad con dominio del asunto. «Señora, para escribir eso —le dije—, necesitaría conocerlo por mí mismo, y esto no es fácil; la propia Montes no habría de contarme toda la verdad...» «Pues yo declaro —añadió la reina—, que me ha hecho gracia el desahogo de esa mujer para casarse con el teniente Heald, estando casada con otro. Vamos, que daría yo cualquier cosa por oír lo que dice el teniente, que, según cuentan, es una criatura... ¡Y qué monísimo estará llorando por su Lolita, que el otro reclama! Lo que es mujer de talento, vaya si lo es. ¿Y qué me dices de la que le armó al Rey de Baviera? Ello será una barbaridad; pero a mí me agrada, no puedo remediarlo, que sea española la que ha hecho tantas diabluras... Anímate, anímate a escribirlo, y desde ahora te aseguro que si lo imprimes lo leeré con muchísimo gusto.» Respondí que si la señora tenía gran empeño en que tal historia escribiese, la obedecería; pero que yo, no sé si por mi suerte o mi desgracia, no me dedico a las letras, ni paso de un simple aficionado sin pretensiones. Díjome Su Majestad que no fuera tan modesto, y ya no se habló más del asunto, porque quien variaba la conversación a su antojo, picando aquí y allá, se puso a bromear con la marquesa de Sevilla la Nueva sobre la mayor o menor gallardía de los buches en que cabalgaban los señorones de su cortesano acompañamiento. La verdad, no estaba yo satisfecho de aquella mi primera conversación con Isabel II, porque si su idea fue plantear un tema literario, no había estado muy atinada en la elección, y además, yo no había sabido darle un airoso giro.

Sigo contando. Llegó el deseado instante de ser recibido por Su Majestad, y al referir la audiencia, tengo que condolerme otra vez de mi mala suerte, porque si desgraciado fui en la presentación, al aire libre, peor anduve en la visita entre paredes, llegando al extremo de turbarme y no saber qué decir. Pues señor: hice mi antesalita, no muy larga, y cuando el Gentilhombre me condujo hasta la puerta de la cámara, iba yo un tanto perplejo y sobresaltado. La reina estaba en pie. Junto a la mesa central hojeaba un álbum que me pareció de paisajes de Italia. A mi reverencia correspondió con una sonrisa, dejando con desdén el álbum; sentose, señalándome una silla frontera, y me miró. Creí que su mirada medía mi talla, y que sus ojos penetraban en los míos. Vestía un traje blanco con motitas, muy ligero y elegante. Advertí sus formas llenas, redondas, contenidas dentro de la más perfecta esbeltez. «¿Qué te parece —me dijo—, la vida en el Real Sitio? ¿Verdad que es un poco triste?... ¿Sabes que han venido a invitarme para que vaya a Madrid a ver una lucha de fieras? ¿La has visto tú?» Contestele que todo se reduce a echar a pelear un toro con un tigre, y a poner un rinoceronte gordo delante de un león flaco. Opinaba yo que Su Majestad no se divertiría mucho en este ejercicio. «No sé si determinarme a ir a ver eso —prosiguió en un tonillo de dubitación tediosa—. Mamá y el Rey quieren ir... Ya les he dicho que vayan ellos... ¿Y tú estás contento aquí?... Lo dudo: ¡en Madrid os divertís tanto los jóvenes! Madrid es muy bonito, y a mí me gusta mucho. ¡Qué poco vale la ópera que acá tenemos! Anoche fui a oír el *Macbeth*, y francamente, me indigné viendo la facha con que entran los espectros de Banquo y Duncan en el banquete. Yo recordaba los gigantones del Corpus... Y luego, *lady Macbeth* con su ronquera en el brindis y los tambaleos que hace para soltar la voz, me parecía que brindaba con Peleón... Aquí es gran tontería traer espectáculos... Paseos, excursiones, cacerías, son lo más propio... Y las cacerías no creas que me hacen a mí mucha gracia. No me gusta matar ni ver matar a un pobrecito conejo, que sale a buscarse la vida por el campo... ¿Te gusta a ti la caza? Dicen que es imagen de la guerra. Una y otra me son antipáticas; y para que veas si tengo yo desgracia: desde muy niña no oigo hablar más que de guerras. ¡Guerras por mí, que es lo que más me duele!... y luego revoluciones y trapisondas...»

A este gracioso divagar de la Soberana contesté con generalidades o conceptos comunes. Poco lucida era la conversación, sin nada en que se revelara la grandeza de la persona con quien yo tenía el honor de hablar. En una de las transiciones que Su Majestad hacía para variar los asuntos, noté más viveza en el cambio de tonalidad; vi en su rostro una inflexión penosa; por un instante vaciló, dejando una palabra para tomar otra. Sin duda quería Isabel hablarme de algo cuya forma verbal no afluía fácilmente de sus labios como los anteriores temas, que venían a ser gacetillas ennoblecidas por la palabra Real. Por fin, poniendo cara compasiva, y agraciándome con una sonrisa bondadosa que a mi parecer a la de los ángeles igualaba, me dijo: «Mira, Beramendi, de tu asunto me ocuparé con muchísimo interés. Hoy no puedo decirte nada concreto, no puedo... vamos, que no puedo. Pero cree que no habrá para mí mayor gusto que complacerte. Quisiera contentar a todos, y que nadie tuviese en España ningún... vamos, ninguna pretensión que yo no pudiera satisfacer... ¡Pero hay tantos, tantos que a mí vienen, y yo...! ¡Pobre de mí! no puedo ser tan buena como quiero...»

Yo no sabía qué decir; no comprendía ni palabra. ¿Qué asunto mío era aquel en que no podía complacerme? Por mi desgracia no caí en la cuenta de que Su Majestad era víctima de un error, y relacioné sus manifestaciones con el ridículo plan de mi suegro de obtener para mí un cargo en Palacio. Algo de esto me había dicho también Narváez; yo no hice caso. La reina, obcecada, remató mi confusión con estos conceptos, un poco menos oscuros que los anteriores: «Narváez me habló; me habló Santa Coloma por encargo de tu suegro. A ti te digo lo que a ellos dije... que lo haré más adelante. Siento un deseo vivísimo de complacerte, como a todo el mundo... Ten un poco de paciencia, y aguárdate un mes, dos meses...»

A decirle iba que no tengo ningun interés en ocupar un puesto palatino; pero por no desautorizar a Narváez ni a mi suegro me callé. Estas discreciones ridículas, en la conversación con Reyes, le comprometen a uno tanto como las indiscreciones más estúpidas... Me limité a indicar: «No se inquiete Vuestra Majestad por mí. ¡Si para mí es igual!...» Y ella, gozosa de oírme tan poco impaciente, se levantó en son de despedida, y como quien pronuncia la última palabra de un asunto fastidioso, me dijo: «Bueno, Beramendi: queda de mi cuidado... Yo no lo olvido. Será mi mayor gusto... Adiós, marqués... Confía en tu reina...»

Le besé la mano y salí aturdido, no sin los resquemores que nos ocasiona la sospecha de haber cometido falta grave de cortesía, por mal entender de las cosas. Aquel *confía en tu reina* quedó estampado en mi mente con letras de fuego. No se apartaba de mí la idea de que entre la reina y yo *se cernía*... No puedo expresarlo de otro modo... un error formidable, y de que fue gran torpeza mía no disiparlo sobre el terreno. Toda la tarde estuve en esta ansiedad, discurriendo de qué medios valerme para salir de tan cruel incertidumbre. Pero a nadie osaba comunicar mi recelo, por la ridiculez que el caso entrañaba. Figúrese ahora el pío lector de la Posteridad (si he de merecer ¡vive Dios! el honor de que la Posteridad me lea), cuál sería mi asombro cuando aquella misma noche, acabadito de comer, recibí la visita del Gentilhombre marqués de Iturbieta, que en mi busca venía de parte de Su Majestad para llevarme inmediatamente a su presencia, ¡a la presencia de Su Majestad!...

Hubo de decírmelo tres veces para que me persuadiese de que no soñaba. «Pero esta no es hora de audiencia —le dije; y el amable señor solo contestaba dándome prisa para que me vistiera y me fuese con él. Así lo hice, y al cuarto de hora, sin más que una breve antesala, me vi delante de Isabel II, que venía del comedor, elegantísima, descotada con cierta demasía generosa muy de moda hoy, y harto apropiada a la estación canicular... Cuando la vi venir hacia mí, sonriente; cuando alargó su mano hacia la mía, como si quisiera sacarme a bailar, vi en ella una figura ideal, vi a la reina... harto distinta de la otra reina que había visto por la mañana, y oí un acento que no me pareció el mismo que, algunas horas antes, pronunciaba las cláusulas vulgarísimas de un coloquio entre señorita pobre y caballero simple. Me dejó atónito y como embelesado con estas sus primeras palabras: «Si no hubieras venido, me habrías hecho pasar una mala noche; tal disgusto tenía yo por la barbaridad que hice esta tarde... Cuando caí en ello no tenía consuelo... ¡Pero qué habrás pensado de mí!... Puedes creer que es la primera vez en mi vida que esto me pasa...

—Señora —le dije—, no es para que Vuestra Majestad se disguste...

—Pero tú, tonto, ¿por qué no me advertiste... que estaba yo tocando el violón?»

La familiaridad de la frase me hizo reír... «No he tenido sosiego —prosiguió—, hasta que decidí mandarte llamar, para suplicarte que me perdones...

—¡Señora... perdonar!»

Indicándome que me sentara, se sentó ella de través en una silla, apoyando el codo en el respaldo de la misma. «Sí, perdonarme, porque... ¡vaya, que estuve torpísima!... ¡Confundir una persona con otra!... Nunca me había pasado cosa semejante. Lo único que como reina me han enseñado es el conocimiento de las personas, no confundirlas, no hacer trueques de nombres ni de fisonomías. En este arte he sido siempre muy segura. ¡Cómo que no sé otra cosa!... Pues hoy... ¿Pero dónde tenía yo mi cabeza, Señor?»

Decía esto Su Majestad, firme el brazo en la silla, cogiéndose con la mano derecha el pendiente de la oreja del mismo lado. Y luego, con soberana modestia de gran persona, prosiguió: «Te explicaré en qué consistió el error. Pero antes has de perdonarme.

—Señora, por Dios, no tengo por qué perdonar ofensa que no ha existido.

—¿Qué no? Vas a verlo... Pues como recibo a tanta gente, como me hablan de este y el otro, como vienen a mí cada día centenares de recomendaciones, no es extraño que alguna vez confunda nombres... Asuntos. Las caras no las he confundido nunca: por esto me ha causado tanto enojo la torpeza de hoy. Vamos, que esta tarde, cuando me hicieron comprender mi equivocación... Me hubiera pegado... Porque es gran desatino confundir tu cara con la de... Dispénsame que calle este nombre. El milagro puedes saber; el santo no hay para qué.

—Puede Vuestra Majestad callar también el milagro. Yo no necesito explicaciones...

—No, no está mal que lo sepas. Figúrate... Estoy asediada de peticiones... Naturalmente, todo el que algo necesita, acude a mí. Soy la dispensadora de mercedes y gracias, soy la reina que desea serlo, haciendo felices a todos los españoles, lo que es un poquito difícil... pero, en fin, se hace lo que se puede... Y como yo, si en mí consistiera, a ninguno de los que piden le dejaría ir con las manos vacías, resulta que... En una palabra, un hijo de un Grande de España que va a contraer matrimonio, no el Grande de España, sino el pequeño hijo del Grande, me hizo saber hace días que para sostener el lustre de su nombre le hace falta... una friolera... treinta mil duros... Mayores cantidades que ésas he dado yo sin ton ni son... Por ahí corre un cuento acerca de mí... ¿no lo has oído tú? Pues te lo voy a contar; porque aunque parece cuento, no lo es; es Historia... Solo que estas cosas no pasan a la

Historia... Aún no era yo mayor de edad, cuando un desgraciado caballero, hijo de un servidor muy leal de mi padre y de mi madre, vino a decirme que se veía en grande aprieto, que le ejecutaban, le deshonraban y qué sé yo qué... Vamos, que le hacían falta veinte mil duros... El lloraba pidiéndomelos, y yo lloraba también, más que de pena, de la alegría que me daba el poder remediar tamaña desgracia... ¿Qué creerás que hice? pues llamar a don Martín de los Heros, que era entonces mi Intendente, y decirle con la mayor naturalidad del mundo: «Heros, tráeme ahora mismo veinte mil duros...» El pobrecito don Martín, que era más bueno que San José, me miraba y suspiraba, y no decía nada; no se atrevía... Como que nadie se ha cuidado de advertirme las cosas, ni de instruirme, por lo cual yo ignoraba todo, y principalmente las cantidades. Tanto sabía yo lo que son veinte mil duros, como lo que son veinte mil moscas. Don Martín ¿qué hizo? Pues se fue a la Intendencia, y mientras yo estaba de paseo, hizo subir veinte mil duros, en duros ¿eh?, y me los puso sobre la mesa, así, muy apiladitos. ¡Jesús de mi alma! ¡yo que vuelvo del paseo con mi hermana, y me veo aquel catafalco de dinero, aquello que parecía un monte de plata...! Llamo y entra don Martín, que me acechaba en la cámara próxima. «Intendente, ¿qué es esto?» Y él muy serio: «Señora, esto es lo que Vuestra Majestad me ha pedido, veinte mil pesos.» ¡Ave María Purísima! ¡qué miedo me entró!... «¿Pero es tanto? ¿Pero veinte mil duros son tantísimos duros? No, no es esto lo que yo pedía. Es que no me han enseñado ni siquiera el mucho y poco de las cosas. No, no, Martín: no hay que darle tanto a ese perdido, que según dicen, maltrata a su mujer...» ¿Qué te parece? Pues aquella lección se me ha quedado muy presente, y no fue lección perdida. Por fin, el donativo se redujo a cinco mil duros, y aún me parece que me corrí demasiado.

—La bondad de una reina justo es que no esté contenida dentro de la prudencia.

—Pero todo tiene un límite, no convenía que me criaran en las *Mil y una noches*.

—Por lo visto, ni con la lección de Don Martín se ha curado Vuestra Majestad de su esplendidez... El caso de ahora...

—El caso de ahora se inició con petición de treinta mil duros; pero yo los reduje a quince... Lo tremendo es haber confundido al peticionario contigo, *quid pro quo* muy extraño, pues no os parecéis más que en el título; en las fisonomías, nada. El tiene cara de tonto, y tú de todo lo contrario.

—Señora, ¿cómo agradeceré yo distinción tan grande?

—Pues perdonando mi simpleza y no hablando con nadie de este asunto. ¡Cuidado si estuve torpe y ciega! Y ello fue porque ayer me hablaron del otro, me anunciaron su visita para hoy, y yo me preparé de razones para entretenerle. Al hablarte de tu suegro me refería... Al que va a ser suegro del otro, ¿me entiendes? De ti ya sé que eres casado. Y a propósito: tráeme a tu mujer; deseo conocerla. Entiendo que es muy feliz contigo.

—Señora, si así lo dijeron a Vuestra Majestad, será cierto... pero yo no lo aseguro.

—Pues yo no lo inventé. Alguien me lo ha dicho.

—Señora, no siempre se dice la verdad a los Reyes.

—Según eso, no es verdad que hagas feliz a tu mujer. Es muy buena. ¿También en eso me han engañado?

—En esto sí que han dicho a Vuestra Majestad una verdad como un templo. Mi mujer es un ángel.»

—¡Un ángel! Así llaman a todas las mujeres sufridas. que llevan con paciencia las trastadas de sus maridos... Yo concibo que la mujer modelo sea un demonio. Beramendi...»

Al decir esto, la reina se levantó. Yo hice lo mismo, creyendo que se me daba señal de retirada. «No, no —me dijo con la mayor delicia de su voz y toda la nobleza de su alma—. Quédate un rato... Te invito a una pequeña *soirée*... De provincias. Estamos solas mi madre y yo, con el Rey y algunos amigos.»

XXVII

La señora Posteridad se hará cargo de mi satisfacción y gratitud por tantas bondades. Retirose Su Majestad, y a poco entraron en la sala donde yo estaba, el pianista Guelbenzu, amigo mío; la dama de servicio, condesa de Sevilla la Nueva, y Bravo Murillo, ministro de jornada. Pasamos a un salón próximo, donde volví a ver a Isabel II, acompañada del Rey y de la reina Madre, con don Fernando Muñoz y dos o tres figuras palatinas. Amabilidad ceremoniosa y fría merecí del Rey, que algo me dijo, sonriendo, del *quid pro quo* motivo de mi presencia en Palacio. Doña María Cristina, a quien me presentó su hija, acogiome con notoria sequedad, y en su mirada recelosa leí estos o parecidos pensamientos: «¿Quién será este pájaro?... ¿A qué vendrá éste aquí?...» Don Fernando Muñoz me hizo varias preguntas con acompasada rigidez, propia de un examen, y luego me habló de Roma y sus monumentos, con erudición fresca, reciente, aprendida de los *cicerones*.

Mientras escuchaba yo al duque, la reina, no lejos de mí, hablaba con Guelbenzu de programas musicales. «Esta noche no canto —le decía—. Tengo la voz tomada...» La vi acercarse a un espejo Psiquis, arrimado al ángulo del salón, y contemplarse un instante, componiendo con sutil mano los bandós que rodean sus orejas, y recogiendo un poco el escote que se abría demasiado. Después vino a mí; reparé su andar ligero, los pies chicos con zapatitos blancos que sacudían los bordes de estas faldas en forma de campana que ahora se usan... Yo me condolí de mi desgracia, pues desgracia era, y de las más grandes, que Su Majestad no se dignara cantar aquella noche; y ella me dijo: «Pues mira, no pierdes nada con no oírme, porque canto muy mal. Además, estoy perdida de la voz. En los jardines me enfrié esta tarde. Oiremos a Guelbenzu solo, y todos vamos ganando.» Bruscamente, saltando de un asunto a otro, como el pájaro que aletea de rama en rama, me dijo: «Beramendi, ¿no tienes tú ninguna Gran Cruz?... ¿que no? Pues es preciso que tengas una, la que quieras...» Me incliné. Don Fernando Muñoz, que no se movía de mi lado como si montara una guardia, quiso introducir otro tema de conversación; pero no le resultó el juego, y la reina, sin parar mientes en su padrastro morganático, continuó así: «El 25 tengo Besamanos, por ser los días de mi hermana. Vendrá Narváez, y le diré lo de tu Gran Cruz. Ya sé que Narváez es amigo tuyo... Pero di una cosa: ¿puedes tú aguantarle? Cuidado, que de Narváez no puedo decir nada que no sea para colmarle de elogios, como militar valiente, como hombre de gobierno; ¡pero qué genio, Señor!... En su casa no te sufre más que Bodega, que debe de ser un santo.

—El genio fuerte del general —dijo Muñoz—, tiene su razón de ser. Con blanduras no hay modo de gobernar a este país.

—Ciertamente —indiqué yo—. Y también puede asegurarse que el general no es todo asperezas. En más de una ocasión le he visto cariñoso, amabilísimo...

—Esas ocasiones habrán sido pocas para su mujer —afirmó la reina—. La pobre duquesa de Valencia no gusta de vivir en Madrid. Su marido la trata peor que a los progresistas. Pero, en fin, el hombre vale mucho, y se le pueden perdonar las rabietas por el talento que tiene, y aquella firmeza de carácter... Por cierto que a ti te aprecia, te quiere: me lo dijo. Y a propósito, Beramendi: ¿es cierto que estás escribiendo la Historia del Papado? A mí me lo han dicho.

—Algo de esto oí yo también —apuntó don Fernando Muñoz por no estar silencioso.

Respondí que, en efecto, había pensado escribir esa Historia, pero que las dificultades del asunto me habían hecho desistir...

«Pues es lástima, porque ahí tendrías campo ancho donde lucirte. ¡Y que no harías poco servicio a la Religión! Al santo padre le había de gustar muchísimo que escribieras las Vidas de todos sus antecesores desde San Pedro...»

El movimiento de las figuras que componían la reunión era determinado por la reina, que pasaba de grupo en grupo. Dirigiéndose a Bravo Murillo, me libró de la guardia del duque de Riánsares, que allá se fue también, y la razón de esto voy a decirla al instante. En estos días ha corrido la voz de que abandona don Alejandro Mon el Ministerio de Hacienda, y que le sustituye Bravo Murillo. Descontentísimo del asturiano está el señor Muñoz, porque aquel se ha cansado de colocarle la interminable cáfila de parientes y demás indígenas de Tarancón, y en cuanto vio que la reina hablaba con el ministro de Instrucción y Comercio, acudió a olfatear si es cierto lo del cambio ministerial. Cierto debe de ser a juzgar por el interés del diálogo que en aquel grupo observé, mediando principalmente la reina Madre. En uno de estos pases y renovación de los corrillos, vine a encontrarme junto a don Francisco y la Camarista. Díjome el Rey: «Es preciso hacer tocar a Guelbenzu las sonatas de ese Beethoven... Oirá usted la mejor música que se ha escrito en el mundo.» Intervino la dama para revelarnos que como *Los Puritanos* no hay nada... Sonó el piano: no me fijé en lo que tocó el maestro, ni puedo apreciar el tiempo que duró la tocata. Solo sé que un ratito estuve en pie junto a la reina sentada, y que ella me dijo: «Es natural que no estés alegre, a pesar de la buena música... Comprendo que tienes tu pensamiento lejos de aquí... No creas, por ello te aplaudo. Eres consecuente...» Contesté que nada echaba de menos, ni lamentaba ausencias; y ella prosiguió: «A propósito, marqués, o sin venir a cuento, si quieres: esta tarde he visto a la moruna y he hablado con ella. Es una mujer interesantísima.» Me disculpé, negué: vano empeño mío. Levantose Su Majestad, y dando yo algunos pasos en pos de ella, pude recibir de sus labios esta donosa prueba de confianza, que me encantó: «Lo sé todo, como dicen en esa pieza de cuyo título no me acuerdo; lo sé todo, marqués; te alabo el gusto.» No me dio tiempo a contestarle, pues era como la mariposa, que apenas pica en una flor, en busca de otra vuela.

Minutos después, la reina Madre me preguntaba si conocía yo Nápoles, y Bravo Murillo se condolió de que yo hubiera desistido de escribir la Historia de toditos los Papas, obra que sería, sin duda, de las más edificantes. Ya me iba cargando a mí tanta insistencia sobre un propósito que nunca tuve; mas como no podía contestar con una grosería, hube de aguantar la mecha y decir que sí, que no y qué sé yo. Fácilmente, las conversaciones con personas Reales le llevan a uno a las mayores hipocresías del pensamiento, y a las más chabacanas formas del lenguaje. Solo la reina con su libre iniciativa y su arte delicioso para revestir de gracia la etiqueta, rompía la entonada vulgaridad del hablar palatino. Ya muy avanzada la reunión, en pie los dos, me dijo que no se contenta con darme a mí la Gran Cruz, sino que también dará a María Ignacia la banda de María Luisa. Su deseo es recompensar a las personas que lo merecen, y yo soy de los primeros, no solo por mi adhesión a la Real familia, sino por mi inteligencia de escritor, pues si no he podido escribir aún la Historia del Papado (¡otra vez!), la escribiré, que viene a ser lo mismo. «Tengo la convicción —añadió—, de que eres de los buenos, de los seguros, y la independencia que disfrutas garantiza tu lealtad. Me dijo Narváez que tu suegro era partidario de mi primo Montemolín, y que tú le has quitado de la cabeza esa debilidad, ganándole para mi causa. Te lo agradezco mucho. La verdad es que Dios me ha traído al mundo con bendición, pues bendición es el sin número de personas honradas que me han defendido, me defienden y me defenderán en lo que me quede de reinado. He sido muy dichosa... Tú calcula los miles de hombres que se han dejado matar por mí, y los que aún harán lo mismo cuando llegue el caso, que ojalá no llegue... Por eso quiero yo tanto al pueblo español, y, créelo, estoy siempre pensando en él... ¡Qué pueblo tan bueno! ¿verdad? Él me adora y yo lo adoro a él... Muchas veces, cuando estoy solita, cierro los ojos y procuro borrar de mi memoria las caras que comúnmente veo, toda esta gente de Palacio, y los ministros y generales... Pues lo hago para representarme el pueblo, de quien sale todo, los pobrecitos españoles esparcidos por tantas villas, aldeas, valles y montes. Ellos son los que sostienen este trono mío, y me amparan con sus haciendas y sus vidas. Y yo digo: «Por fuerza pensarán en mí, como yo pienso en ellos, y al nombrarme dirán: *nuestra reina*, como yo digo: *mi Pueblo*...»

A tan nobles palabras contesté con las más expresivas de gratitud y amor que se me ocurrían, y pensé que Su Majestad y yo nos parecemos: padece *la efusión popular*.

«Por mi parte hago lo que puedo para que mi pueblo sea feliz —declaró Isabel contestando a un concepto mío—. ¡Y cuidado si es difícil esto de la felicidad de un pueblo! Porque uno viene y te dice una cosa, y luego entra otro y te dice otra cosa, y por aquí salta una capital gritando *tal* y *que sé yo*, y por allá otra grita lo contrario. Ya ves que no es fácil percibir la verdad en medio de esta grillera. Nunca sabe una si acierta o no acierta. ¿De quién hacer caso, a quién oír? Porque esto no se estudia, y aunque yo me aprendiera de memoria cuanto dicen los libros sobre los modos de gobernar, no adelantaría nada. No queda más que la inspiración, y pedir a Dios que me dirija, que me ponga las cosas bien claras, de modo que yo las pueda resolver. De Dios viene todo lo bueno... Dios, que ha permitido los sacrificios que este pueblo ha hecho por mí, me iluminará para que yo no resulte una ingrata.

—Seguramente, la inspiración del Cielo debe guiar a todo Soberano —le dije permitiéndome aconsejarle sin lisonja—. Pero cuide mucho Vuestra Majestad de ver de dónde viene, y quién se la trae. Porque entre muchas inspiraciones verdaderamente celestiales, podría venir alguna que no lo fuese...

—¡Oh, no! ya tengo yo cuidado —replicó—. Las personas que traen la inspiración de arriba, muy pronto se conocen... Mi sistema es ponerme en brazos de la Providencia. ¿Quién ha sacado adelante mi causa y este trono mío más que la Providencia? Pues Dios no abandona a Isabel II, Dios quiere a Isabel II.

—Sin duda...»

Con mucho salero se echó a reír Su Majestad, repitiendo la popular frase *Fíate de la Virgen y no corras*, y luego añadió: «No: yo no me entrego a una confianza ciega, ni espero de Dios que vaya diciéndome todo lo que tengo que hacer... Algo ha de discurrir una por sí... yo cavilo también un poquito... Verdad que me canso pronto. ¡Es tan fácil y tan cómodo no pensar nada!... Pues sí, yo pienso... Y a donde no llega la razón, llega el sentimiento: ¿no opinas tú lo mismo? Sentimos una cosa... Pues aquello es lo mejor.

—No siempre, señora.

—Sentimos, y... Sí, sintiendo acertamos.

—Se corre el riesgo, por ese camino, de sentir y pensar algo que luego a Dios no le parece bien. Y Dios se vuelve y dice: ¡pero si no es eso lo que yo te inspiré!...

—¡Ay! en lo que Dios inspira no nos equivocamos... No hay guía como nuestro corazón.

—No es mala guía; pero que vaya con él la razón —le contesté hablándole como a una niña—. Así lo quiere Dios, y si no lo hacemos se incomoda y nos pega.

—¡Ah!... Dios es muy bueno... bueno con los buenos, se entiende, que no tienen malas entrañas. Es soberanamente bondadoso, y se enfada menos de lo que dicen. Esas voces de los enfados de Dios las hacen correr los malos, que temen el castigo.

—Nadie como Vuestra Majestad puede asegurar que Dios es bueno... Pero por lo mismo que ha sido tan pródigo con la reina de España, no debe la reina de España pedirle demasiado.

—Vaya, explícame bien eso. ¿Qué has querido decir? Te autorizo para que me hables con la mayor franqueza.

—Pues diré que Vuestra Majestad tiene un gran corazón, y en él inmensos tesoros de bondad, de generosidad y ternura que no deben ser derrochados. No olvide Isabel II la lección de don Martín de los Heros, y antes de regalar veinte mil duros de corazón, fíjese bien en el bulto que hacen apilados estos veinte mil duros de corazón, y asústese ahora, como se asustó entonces, y rebaje, rebaje, y no dé más que cinco mil... y mejor si los reduce a reales... Señora, yo me permito abusar de la autorización de franqueza que mi reina me ha dado, y digo mil disparates, que Vuestra Majestad se dignará perdonarme.

—No, no —dijo Isabel revistiendo de gravedad su picaresco rostro—. Has hablado como un libro, como hablará la Historia de los Papas cuando la escribas.»

Un nuevo movimiento de las figuras de la reunión puso fin a este sabroso diálogo. Volví a encontrarme junto al Rey, mejor dicho, vino él hacia mí, y me dijo: «¿Y por qué no se decide usted a darnos una Historia de España verdad? Está por escribir... Todo lo que va de siglo es interesantísimo, y pues no parece fácil superar a Toreno en la guerra de la Independencia, el historiador que tal emprenda debe empezar en el 14, cuando mi tío volvió a España... Una Historia imparcial, que se aparte del criterio extremado de las facciones; una relación verídica, escrita con talento, revisada por personas peritas, y autorizada por la Iglesia, crea usted que sería una gran cosa. Y la publicación de esa obra, no faltará quien la patrocine.» Contesté reconociendo la importancia de un trabajo tan considerable, y la cortedad de mis fuerzas para realizarlo... Arrimose a la sazón la reina a los que de ello hablábamos, y éramos ya más de dos, por inopinado crecimiento del grupo, y nos dijo: «¿Hablan de escribir la Historia de Isabel II? Sí, Beramendi, sí... Yo subvenciono esa obra.

—Es pronto —afirmó el Rey con gran sentido—: no ha de ir el historiador por delante del reinado, sino detrás...

—¿Y por qué no han de ir juntos, cogiditos de la mano? —indicó la reina.

—Porque la Historia verde sabe mal, como la fruta. Hay que dejarla madurar en el árbol.

—¿De modo —dijo Su Majestad haciendo reír a todos con su donosa ocurrencia—, que aún estamos verdes? Más vale así... Pues yo deseo que pronto hablen y escriban de mí, por supuesto que escriban bien, elogiándo-me mucho y poniéndome en las nubes... Yo aspiro a que de mi reinado se cuenten maravillas.

—Los pueblos más felices —dijo Montesquieu por boca del Rey—, son aquellos cuya Historia es fastidiosa.

—Pues yo no quiero —afirmó la reina—, que al leer mi reinado bostece la gente... ¡Historia fastidiosa! Eso ni deleita ni enseña.

—La de España —indicó María Cristina, melancólica—, es y será siempre un folletín.

—Mamá, eso es tener mala idea de los españoles.

—Tengo la que ellos me han dado —replicó la ex-gobernadora.

—Los españoles son buenos, valientes, honrados, caballeros —declaró Isabel—; en general, se entiende, porque ¡también hay cada pillo...!»

Encontrándonos de nuevo frente a frente, me dijo: «¿No crees tú que la Crónica mía, la de mi reinado será bella?

—Bella será... ¿pero quién asegura que no será también triste?

—¿Por qué?... Me asustas... Yo no ceso de pensar en mi Historia, y me la represento como una matrona gallardísima...

—Sí, con un laurel en la mano y un león a los pies. Esa es la Historia oficial, académica y mentirosa. La que merece ser escrita es la del Ser Español, la del Alma Española, en la cual van confundidos pueblo y corona, súbditos y reyes...

—¡Oh, sí!... Así debe ser.

—Y esa Historia me la represento yo como una diosa, mujer real y al pro-pio tiempo divina, de perfecta hermosura...

—Vestidita por la moda griega, con túnica muy ceñida, que marque bien las formas. Así representa el Arte todo lo ideal, así el ser de las cosas, así el alma de los pueblos... Esa figura que tú ves, como española castiza, será morena.

—Tostada del Sol, de este Sol de España, que no es un Sol cualquiera.

—Y la verás esbeltísima, con poca ropa, descalza... No diré que sucia, sino empolvada... Naturalmente, de andar por estos caminos y vericuetos del demonio, por tanta sierra, por tanto páramo... País grandioso el nuestro, pero empolvado...

—¡Oh, qué bien lo expresa Vuestra Majestad!»

Al decir yo esto, sentí turbación angustiosa. Hallábame solo, apartado en un ángulo de la sala. Me asaltó la duda de que la reina me hubiese ayudado, dialogando conmigo, a la descripción de la bella figura que veo y siento... Pronto adquirí la certidumbre de que yo me lo había pensado y dicho solo... Cuando dije a Su Majestad que la Historia de su reinado podría ser triste, ella no pronunció más que estas palabras: «¿Por qué?... ¡Me asustas!» y se alejó de mí, solicitada su atención de los otros grupos. Lo demás que *hablamos*, lo hablé para mí, súbitamente atacado del *mal de Lucila*, de la efusión que llamo *estética* y *popular*.

Llegó el instante final. La reina y demás personas *augustas* nos hicieron reverencia y se retiraron. Los que no somos augustos nos fuimos a la calle. En la escalera de Palacio, resplandeciente en la oscuridad de los jardines, llevaba conmigo la imagen de aquella ideal princesa Illipulicia, soñada por el celtíbero Miedes. Toda la noche me la pasé en este delirio... Mi cerebro era una linterna mágica. Reproducía en serie circular la plataforma del Castillo de Atienza, el patio de San Ginés, un cielo turbio, un suelo árido, una estancia del Alcázar Real... Isabel, vestida de manola, me decía que escribiese su Historia; Lucila callaba siempre, imagen y representación del inmenso enigma.

XXVIII

San Ildefonso, *septiembre*. El 25 de agosto, día de San Luis Rey de Francia, a los pocos de mi doble entrevista con la reina, fue para mí memorable, por la aglomeración y enracimado de sucesos que voy a enumerar. Asistí al Besamanos; vi a Narváez y a Sartorius; vi a don Saturno con un resplandeciente uniforme no sé de qué, cubierto el pecho de cruces y cintajos de variados colorines; en los dorados salones tuve el honor de ser presentado al nuncio de Su Santidad, monseñor Brunelli, y al Embajador de Austria, un caballero muy guapo vestido de magiar; y en fin, terminada la ceremonia palatina, bajé al parque con toda la Corte, y corrieron las fuentes en presencia de Su Majestad, soberana pastora de aquella Arcadia de abanicos. Mi mujer también paseó por los jardines, y juntos disfrutamos de aquel lindo espectáculo de las aguas amaestradas y sacadas a bailar sobre el verdor de los parterres y arboledas. En el teatro, donde cantaron *Don Pasquale* por despedida, vi a Eufrasia, que con misterio de ópera cómica me dijo que se hablaba *sotto voce* de mis *frecuentes visititas* a Palacio. No le hice caso: yo no había vuelto allá desde la *soirée* que he escrito.

A Narváez le vi al anochecer en la Casa de Canónigos, y me dijo... ¿qué me dijo? Ya no me acuerdo... No sé cómo tengo mi cabeza. De dos semanas acá, mi aturdimiento y mis distracciones graves suscitan alarmas de mi cara esposa, que inquieta por mi salud me somete a cariñosos interrogatorios acerca de cuanto hago y dejo de hacer, de cuanto hablo, pienso y sueño. «No es nada, mujer —le contesto yo, que a todo antepongo su tranquilidad—; no es más que... Eso que padezco, y que me ataca de vez en cuando, la *efusión*... ¿de qué?, la *efusión de lo ideal*, de lo desconocido, de lo que debiendo existir no existe. Volvemos a lo mismo: yo debí dedicarme a un arte, y en él habría sido maestro... Pero no tengo arte, y mis facultades funcionan en el vacío... No me hagas reír, mujer. ¿Qué dices, que el ser padre es un arte?... ¿padre de muchos hijos...? Bueno, mujer. Lo admito, si en ello te empeñas... Pero ese arte, como la historia de un reinado que empieza, está todavía verde.»

Ahora me acuerdo de lo que me dijo Narváez. Fue de lo más insignificante, y en realidad no merece ser transcrito. «Yo me vuelvo a Madrid, y dentro de unos días saldré para las aguas de Puertollano... Aquí nada tiene usted ya que hacer. Pronto se irá la Corte. Se le van a usted *la Marquesa de Capricornio* y los demás enredillos que tiene el *pollo* aquí... A mi regreso de la Mancha espero encontrarle a usted en los Madriles...» En efecto, pasados algunos días, desapareció la Corte; partió Eufrasia sin despedirse de mí, y el Real Sitio, árboles y flores, aguas transparentes y sutiles aires, se adormecían lentamente en una soledad dulce y fresca. Contenta de esta soledad, mi mujer desea permanecer hasta fin de septiembre, y del mismo parecer son sus padres. Yo lo apruebo. Deseo el descanso.

Madrid, *octubre*. Ya estamos aquí. Escribo en el Congreso. Nada digno de mención nos ocurrió en la Granja después de la partida de la Corte, como no sea la tranquilidad que disfruté, la íntima vida que hice con mi mujer, consagrándole yo todos los instantes de mi vida, y las feroces mañas que va sacando mi hijo, las cuales manifiesta tirándome del bigote hasta hacerme llorar...

La traviesa, la diabólica Eufrasia no ha vuelto a llevarme a la isla de Paphos (*Casino de la reina*). La he visto poco y deprisa, coincidiendo en visitas, o encontrándonos en el Prado, y no he podido hablar con ella detenidamente de cosa alguna. Sus ojos, que ni en las ocasiones de mayor disimulo dejan de ser elocuentes, me dicen que se halla en grave crisis de ambición o de amor. El anuncio que le hice de la pronta concesión del título, no produjo en ella la grata sorpresa que yo esperaba. «¿Y hemos de agradecerlo al *Espadón*? —me dijo—. Pues que nos titulen *Marqueses de la Ingratitud*.»

Y voy con el asunto que, a mi entender, merece aquí preferente lugar, por el grande espacio que ocupa en mi espíritu noche y día. Ya dije que entre los pobres pedigüeños de la parroquia de San Ginés, hay uno con quien entablé relaciones policíacas, socolor de caridad, tocantes al descubrimiento de la hermosura celtíbera vista y evaporada en la puerta de aquella sacra mansión. Mi amigo, que me ha resultado también celtíbero de los llamados *Ilergetes*, consagró su vida al negocio de sanguijuelas en tierras de Teruel... Es hombre muy corrido; peleó por don Carlos en la partida del Serrador, y establecido por fin en Madrid como herbolista, ha venido por sucesivas desgracias comerciales y domésticas a la mísera condición presente. Conserva el hombre agilidad de piernas y lucidez del entendimiento, lo que no es poca ventaja para el trabajo diplomático que yo le encomendé; pero tales partes pierden mucho de su energía por la deplorable ruina de otras: uno de los brazos, envuelto en amarillas bayetas, no funciona; el cuello se le tuerce del lado izquierdo, los ojos son como fuentes, y la lengua y boca sufren de un *paralís* que desfigura su sintaxis y su pronunciación, pues por causa de tal dolencia compone los conceptos al revés, y suele comerse las primeras sílabas de las palabras más importantes. Con todos estos inconvenientes, el pobre *Gambito*, que tal es su nombre o su apodo, me sirve bien, añadiendo a sus incompletas facultades una voluntad y una diligencia increíbles.

Antes de irme a la Granja, díjome que la hermosa mujer había vuelto, sin hacer más que llegarse a la sacristía con una carta... ¿Para quién? Para un capellán, que habría estado en la iglesia, sino estuviera en el cementerio: había fallecido dos días antes... Desconsolada se fue la moza llevándose la carta. ¿De quién era esta? Gambito no lo sabía ni pudo averiguarlo entonces. A mi regreso de la Granja, estimulado el hombre por mis donativos, y en espera de mayor recompensa, me da cuenta de sus minuciosas pesquisas en agosto y septiembre, y de ellas resulta una luz desigual, que tan pronto esclarece el asunto como lo rodea de mayores tinieblas. Con mi feliz memoria reproduzco textualmente el informe, componiendo a mi modo la sintaxis, y supliendo las sílabas comidas: «El *Surez Jeromo* entró servicio de *Colapios* (los Escolapios) señores padres de *Tafe* (Getafe), y la su hija, que la llaman *Cigüela* (Lucihuela), moró en una casa de Madres *Colapias* donde se arrecogen hijas de padres, o hijas de cualsiquiera Madres putativas...» Para que yo descifrara lo restante de esta jerga hubo de repetirlo una y otra vez, y aún así no pude llegar a la interpretación exacta. Toda la paciencia del mundo no basta para poner en claro los trazos de este borrado palimpsesto. Creo haber sacado en limpio que Lucihuela estuvo unos días en el convento de Jesús, y que después pasó al servicio de un señor que Gambito llama *Taja* (ignoro el verdadero nombre, al que creo falta una sílaba), administrador de los lavaderos del *Pío Infante Don Cisco* (traduzco: lavaderos del príncipe Pío, pertenecientes al infante Don Francisco)...

Débil luz, resplandor vago, ¿a dónde me llevas?

Madrid, *20 de octubre.* Ayer reventó sobre Madrid una bomba. Pienso que su estruendo formidable es público ruido de los que han de llegar a la Posteridad sin que yo los transmita; pero ahí van por mi cuenta noticias de cómo fue la explosión y de las cóleras y risas que produjo, refiriendo después el desarrollo de suceso tan extraordinario hasta su inaudita solución. Desde el jueves por la noche empezaron a correr voces de crisis, suponiendo en esta los caracteres más extraños... Oílo yo en casa de María Buschental; mas no le di crédito, y aun me permití negarlo autorizadamente. Por la tarde había yo visto al duque de Valencia en su casa, y nada le oí que pudiera ser vaticinio de cambio de Gobierno. Pero las afirmaciones que hice no acallaban los rumores, que a cada instante venían más densos y con más visos de verdad, de esa verdad inverosímil que aquí gastamos. «Hay crisis —dijo Carriquiri, entrando a media noche—; la crisis más absurda y más... Demagógica que puede imaginarse... Nada: que a don Ramón, sin decirle oste ni moste, le ponen la cuenta en la mano y le señalan la puerta.» Llegó luego Tassara y nos contó que la primera noticia de este gatuperio la tuvo Molins, ministro de Marina, el cual, comiendo en su casa, recibió un pliego de la reina, incluyéndole carta que le había escrito su marido, en la cual este le decía en sustancia: «Narváez y compinches son unos tales y unos cuales, y para que no acaben de perder a la Nación, hay que sustituirles inmediatamente por estos caballeros muy dignos cuyos nombres van en la adjunta lista.»

—¿Quiénes son?

—No recuerdo más que al conde de Cleonard y al señor Cea Bermúdez, conde de Colombí... La lista ha sido inspirada por personas que traen recados del Altísimo.

—Esto es ignominioso.

—Esto es simplemente cómico y no puede prevalecer. ¿Y el duque?

—Al llegar a su casa se encontró con una comunicación semejante a la que recibió Roca de Togores.»

Puso fin a la confusión Andrés Borrego, refiriendo que aquella misma tarde (lo sabía de la mejor tinta), habiendo tenido Narváez un soplo de lo que se tramaba, fue a Palacio y habló a la reina: «Señora, esto se ha dicho, esto se susurra...» Y la reina le contestó riendo: «No hagas caso. Son patrañas que salen del cuarto de *ese*...» Oyendo esto, muchos negábamos que pudiera ser verdad; otros lo confirmaban, algunos callaban, mordiéndose las uñas. «Es forzoso —dijo no recuerdo quién—, abrirle a la opinión unas tragaderas del tamaño de esta casa. Según se van poniendo las cosas, todo es posible, todo puede suceder, y no hay bola, por disparatada que sea, que no entrañe la verdad...» Y otro: «La historia de España se nos está volviendo folletín.» Y otro: «Eso no lo inventa usted. Es frase de doña María Cristina...» «Pero la reina Madre habló del folletín sin calificarlo, y ahora debemos decir *folletín malo*...» «No, *folletín tonto*.» Y todos concluían por llevarse las manos a la cabeza, exclamando: «¡Señores, cómo estará Narváez! Será cosa de alquilar balcones...»

Participando de esta curiosidad, y con medios de satisfacerla, me fui a la Presidencia. Al bajar presuroso por la calle de Alcalá, me encontré a San Román que llevaba la misma dirección y objeto que yo, y hablando del suceso de la noche, entramos en la gruta de la fiera, a quien suponíamos en el paroxismo del furor. Un ayudante nos dijo en la puerta que el general estaba en el palacio de la reina Madre, y que le aguardaban muchos señores en el salón, ávidos de saber la verdad o mentira de una crisis que parece comedia. Subimos. Entre los que allí esperaban el *parto de la Fatalidad* (así lo dijo uno de los presentes, creo que Bermúdez de Castro), vi a Sartorius y a don José Zaragoza, jefe político de Madrid, el cual hacía rudo contraste con el ministro, pues si este es la propia distinción y delicadeza, la sangre fría y comedimiento en todas las ocasiones, el diputado por Ciudad Real, cenceño, rudo, de faz temerosa y mirada fulgurante, parece cortado para la acción vehemente y repentina. Otros había en la sala, entre ellos mi hermano Agustín, comentando lo que ignoraban o arrojando bilis sobre lo que sabían; a cada instante entraban más caras de estupefacción, de impaciencia, de ira... Por fin, como todo llega en este mundo, vimos que la mampara roja se abrió con chirrido estridente, por la violencia del golpe que la empujara, y entró Narváez con paso y tiesura de gallo, y sin quitarse el sombrero echó una fulmínea mirada en redondo, diciendo: «Señores, ya lo ven ustedes: esto no tiene nombre... Sí, sí; lo tiene: es una canallada... ¡Ni entre gitanos, señores; ni entre gitanos!

—¿Qué dice la reina Madre? —preguntó San Luis, que más que anatemas y desvergüenzas, deseaba hechos para someterlos a un frío examen.

—Doña María Cristina... —contestó el de Loja, ya en el colmo de la fiereza y de la amargura—. Pues nada, señores: que todos son unos. La reina Madre no sabe nada; dice que no tiene arte ni parte... y yo no sé si creerlo... No creo nada.

—Yo pongo mi mano en el fuego —declaró Sartorius con cierta solemnidad—, por la inocencia de la reina Cristina en este asunto.

Algo más expresó no sé quién en defensa de la ex-gobernadora.

«Mi general —dijo con acentos de club el jefe político—, bien claro está que la voluntad de Isabel II ha sido secuestrada. Esto es una intriga, y la primera víctima de la intriga es Su Majestad. O no servimos para nada, o debemos echar el cuerpo adelante para amparar a la reina.

—¡Sacar el cuerpo, yo! Lo he sacado ya mil y mil veces. ¡Si mi cuerpo ¡ajo! es una criba, de los balazos que ha recibido ¡ajo! defendiendo el trono liberal!... Y ya ven el pago... El Gobierno, señores, ha presentado su dimisión. No podía hacer otra cosa sin faltar a la decencia... ¡y a la vergüenza, ¡ajo!... Ceder a esto es declarar que la vergüenza se ha concluido en España.»

Insistió Zaragoza en que esta crisis no es más que una infame celada. «Corramos a Palacio —gritó con destemplada voz—, rompamos los lazos pérfidos que oprimen a Su Majestad.

—El que tenga la cara endurecida para los bofetones y quiera ir a Palacio, que vaya —dijo Narváez sin mirar a nadie, paseándose, la vista arrastrada por el suelo—. Yo no me expongo a que un mequetrefe con medias coloradas, o un fantasmón cargado de veneras, me mande salir a la calle... Vámonos a nuestras casas, y que se arreglen como puedan.

—Mi general —le dijo enfáticamente Don José María Mora—. Usted tiene a su lado la mayoría de las Cortes; usted tiene el Ejército...

—Yo no soy ya jefe del Ejército... Lo es el general Cleonard, que a estas horas habrá jurado en manos de la reina... ¿Pero no se han enterado todavía, ajo?»

Soltó esta bomba gritando en medio de la sala con gesto de ira y menosprecio, y a sus palabras sucedió un silencio de consternación. Casi todos los presentes, hasta que oyeron aquella declaración fatídica, conservaban un resto de esperanza; algunos, ciegos optimistas, creían que habría componenda, bien porque Narváez hubiese amedrentado a Isabel, bien porque esta pudiera librarse a tiempo del encantamiento que aprisionaba su soberano albedrío... La noticia, dada por el propio *Espadón*, de que Cleonard juraba, y era ya sin duda presidente y ministro de la Guerra, abatió grandemente los ánimos.

«Pues si es así —murmuró mi hermano Agustín—, digo que esa señora está loca.

—Encantada, señores, o hechizada como el Carlos II.

—El hechizado aquí soy yo... y después sacado a bailar —dijo Narváez pasando de la cólera al sarcasmo—. ¿Pues no querían que refrendara yo los decretos? Todos están locos allá... ¡A fe que tengo yo cara de zurcidor de estos... líos! Molins ha ido a Palacio a ejercer de escribano...

—Mi general —declaró el impetuoso Don José Zaragoza avanzando al centro de la sala—, el jefe político de Madrid sabe dónde se ha tramado este *maquiavelismo*. Ya no tengo por qué guardar secreto. En la Escuela Pía de San Antón se reunieron esta tarde los que serán compañeros del señor Cleonard en el flamante Ministerio, y los que han engañado a nuestra querida Soberana. Los conozco a todos; sé cuanto allí pasó y cuantos disparates allí se hablaron. Había en la reunión hombres que quieren ser públicos, y mujeres que lo fueron. Al anochecer trasladáronse todos en coches al convento de Jesús a recibir órdenes... Lo mismo se hizo hace ocho días; pero la Monja que da la consigna les dijo entonces: «Aún es pronto, hijos míos. Esperad hasta que yo os avise. La reina no cede. Ya cederá...» Hoy, la impostora les ha dicho que todo estaba hecho, y locos de contento se han ido al cuarto del Rey, el cual los presentó a su augusta esposa. La reina... Me consta, señores, y lo aseguro como si lo hubiera visto... Nuestra amada Soberana habló con ellos un momento... les despidió diciendo a los nuevos gobernantes que mañana jurarán, y luego rompió a llorar... Pues bien, mi general: conozco a todos los que andan en esta intriga, y tengo notas bien claras de sus domicilios... Con media palabra que se me diga, voy y los prendo a todos antes que sea de día, sin distinción de sexo, calidad ni estado, sin reparar en uniformes ni en faldas, ni en hábitos ni en sobrepellices, y mañana, es decir, hoy, antes de las ocho salen para Leganés, y de Leganés, por la tarde para donde se disponga, sea Cádiz, sea Cartagena, que no faltará un cachucho en un puerto o en otro, que los lleve a tomar los aires de Filipinas... Esto haré, si el jefe lo manda, y respondo de que no es atropello, sino justicia.»

Pausa. El murmullo que resonó en la sala demostraba cuán feliz y oportuno pareció a todos los presentes este atrevido plan policíaco.

XXIX

No tardó en llegar Molins, próximas ya las tres de la madrugada. Es este un caballero tan acompasado en la vida social como en la política, como en la literaria. Sus actitudes son como sus versos; sus actos como sus discursos, y su traje como toda su correcta y atildadísima persona. Su estatura es aventajada, su talle esbelto, su rostro grave, abundante el cabello en cabeza y barba, la dentadura perfecta, todo suyo y de intachable limpieza. En el trato cautiva, en la oratoria instruye más que arrebata, en la conversación corriente se oye y se le oye con agrado. Aunque allí le esperaban como agua de mayo, ansiosos de conocer lo ocurrido en la refrendación, el ministro de Marina no se precipitó a narrar el acto: es hombre que en nada se precipita. Venía de uniforme, el peinado sentadísimo, sin que un solo pelo se desmandara; traía cara melancólica, como de quien sabe apreciar serenamente el punto y ocasión en que los sucesos particulares revisten la suficiente gravedad para convertirse en históricos. Ama con caballeresco ardor, de índole política, a nuestra excelsa Soberana y al Principio que representa, y cree en la ficción Constitucional-Monárquico-Parlamentaria, como se cree en los Misterios dogmáticos, sin entender ni jota de ellos.

Con elegancia narrativa dio cuenta Molins de su cometido, y la serenidad y pulcritud de su palabra fueron como bálsamo que aplacaba la irritación de que los oyentes estaban poseídos. El hecho que refirió habría carecido totalmente de interés si el cuentadante no hubiera marcado muy bien en el relato la nota patética, que acrecía su valor histórico. La reina, en todo el tiempo que duraron los trámites, *no cesaba de llorar*, y a la conclusión, su dolor parecía no tener consuelo.

Maravillados escucharon todos esta relación, y la crítica del suceso adquirió un tinte compasivo. No quedaba duda de que circunstancias y resortes misteriosos, que los de fuera no podían penetrar, constreñían a Isabel II a cambiar de Gobierno.

«¡La reina está secuestrada! —gritaron algunos; y otros—: ¡Salvemos a la reina!»

Y Ruiz Cermeño, diputado por Arévalo, con calma y agudeza, como hombre que se precia de penetrar hasta el fondo de las cosas, nos dijo a los que le rodeábamos: «Esto es un golpe de Estado, un verdadero golpe de Estado.» Mi hermano Agustín, que tan hondamente se afana por el porvenir de esta Nación, no dejaba de expresar sus temores: «¡Pero el Régimen, Señor...! ¿A dónde va a parar el Régimen con estas cosas?... Y ahora precisamente, cuando el Régimen iba como una seda...»

Lo que contó Molins del llanto amargo de Isabel fue desconsuelo y aflicción de todos, menos de Narváez, el cual, irguiéndose más bravo, echando por aquella boca terno sobre terno, hizo estas terribles manifestaciones: «Dejarla que llore... Ríos de sangre han corrido por causa de ella... Y ahora nos quiere pagar con lágrimas... No queremos lágrimas, sino justicia, razón y formalidad. Se reina con juicio, no con lloriqueos... Ella se ha metido en este pantano... Pues vea cómo sale. Que la saquen los angelitos, o esa beata de las llagas asquerosas... Nosotros, señores, a nuestras casas, a ver pasar la mojiganga Cleonard-Colombi. (*Risas.*) Usted, amigo Zaragoza, ¿qué ha dicho de prender y de encarcelar? De eso se cuidará el que le suceda, que a estas horas estará usted destituido... y habrán nombrado a un escolapio, o al demandadero de las monjas. (*Carcajadas.*) El que sea recibirá órdenes de prender a todos los que estamos aquí, a mí el primero... En mi casa me encontrarán. (*Rumores.*) Con que, caballeros, a dimitir todo el que tenga posición para ello... Arrojarle las posiciones a la cara, para que vea lo que somos. Que el Gobierno encuentre vacantes la multitud de plazas que necesita para monagos, cornudos y demás patulea... La orden del día es esta: ¡vergüenza, dimisiones!»

Conticuere omnes, y empezó el desfile. Vi salir cariacontecidos a Esteban Collantes y a don José María Mora, al corpulento don Ramón López Vázquez y al gracioso Vahey, al narigudo Martínez Almagro y al elegante Lillo. Disponíame yo a partir con mi hermano, cuando me indicó San Román que me quedara de los últimos, pues el general tenía que hablarme. No tuve necesidad de aguardar al día, porque Narváez me cogió por un brazo y llevándome aparte me dijo: «Váyase usted, Beramendi, que es muy tarde. Mañana charlaremos. Si entre tanto ve usted a esa... (y lo soltó redondo), dígale que le cortaré las orejas... Cuando la coja, que algún día será.»

Madrid, *22 de octubre*. El viernes 19 fue día grande en Madrid por lo divertido y fecundo en sorpresas. Desde muy temprano se estacionaban grupos frente al Principal, signo infalible de jarana o de expectación, y de doce a una, ya los cafés hervían de gente ociosa, que es la más numerosa gente de esta capital. Desiertas, según oí, estaban las oficinas; un sentimiento de ansiosa interinidad lanzaba a los funcionarios a la calle y a todo sitio donde corrieran auténticas noticias, y aquí y allá los poseedores del presupuesto encontraban la nube de famélicos cesantes. En el tiempo que llevamos de Régimen, el pánico de unos y las esperanzas de otros, confundiéndose, han creado un mundo de necesidades que ha sido y es en España la principal inspiración de los poetas cómicos. Hay una rama de la literatura contemporánea consagrada exclusivamente al *turrón* y a los hambrientos, sátira en que se moteja a los que comen, y se ridiculiza a los que piden pan, revelándose el poeta tan necesitado como los *lambiones* que describe.

En grupos y corrillos se habla del nuevo Ministerio con desprecio y asombro, y menudean las preguntas maleantes: «¿Pero ese Armesto quién es?...» «¿Pueden ustedes decirme quién es ese Manresa?» Entre miles que no saben responder a estas preguntas, sale alguno que tiene vagas noticias de los improvisados *hombres públicos*. «Pues ese don Vicente Armesto es empleado supernumerario en el Tribunal de Cuentas, con el sueldo de veinte mil reales...

—¡Vaya una carrerita, señores!... ¿Y es por ventura yerno, sobrino, hermano de leche de alguno de Palacio, o tiene que ver con monjas?

—Es cuñado del general Cleonard... O concuñado, que para el caso es lo mismo... Vaya, señores; yo convido a café y copas al que me diga quién es Colombi.

—Y yo obsequio con un almuerzo al que me demuestre con datos... ha de ser con datos... que Manresa es alguien.

—Hombre, no hay que confundir a Colombi con Manresa, pues de este no se ha podido averiguar sino que no le conoce ni su familia, mientras que Colombi es nuestro embajador en Lisboa, y *al parecer* hermano del señor Cea Bermúdez, de reaccionaria memoria... He oído, no respondo de ello, que ese señor Colombi es persona respetable y que no aceptará el cargo... En cuanto a Manresa, por aquí andaba uno que aseguró conocerle. Es murciano, auditor de Guerra de la categoría de capitán... y está procesado porque de palabra faltó al tribunal, se ignora cómo y cuándo.»

Las voces más absurdas y los dicharachos más irrespetuosos animaban los corrillos de la Carrera de San Jerónimo y calle de Sevilla. «Por más que me digan, yo sostengo que ese padre Fulgencio es un mito. No creo en padres ni Madres que quitan y ponen ministros...» «Existe un *Pae* Fulgencio; pero hay quien dice que es el *Pae* Cirilo, que se ha cambiado el nombre...» «Todo esto, créanme, es obra de un tal Isidrito, que fue cerero y hoy la persona de mayor metimiento en la Concepción Francisca. Todos los días toma café con ese Manresa en los Dos Amigos, y por las noches lleva los cirios benditos a Palacio, para encender a la Virgen del Olvido que tiene el Rey en su cámara...» «No hay que tomar a broma lo de las llagas, que quien las ha visto de cerca me asegura que son de ley, y que la monja tiene pasadas de parte a parte las palmas de las manos. Las enseña poniéndose en un escabel con los brazos en cruz; pero la del costado, por donde se le ve el corazón, la enseña echándose boca arriba y quedándose en éxtasis...» «Dicen que el primer decreto de Manresa será para nombrar obispo al *Pae* Fulgencio, dándole la mitra de *Aunque os pese*, diócesis de la calle de la Justa...» «Hombre, no: es calle de las Beatas.»

Por la tarde, no se hablaba más que de las dimisiones que todo el personal de algún viso arrojaba a la cabeza de los nuevos Consejeros. Dimitía el Capitán general de Madrid, conde de Mirasol; el gobernador Militar, el jefe político, el alcalde corregidor y las Secretarías en masa de Gobernación y Gracia y Justicia. Al anochecer, decían los guasones que Armesto no admitía la cartera de Hacienda, y que en su lugar se nombraba a un bollero ambulante de la Plaza de Toros, llamado Maza. Corrió el rumor de que el Tribunal Supremo en peso dimitía; que será nombrado Capitán general de Madrid el general Villarreal, convenido de Vergara, y jefe político el señor Ferreira Caamaño. A este señor le conozco: es diputado a Cortes por un distrito de Galicia, y habla con gran violencia dando manotazos. Ha sido juez de primera instancia, jefe político, y hoy está furioso porque el Gobierno no es bastante reaccionario... A costa del señor Balboa, a quien llaman *Don Trinidad*, corren y circulan enormes chirigotas. Su Excelencia, al tomar posesión, dijo a los pocos empleados que concurrieron, que él es muy liberal y que respetará todas las libertades, menos la de imprenta, y luego preguntó cómo se extendían los reales decretos. Cierra la noche con una atmósfera tan densa contra el nuevo Gabinete, del cual hacen descarada burla hasta los chicos de las calles, que hay ya quien profetiza la vuelta de Narváez antes de veinticuatro horas.

Al entrar en mi casa encuentro un billete de Eufrasia, escrito con todo el ingenioso disimulo que acostumbra, fingida letra y firma varonil, diciéndome que tiene que hablarme y que me espera en Gobernación a las nueve de la noche. Según la antigua clave de nuestra criminal correspondencia, artificio vigente en el verano último, *Gobernación* quiere decir la iglesia de San José, como *Gracia y Justicia* es San Sebastián, y *Hacienda* San Ginés. Las iglesias que no tienen más que una puerta se designan con nombres de Direcciones generales; por ejemplo: *Aduanas* es el Oratorio del Olivar, *Rentas Estancadas* las Niñas de Leganés... La hora que se indica de noche se entiende siempre de la mañana... Fui y esperé su salida por la calle de las Torres, sitio muy del caso para figurar un encuentro fortuito, y conferenciar brevemente sobre cualquier asunto, o ponernos de acuerdo para fijar día y hora de bajar al *Casino*. Generalmente no eran largos mis plantones, porque a tantas cualidades de tacto y agudeza, Eufrasia añadía la preciosa puntualidad. Extráñome anteayer su tardanza, y ya me cansaba de dar vueltas arriba y abajo, cuando me veo venir presurosa por la calle de la reina con rumbo hacia mí, a Rafaela Milagro, vestida del trapillo de andar por iglesias, armada de ridículo y de un par de libros devotos. Requiriéndome con mirada expresiva para que a su encuentro avanzara, nos pusimos al habla en la citada calle, después en la de San Jorge, donde de sus labios oí lo que a la letra copio, previa la advertencia de que Rafaela y Eufrasia se comunican y guardan recíprocamente sus secretos con escrupulosa fidelidad: «Pues no puede venir, Pepe, y por eso vengo yo... Me manda que venga... para decirle que no la espere y contarle lo que ha pasado... ¡Ay, hijo! una zaragata horrorosa... que si nos descuidamos saldrá en los papeles, y aumentará el escándalo de esta maldita crisis... Esos señores han faltado, Pepe; se han portado cochinamente, pues harto les consta que si no es por Eufrasia no cogen el Gobierno... Han sido unos puercos... Aguarde que le cuente. Era cosa convenida... Si antes no lo supo, sépalo usted ahora... que Saturno sería ministro de Gracia y Justicia. ¡Qué más natural! ¡Con lo que él sabe de cosas de clero y curia! Y de que así fue tratado solemnemente, pueden dar testimonio el señor Cleonard, *Quiroguilla*, Rodón, y otros que no nombro. Pues dan la lista a la reina, y nos encontramos de ministro de Gracia y Justicia a ese Manresa. Para mí fue como un escopetazo. Eufrasia se voló... Había que oírla. Nos echamos la mantilla, corrimos al convento de Jesús... "Hija, no se ha podido evitar —le dijeron—. El señor Manresa ha sido impuesto por quien puede... Su nombramiento vino de arriba"... Y Eufrasia contestó con salero: "Por eso parece un pájaro que se ha caído del nido... Pues del nido no me caigo yo, y esta me la pagan"... "Hija, tenga paciencia, otra vez será".

»Salimos de allí más furiosas que entramos. Eufrasia mandó recado al padre Fulgencio llamándole a su casa, y al mediodía... pim... El padre... Venía temblando, y entró haciendo mil zalamerías... Que lo sentía tanto, que era resolución superior... que al señor Manresa no se le podían negar condiciones... En fin, que él lo arreglaría esta misma tarde, pues como gran amigo y capellán de Saturno, contaba con él para el Ministerio... El arreglo, Pepe, vea usted lo que era. Parece que ayer el señor Armesto le hacía *fu* a la cartera de Hacienda, abroncado por las perrerías que le dicen los periódicos. Pues si en efecto no aceptaba, Hacienda ría para Saturno. Eufrasia, hinchadas las narices, y con ese imperio que tiene, le dice: "Váyase usted ahora mismo, y antes de la noche me lo trae arreglado en esa forma. Si así no lo hace, usted y los demás que nos han dado este bofetón, se acordarán de mí". ¡Ay, Dios mío, qué cosas pasan! Pues llega el escolapio al anochecer, sudando como un pollo, y con el resuello tan corto como el que se está ahogando...

—¿Y no traía el arreglo?

—¡Qué arreglo ni qué ocho cuartos! Lo que traía era un miedo fenomenal. Verá usted... Que lo sentía muchísimo; que había tenido un gran disgusto; que desde luego contara Saturno con la cartera en la primera crisis parcial; pero que hoy por hoy no podía ser... porque los de arriba... Siempre los de arriba, habían dispuesto que en caso de no admitir el señor Armesto, fuera ministro el señor Maza.

—¿Maza? Por eso anoche se hablaba de un bollero...

—No sé si es o no bollero; lo indudable es que a Saturno le han dado el pastel de gato. ¿Verdad que han sido unos grandísimos puercos? Pues considere usted ahora cómo se pondría nuestra amiga... usted que la conoce... Cuando el padre vino con aquellas tintinimarras. Tormenta mayor no he visto nunca. Primero, se quedó lívida... yo pensé que le daba algo... Después soltó la risa, una risa sarcástica, como esas de las cómicas en el teatro, cuando fingen que se vuelven locas... yo creí que enloquecía de verdad... Después se encaró con el escolapio... Cristeta, que también estaba presente, y yo creímos que le pegaba... A dos dedos estuvieron sus manos de la cara del pobre señor... Y disparándose en gritos, ¡Dios mío, Dios mío, qué cosas salieron por aquella boca!... Cristeta y yo aterradas, Saturno gritándole que callase, y ella, mientras más la amonestaba el marido, más descompuesta y furiosa...

—¿Y el padre?

—De todos colores, mirando por dónde podría escabullirse... Querido Pepe, no me atrevo a repetir los horrores que oímos, y que el desventurado don Fulgencio soportó con humildad evangélica... Pero lo más gracioso fue la escena final... Salió escapado el escolapio corriéndose del gabinete a la sala; pero con el azoramiento de la huida se le olvidó el sombrero de teja; volvía por él... ¿Qué hizo Eufrasia? Agarró el sombrero que estaba en una silla, lo tiró en el suelo, y bailó sobre él un zapateado, dejándolo como usted puede suponer. Después lo arrojó a los pies del clérigo, diciéndole: "Váyase usted pronto de mi casa, mal caballero y peor sacerdote, y no se le ocurra volver a poner las patas en ella"...

—Y ustedes acudirían a calmarla...

—Calle usted, hijo; tuvimos que acudir a Saturno, que nos dio el gran susto. ¡Vaya un soponcio! A fuerza de refregones, logramos volverle en sí; pero luego se nos puso gravemente enfermo, y a media noche tuvo un vómito de sangre... El pobrecito me parece que no la cuenta... ¡Lo que usted oye!... La leona, que de otra manera no puedo llamarla, está consternadísima. Me dijo: "Rafaela, vete a San José por la calle de las Torres, y entérale de la situación"... Esta mañana Saturno ha pedido confesarse.

—¿Pero tan grave está?

—Y no es para menos, Pepe. A cualquiera le doy yo este desengaño. ¡Pues no estaba poco consentido en que sería ministro! Y sobre el disgusto, el escándalo... El pobrecito ha pedido los Sacramentos... Y aquí me tiene usted con el encargo de buscarle confesor... porque no hemos de llevarle el suyo, que era el dichoso Fulgencio... Ahora, una vez informado usted de estas trapisondas, entraré en San José, y si no encuentro al padre Morales, iré a Monserrat en busca del padre Claret... Vaya, Pepe, adiós. Le diré que le he visto a usted tan bueno y tan guapo. Dígame: ¿cree que este maldito Ministerio durará mucho?

—Muchísimo: según mis informes, tendrá una vida muy larga... lo menos de veinticuatro horas.

—¿Es de verdad? ¡Oh, qué noticia le llevo a la pobre Eufrasia! Aunque resulte falsa, se consolará con ella... Adiós, hijo, adiós.»

XXX

Página histórica me pareció el verídico cuento traído por Rafaela, y pensando en él y en la profunda lección que entraña, me fui a correr por Madrid en busca de las novedades que diera de sí el día, las cuales se me antojó que habían de ser gordas y buenas. No me equivoqué. Menudeaban las dimisiones; los valores públicos, que el viernes coadyuvaron no poco a la rechifla del nuevo Gabinete, bajándose dos enteros, seguirían descendiendo el sábado, según opinión de todos los agentes y bolsistas que encontré por las calles. Engrosaban los grupos. Contáronme los empleados de la Secretaría de Gobernación que don Trinidad no resolvía nada, y asombrado de recibir dimisiones, se pasaba el tiempo enterándose, con infantiles preguntas, de las funciones más elementales de su cargo. En Hacienda, supe que había tomado la cartera el señor Armesto, vencidos sus escrúpulos, y en Guerra funcionaba ya el señor Cleonard, determinando... que no podía ni sabía resolver nada. Por la tarde, cruzando Narváez a pie la Puerta del Sol, fue aclamado por la multitud. Así se contó en la redacción de *El Heraldo*. No presencié yo el caso; mis noticias fueron que no hubo aclamación, sino un respetuoso saludar del público y frases de simpatía. Me lo figuro con su andar de gallo arrogante, por entre el gentío, recibiendo las demostraciones afectuosas, y contestándolas no más que con un ligero movimiento de cabeza, tieso y avinagrado, que así es Narváez ante las tropas y ante el pueblo.

Por la tarde no falté a su casa, en la calle de Isabel la Católica o de la Inquisición. Entré y salí, con estos o los otros amigos. Se acentuaban los rumores de que volvía *El Espadón*. ¿Pero cuándo? Los más impacientes concedían al nuevo Ministerio ocho días de existencia. La generalidad opinaba que se le dejaría vivir un mes, siquiera por decoro de la Prerrogativa regia, pues esta quedará muy mal parada si los Gobiernos que nombra no hacen más que jurar y dimitir. Podrá Su Majestad hacer un desatino, mas no es bien que lo confiese, y todo monárquico fiel debe ayudar a la reina al disimulo de sus torpezas políticas. Esto se decía, esto se pensaba. A las cuatro de la tarde supimos unos cuantos a ciencia cierta, o poco menos, que se planteaba la contra-crisis aquella misma noche del sábado... A las cinco, repercutían los destemplados acordes de una murga en la calle de Valverde, donde vive el señor Armesto, y una vez que los felicitantes atronaron bien la calle, retirándose mustios y sin blanca, porque el señor ministro no se hallaba en su domicilio, corriéronse con las propias intenciones concertistas a la calle Ancha de Peligros, donde reside, en humilde casa de huéspedes, el señor Manresa, y hasta el oscurecer escucharon los vecinos el horrible estrépito de clarinetes y trompas. Mientras el Ministerio recibía estas demostraciones harto equívocas del entusiasmo popular, corría de mano en mano por Madrid un soneto de pie forzado, creación repentina de un ingenio muy chusco. Solo recuerdo ahora, mientras esto escribo, el primer cuarteto, que dice así:

> Temo que el cetro se convierta en báculo
> Y el Estado, hoy caduco, muera ético,
> Si otro escolapio en ademán ascético
> Logra ser del Rey cónyuge el oráculo...

No recuerdo bien lo demás. Me procuraré copia de los catorce versos.

A las siete, todo Madrid sabía ya que el Ministerio Cleonard-Manresa, o *Fulgencio-Patrocinio*, que de las dos maneras se decía, apenas nacido estaba dando las boqueadas... Es muy tarde: yo me duermo.

Madrid, *23 de octubre*. Continúo el relato fiel de estos inauditos sucesos, refiriéndome a la tarde del 21, con lo cual pego la hebra en el mismo punto en que la rompí. Pues serían las siete cuando determiné visitar a Eufrasia, compadecido del desdichado don Saturno, y anhelando saber si era su enfermedad tan grave como burlesca fue la sofoquina que la motivó. Llegueme, pues, a la calle de Fuencarral, frente a la capillita del Arco de Santa María, y subí al principal de la histórica morada que perteneció al duque de Montellano. Al abrirme la puerta, un criado puso en mi conocimiento que el señor se había tranquilizado después de la confesión, que hizo con grandísima piedad a las once de la mañana... Al mediodía se le dio un sopicaldo, que no devolvió como se temía, y en aquel momento acababa de coger el sueño. La señora y Doña Cristeta estaban en la sala con la condesa y otras visitas... Ya me disponía yo a retirarme, informado de lo que quise saber, cuando apareció Cristeta, que atisbando desde el pasillo había conocido mi voz. «Pase, pase, Pepe —me dijo—. Viene usted que ni bajado del Cielo para sacarnos de estas dudas. ¿Pero es cierto lo que nos cuenta el amigo Campoi? ¿que corren rumores... vamos, que todo se deshace como la sal en el agua?»

En la sala encontré a Eufrasia, arrebujada en un luengo manto, pálida y echando lumbre de sus negros ojos; a la veterana beldad, su amiga, cuyo título de condesa o baronesa de no sé qué santo no quiere albergarse en mi memoria; al respetable auditor que fue del ejército carlino y hoy diputado por Vera, don Cristóbal Campoi, acompañado de su señora, y a otra pareja de dama y caballero que no conocí. Brevemente satisfice la curiosidad de todos dando cuenta de lo que sabía, y extendiendo la papeleta de defunción del enteco y llagado Ministerio Cleonard-Patrocinio-Fulgencio.

«¿De modo —dijo Eufrasia sin reír, más bien lúgubre, como enfermo de fiebre que se ve obligado a romper el silencio—, de modo que ha sido como un relámpago?... Bien se le puede llamar *El Ministerio Relámpago*.» Ved aquí el origen de una denominación que aquella noche y al siguiente día cundió con asombrosa rapidez, y de ella se apoderaron todas las bocas de Madrid. Renegando de una criatura, en cuyo engendro había tenido eficaz participación, Eufrasia le administró el agua de socorro, dándole apropiado nombre, y diciendo al verle expirar: «Es un fenómeno. No podía vivir. *Relámpagos al Cielo.*» Celebraron los visitantes la ocurrencia del nombre, y hallándose a medio despejar la sala, llevome la moruna al gabinete próximo, donde a solas pudimos hablar un instante. La pulsé: su piel abrasaba. Diome rápida noticia de su dolencia: sentíase febril en grado sumo; mas el desasosiego nervioso no le consentía permanecer acostada. Todo su anhelo era ver gente, oír noticias, enterarse del espantoso ridículo de los ministros nuevos, y solo así se calmaba la sed de su espíritu, ávido de venganza. «Siéntate un rato, y cuéntame, cuéntame... Ante todo: ¿conoces el soneto? Esta tarde me lo trajo Navarrete. Es graciosísimo... ¡Ah! entre las burbujas del chiste palpitan verdades históricas que andando el tiempo darán mucho que hablar. Se me ha grabado en el pensamiento el segundo cuarteto, que dice:

Venero a Dios, venero al tabernáculo;
Mas no a hipócrita Sor, que con emétic
Llagas remeda, a cuyo humor herpétic
Fue quizá el torpe vicio receptáculo.

—Sigue, acaba... he olvidado los tercetos.

—Yo también. Lo recordaba todo; pero... No sé... la fiebre me ha borrado de la memoria el final... Dejemos el soneto. Cuéntame, cuéntame...»

Lo que yo pudiera contarle, al dominio público pertenecía ya. Mayor interés había de tener lo que ella, como partícipe más o menos esencial en la conspiración, podía traer al acervo de la Historia, o a los archivos anecdóticos que guardan quizá la más interesante documentación de los pueblos. A esto me dijo: «Desengañada y herida, me revuelvo como mujer contra los que me han traído a esta ridícula situación... Ellos, con apariencia de hombres, se asemejan a nosotras por la viveza de sus odios ocultos, por el delirio de sus ambiciones disimuladas, y por el arte de fraguar en la oscuridad las intrigas... Todos somos *unas*... La amargura de mi desengaño se me ha derramado por todo el cuerpo y el alma, y no me consuelo más que con la idea de abandonar lo que fue mi partido, y pasarme con armas y bagajes al que quise combatir. Esto es de mujer, y yo soy mujer entera, sin mezcla, de una pieza en mis odios como en mis cariños. No sé si cuando vengan las represalias de Narváez, que las gasta pesadas, me tocará alguna china. Si así fuere, me pongo en tus manos para que me evites cualquier molestia...»

Sin temor de prometer lo que no podría cumplir, la tranquilicé sobre este punto, dándole seguridades categóricas de que su nombre no figurará para nada, en caso de formación de procesos. Y ella prosiguió: «Así lo harás, Pepe, y yo te lo agradeceré en el alma... Ahora no estoy para largas conversaciones, porque el hablar mucho y vivo me pone los nervios como cuerdas de violín. Ni podemos entretenernos demasiado, porque vendrán más visitas, y yo tengo que recibirlas o retirarme. Una sola cosa te diré esta noche para que los vencedores la tengan en cuenta y es... que me gustaría ver que sentaban la mano de firme.

—La sentarán... y duro; todo lo que se pueda sin herir en las partes más vivas de la Nación, naturalmente.

—¡Ay, ay, ay! Pepe. No harán nada, no perseguirán a nadie.

—¿Lo crees tú?... Así será, cuando lo asegura la que podría ser historiadora de esta intriga, si quisiera.

—¡Historiadora yo! —dijo tristemente, sin poder atajar su locuacidad—. ¡Quién pudiera serlo! Si piensas que yo conozco la conspiración y sus resortes, estás equivocado. Conozco algo; pero los móviles hondos, que determinan hechos positivos, han sido y son un misterio para mí... Y vas a ver el misterio más impenetrable, Pepe. Pon toda tu atención en esto: la reina se resistió una vez y otra al cambio de Ministerio que le proponía el Rey. No tragaba a Cleonard y sus cofrades ni aun envueltos en la confitura religiosa. Y era tal su resistencia que perdimos toda esperanza. ¿Cómo es que de la noche a la mañana consiente la niña en despedir a Narváez de mala manera?... Fíjate en esto, Pepe... ¿Y cómo es que a su consentimiento acompañan lloros y suspiros?

—Los lloriqueos parecen indicar que no está contenta de lo que hace.

—O que forzada se ve a determinar lo que no quiere. Yo, que algo entiendo de cosas palatinas, no me explico este cambio más que por el miedo. ¿Y cómo han logrado infundirle ese pánico que la pone atadita de pies y manos a merced de los intrigantes? Voy a decírtelo... y perdóneme Dios esta sospecha, esta... inspiración. Para mí, se apoderaron de un secreto de la reina, y con este secreto, cogido como un puñal, la han amenazado, le han dicho: "O eres nuestra o mueres".

—¿Creerás que entre los infinitos disparates que corren en bocas de la gente no ha faltado ese?

—Y vosotros los sensatos, los que todo lo veis recortado y medidito, habréis creído que esos disparates son obra de imaginaciones locas, y un plagio de los melodramas tremebundos, traducidos del francés.

—Yo ni afirmo ni niego... En eso como en todo, el misterio existe; ¿pero quién es el guapo que lo descifra?

—El guapo, la guapa sería yo, si me dejaran, si me dieran medios de indagación.

—Aun con tales medios no te lanzarías a poner tu mano en lo más delicado del asunto.

—Ya... tú eres de los que creen que estos misterios son como los del dogma... Se les mira de lejos, se les adora, y es locura intentar comprenderlos y desentrañarlos.»

Tan exaltada la vi, que para sosegarla hube de emplear este razonamiento: «Pero dime una cosa, Eufrasia, y apelo a tu conciencia: ¿antes de que esos pícaros le birlaran a tu marido la cartera prometida, pensabas eso mismo?

—No: entonces no pensaba nada malo de los que eran mis amigos. Todo me parecía bien. Te abro mi conciencia: estos horrores los he pensado después, cuando he sido chasqueada vilmente.

—No estás serena. ¿Cómo has de juzgar la maldad de otros, no estando tú libre de maldad?... Pero sea lo que quiera, y dejando a un lado tu conciencia, respóndeme: la captación infame del secreto, ¿a quién la atribuyes? Tu lógica infernal... Seguimos en el melodrama... tu lógica, como aguja imantada por los demonios, ¿señala un punto fijo? ¿Es Fulgencio, es la Monja?

—No: no puedo fijarme en nadie, y ahora que tengo conciencia, menos. La iniciativa puede haber sido de esos, no lo sé: la ejecución ha sido de otros. ¿Quién... quiénes? Cualquiera lo sabe. Cristeta, que ha vivido largo tiempo en Palacio, dice que aquello es un mundo, un mar, un convento... ¡Ya ves si será difícil...! En fin, Pepe, tú que tan en gracia le has caído a Narváez, puedes decirle que no se entretenga en cazar moscas, esto es, en prender Manresas, Armestos y Balboas, pobres títeres que no valen el hilo que los mueve...»

Con arrogante voz y ademán, en pie, actuando de ideal dictadora, completó así su pensamiento: «Que prendan a Fulgencio y le registren bien la celda... que prendan a la Monja y la registren... Sin respetar ni celda, ni ropas, ni relicarios, ni altaritos, ni llagas...

—Con todo eso, amiga mía, más fácil será encontrar una aguja en un pajar que la verdad en un monasterio.

—Que prendan a Rodón, secretario del Rey...

—¿No será más culpable su Gentilhombre, el hermano de la Monja?

—Quiroga, que no tiene más ambición que la de las cruces y cintajos, no es hombre de travesura... Pero nada se pierde con ponerlo a la sombra... El primero a quien deben echar mano es un señor Taja, administrador de las huertas y lavaderos del príncipe Pío, posesión Real cedida en usufructo al Infante don Francisco...

—¿Has dicho Taja? ¿No faltará a ese apellido la primera sílaba? ¿No es Re-Taja, Mor-taja?

—No... Taja no más. Y para que la redada sea completa, caigan también el hermano de ese señor y su mujer, ujier él, si no estoy equivocada, azafata ella: viven en los altos de Palacio.

—Esos nombres, esos Tajas masculinos y femeninos —dije yo redoblando la atención que en la dictadora ponía—, no son desconocidos para mí: en mi mente están días ha, relacionados con otro asunto, que no pertenece a la Historia de España; aunque sí, puede que sea de lo más nacional, de lo más histórico... Dime: ¿no es criado, o subalterno de ese Taja que sirve al Infante, un viejo llamado Ansúrez, de aspecto noble...?

—No sé su nombre; pero he visto al anciano gallardo, de barba blanca y figura señoril. Dos veces me ha traído cartas del Taja, y por conducto de él he mandado la contestación.

—¿Y tú sabes... haz memoria, rebaña bien en tus recuerdos... Sabes algo de una hija de ese viejo noble, guapísima, de extraordinaria belleza?

—Algo de una moza muy linda oí... ¿a quién?... A Fulgencio... quizás al propio Taja... pero no puedo asegurarlo. Novicia fue según creo, antes de servir a los Tajas... O me engaño mucho, o algo me dijeron de que por segunda vez volvió al convento... ¿Sabes quién puede darte noticia de esa familia de padres nobles barbudos y de hijas como estatuas? Pues tu hermana Catalina.

—¿Y dónde está mi hermana Catalina?

—No sé: si estuviese en Madrid, ella sería, y no te ofendas, una de las primeras que yo señalaría a los corchetes del señor Zaragoza...

—¡Estás loca!... ¡Mi hermana!

—Sí, sí: no me vuelvo atrás de lo dicho... Si te asustas de oírme, culpa a mi calentura, que con el mucho hablar se me enciende más y acaba por trastornarme.

—Y a mí. Me has pegado tu fiebre.

—Pues vete... Yo estoy atroz... los dos deliramos. Empiezo a ver visiones.

—Yo también... Veo la historia interna de los pueblos, la historia verdad, representada en una mujer vestida de ninfa, de diosa... No diré que sucia, sino empolvada, de andar por estos caminos de la vida española, secos, tortuosos, ásperos...

—Pepe mío, si has de ponerte malito, vete a tu casa, que bastantes enfermos tengo yo en la mía.

—Sí, me voy... Adiós... Duerme...

—Adiós... No olvides mi encargo. Prender, registrar bien...»

Salí: hasta que pude respirar el aire fresco, calle adelante, no me sentí sereno, en disposición de apreciar las cosas en su sentido y aspecto real. «Taja, Taja, Taja...» Esto repetía yo, y las dos sílabas pronunciadas por mi boca, me sonaban como un idioma de salvajes... Ya veía más claro en el asunto que periódicamente me enfermaba con penosísimas efusiones... Ya la fugitiva imagen de Illipulicia no burlaba mi persecución; ni le valdrían sus disfraces, manola gallarda o franciscana monja, para perderse en las tinieblas. Cerca venía ya, y con ella se juntaba, sin confundirse, otra ideal figura, la majestuosa y gentil reina, próvida de todos sus tesoros, enamorada del bien y de su pueblo... Las dos andaban hacia mí, sin que yo pudiera decir cuál venía delante y cuál detrás, cuál de las dos guiaba y cuál se dejaba conducir.

Deliré aquella noche... Así me lo dijo mi mujer... Pero antes que os hable de mi delirio, dejadme que acabe el cuento histórico.

XXXI

Si recibió la vida el *Gabinete Relámpago* en la Cámara del Rey, el golpe de muerte se lo dio María Cristina en su propio palacio, donde tuvo con Isabel II una larga encerrona. ¿Qué le diría? Lo adivino. El meollo del extenso sermón de la reina Madre no pudo ser más que este: «Hija querida, se puede hacer todo... todo precisamente no, pero bastante sí; se puede hacer mucho. Lo que no puede de ningún modo hacerse es lo que has hecho.» Grabadas en mi mente la mirada y la sonrisa, el rostro hechicero de Su Majestad; grabado también en mí su pensamiento por la honda estampación de sus facciones; metido su carácter dentro de mi ser, y sintiendo lo que ella siente, expresaré la idea de que Isabel II, sin conocimiento del Régimen, que nadie le ha enseñado; sin conocimiento del pueblo que rige, más que por las vagas impresiones que llegan hasta ella, hizo lo que hizo movida del miedo y sabiendo que hacía un disparate. La calidad, la intensidad de aquel miedo es lo que no llego a penetrar todavía; pero he de poder poco, o yo conoceré ese estímulo de las regias acciones... La madre ha debido de decirle: «¿Por qué antes de cometer esa barbaridad no hablaste conmigo y con el mismo Narváez? Entre los dos habríamos hallado un medio de sacarte del conflicto.» Seguramente, Isabel, más fuerte en el sentir que en el razonar, no responde a su madre, y con infantil silencio, los ojos bajos, da a entender que reconoce su error y espera un buen consejo para enmendarlo. La madre (hablo como si lo oyera) le dice: «Hija mía, a grandes males, grandes remedios. Faltas nacidas de inmensas tonterías son más difíciles de corregir que las que nacen de un error del entendimiento. Pero hay que hacer frente a ellas, y corregirlas sin reparar en sacrificios del amor propio y aun de la misma dignidad. Hasta la dignidad debe ponerse a un ladito para componer estas roturas... Fuera miedo: vete pronto a Palacio; llamas a Narváez y le encargas de formar el Ministerio lo mismo que estaba, o como él quiera. Por hacer un poco de papelón, él se negará... Se pondrá unos moños de este tamaño... Te dirá que el poder le fatiga... ¡y sin el poder no puede vivir!; te dirá que llames a otros *hombres*; que él no tiene inconveniente en apoyar a esos *hombres* por servirte... ¡y lo que hará es rabiar como un perro si llamas a otros! No; por hoy no hay aquí más *hombres* que él y su cuadrilla... Más adelante se verá... Tú no hagas caso de los escrúpulos que ha de sacar: son fingidos y mentirosos... Hará la comedia de despreciar lo que más desea. Tú te aguantas, insistes, haciéndole creer que le tienes por necesario... y nada. Verás cómo Narváez te desenreda esta gran madeja que has enredado tú... Ánimo, hija mía, y a Palacio... Yo iré contigo y estaré al cuidado de ti, no sea que desbarres otra vez...»

Los que agazapados en la mayordomía mayor vimos a Narváez entrar en Palacio, no dudábamos de que saldría presidente del Consejo, por más que la conferencia con Isabel, larga como la Cuaresma, pudo despertar en los más impacientes algún recelo. A las diez llegó Sartorius, llamado para el refrendo, llevando de secretario particular a mi hermano Agustín, y poco después vimos pasar la desconsolada figura del conde de Cleonard. Explicónos mi hermano la tramitación que había de llevar a la *Gaceta* las formas legales e históricas. Cleonard daría la estocada a su propio ministro de la Gobernación, don Trinidad Balboa; entregaría después los trastos al conde de San Luis, y este, con la simple puntilla, remataba prontamente a todo el intruso, llagado y relampagueante Ministerio, restablecida la íntegra cuadrilla del *diestro* de Loja. Lo que no nos contó Agustín, que no pudo presenciarlo, y sí el Gentilhombre, marqués de Torralba, testigo de la escena, fue la cruel expresión que Narváez, rara vez comedido en la victoria, arrojó a la cara del vencido don Serafín María de Matta, conde de Cleonard, cuando este se retiraba de la Cámara regia: «Ahora, váyase usted a descansar de sus fatigas.» No eran flojas las que debió de pasar el hombre, llevado a tales trotes por monjas y clérigos, él, maduro ya, militar de valía, más distinguido en la técnica que en guerreras campañas, persona, en fin, merecedora de respeto.

Todo quedó, pues, enmendado en la noche del 20 al 21, y al feísimo desperfecto político se le puso un parche, o se le echó un zurcido, para que los tiempos futuros no lo conozcan; intento inútil, pues aunque buena zurcidora es la reina Cristina y no tiene Narváez malas agujas, entre todos no han podido disimular el desgarrón ni esconder sus hilachas... No eran aún las doce cuando me fui a la Presidencia, donde Narváez recibía plácemes por su nuevo triunfo, y humaradas de incienso de los aduladores, que en aquella dichosa ocasión horrorosamente se multiplicaban. El presidente, Sartorius y don José Zaragoza estaban encerrados. Por mi hermano supe que serían reducidas a prisión aquella misma noche las siguientes personas: sor Patrocinio, el padre Fulgencio, el señor Rodón, secretario del Rey; el señor Quiroga y otros, y que se efectuarían no pocos registros domiciliarios en casas muy principales. Impaciente por hablar con mi don Ramón, busqué y hallé un medio de romper la consigna, llegándome a donde los ejecutores de la ley estaban con las manos en la masa, ávidos de castigo, de venganza, de sentar en los huesos de todo culpable, o que lo pareciera, los nudos más duros del garrote de la autoridad. De la mente de Narváez salía centelleando el famoso *Principio*; con ráfagas de él forjaba San Luis los rayos, y Zaragoza, juntándolos en haces y probándoles las puntas, se relamía de gusto y pedía más, siempre más...

Con palabra rápida y festiva conté al *Espadón* el saladísimo chasco de don Saturno y el trágico furor de mi amiga, la rociada de improperios con que obsequió al escolapio, y por fin, el donoso zapateado que bailó sobre el sombrero de teja. Las carcajadas del general retumbaron con tal estruendo, que creí oírlas repetidas por todo el edificio, y si no se echó a reír también la cercana Cibeles, poco debió de faltarle. Puesto a referir, le informé del arrepentimiento de la moruna, del ardor vengativo con que viene a nuestro partido, y de sus opiniones acerca del oscuro resorte empleado para vencer y anonadar la entereza de la reina. Si todo lo oyó Narváez con regocijo, esta última referencia le movió a fruncir el ceño y a soltar de sus ojos una centella de ira, que me hizo temblar. Sobre cuanto dije hizo observaciones muy vivas; mas sobre aquello puso la losa de su silencio, y sobre la losa trazó un rayo...

«Amigo Zaragoza —dijo Narváez transmitiendo al jefe político las ideas que le sugerí tocantes a prisiones—. Agregue usted a la lista esos Tajas... El que administra la posesión del príncipe Pío...

—Ya está —replicó Zaragoza—; pero se trata de otros Tajas, de un matrimonio que vive en Palacio... ¿No es eso?

—Justamente... Y no estará de más, Don José —indiqué yo—, que sea buscado, cogido, interrogado, un tal Jerónimo Ansúrez, viejo de aspecto noble, que tiene una hija muy guapa...

—Este *pollo* —dijo don Ramón con salero—, quiere que la policía se ponga al servicio de sus galanteos, y que le haga una leva de todas las mozas de buen trapío.»

Apuntados los Tajas y los Ansúrez por la mano del jefe político, que rasgaba el delgado papel añadiendo nombres a la preciosa lista, volvió el general al recuerdo de Eufrasia y de su furibundo rompimiento con los del *Relámpago*. «Esa diabla no será molestada en lo más mínimo —me dijo—. No me pesa tenerla por aliada, pues es más viva que la pólvora... Y del título, ¿qué?... Por mi parte, pasado algún tiempo, no habrá inconveniente en concedérselo.»

A mi casa me fui caviloso y con fiebre, que sin duda me había comunicado la morisca, y mi mujer me encontró mal, tan mal como en la famosa noche del encuentro de Lucila en San Ginés. Dormí con frecuentes intervalos de insomnio angustioso, y no sé si deliraba más dormido que despierto. Respetando mi turbación en los ratos de desvelo, María Ignacia no me interrogaba; pero viéndola yo, al apuntar el día, dar vueltas junto a mí con maternal cariño, más atento a mi sosiego que al suyo, la llamé a mi lado y le dije: «No es nada, chiquilla: es eso que padezco, la efusión de lo ideal... y todo proviene de que hay un arte que yo debí cultivar y no cultivo...

—El arte que echas de menos será el estudio de lenguas antiguas o salvajes, porque toda la noche has estudiado conjugando los verbos caribes, que dicen: *Taja, taja, taja.*

No, mujer. No pienso yo en lenguas sabias; ni el arte mío perdido es la escultura, ni la música, ni la poesía: es la Historia interna y viva de los pueblos... Esa Historia no puedo escribirla... Para conocer sus elementos necesito vivirla, ¿entiendes? vivirla en el pueblo y junto al trono mismo. ¿Y cómo he de estudiar yo la palpitación nacional en esos dos extremos que abarcan toda la vida de una raza...? ¿No ves que es imposible? El ideal de esa Historia me fascina, me atrae... ¿pero cómo apoderarme de él? Por eso estoy enfermo: mi mal es la perfecta conciencia de una misión, llámala aptitud, que no puedo cumplir...» Tuve bastante tino para contenerme y callar en el momento de sentir el chispazo de una idea que podría lastimarla. La idea era esta: «El hombre que no lucha por un ideal, el hombre a quien le dan todo hecho, en la flor de los años, y que se encuentra en plena posesión de los goces materiales sin haberlos conquistado por sí, es hombre perdido, es hombre muerto, inútil para todo fin grande.» Callé. Ignacia me dijo:

«Pues todo eso de la Historia interna, de arriba y de abajo, lo vamos conociendo sin andar a vueltas con ideales y fantasías. Nos basta con tener oídos y ojos.

—¿Qué has de ver ni oír tú, pobrecilla, ni yo, ni nadie?... ¡El vivir del pueblo, el vivir de los reyes! ¿Quién lo ha podido penetrar y menos escribir?

—Pues bien al tanto estamos de lo que pasa estos días. ¿Qué ha sido ello? Que nuestra simpática reina, engañada por esos señores que venían a casa, y por otros, quiso cambiar de Gobierno. Luego llegó la Madre y le dijo: «Isabel, eso está mal hecho.» La pobrecita no sabe todavía el oficio; pero ya lo irá aprendiendo... En fin, que ello ha tenido un buen arreglo, como en las comedias.

—Me confirmo en que solo conoces la superficial apariencia, la vestidura de las cosas. Debajo está el ser vivo, que ni tú ni yo conocemos. Es lo histórico inédito, que dejaría de serlo si yo pudiera cultivar mi arte.

—¡Qué tonto! No hay más que lo que se ve. ¿Qué hablas ahí del fondo de las cosas, y de seres vivos que se ocultan? Todo se reduce a que esos caballeros querían mandar, disponer de los destinos públicos para sus paniaguados, y no pudieron valerse de otro resorte que el que les dio la influencia del Rey.

—Si lo sucedido fuese tan vulgar no valdría la pena de contarlo. Hay algo más.

—Hay, ya lo sé, que estos tales son los carlistas derrotados, el eterno Pretendiente absolutista, que no ceja. Lo desarman en los campos de batalla, y acá se viene y trata de infiltrarse... Lo que no consiguió con la guerra lo intenta con el milagro. Ya ves: ha empezado por procurarse una monja con llagas... ¡Vaya una porquería!

—¿Y por qué tiene poder esa monja?

—Porque es una embaucadora lista, y hace creer a muchos, mentira parece, que está inspirada por Dios.

—Si hace creer eso no es una mujer adocenada.

—Tienes razón: vulgar no es. Talento muy sutil se necesita, y un gran saber de cosas místicas, para engañar con su falsa santidad al Rey y a la reina... Y yo digo: ¿me engañaría también a mí si se lo propusiera? Me da miedo pensarlo... No, no, a mí no me engañaba. Aunque parezco tonta, no lo soy: ¿verdad, Pepe? En esta cabeza mía no entran tales paparruchas. ¡Ay, Virgen del Carmen, si me oyeran mis padres y mis tías...!

—Tus tías y tus padres viven de ficciones; tú, si no posees la verdad, la vislumbras, ves el camino por donde a ella se va...

—Veo que los caminos de esa gente codiciosa y milagrera no son los de Dios.»

Al oír estas palabras de mi mujer, vinieron a mi memoria (¡oh misterioso contacto de las ideas en nuestra mente!) los dos tercetos del soneto que corría por Madrid, y con cierto júbilo hube de recitarlos.

> ¿Cuestión de religión lo que es de clínica?
> ¿Y darnos leyes desde el torno? ¡Cáscaras!
> Esto no se tolera ni en el Bósforo.
> Mas si la farsa demasiado cínica
> Se repite, caerán todas las máscaras,
> Y arderá España entera como un fósforo.

—Cálmate, Pepe, y suprime por ahora los versos —me dijo María Ignacia arropándome cariñosa—. Tienes fiebre.

XXXII

24 de octubre. Muy tarde me levanté el 21, y antes de salir de casa, me informaron de que el Gobierno funcionaba con perfecta regularidad, y de que se habían efectuado las prisiones. A Balboa le mandaban a Ceuta, en posta; al secretario del Rey le despachaban para Oviedo; a Quiroga, para Ronda. El efímero presidente del Consejo no había sido preso, pero sí separado de la Dirección del Colegio Superior Militar. Los cuitados Manresa y Armesto, padecieron tan solo el sustillo de una detención, después de la cual se les mandó a casa... Del padre Fulgencio supe que se le había llevado al Gobierno civil, mientras la policía le registraba minuciosamente la celda. Luego me enteré de que se le encontró un cajoncito con bastante dinero en oro y billetes del Banco, y un retrato suyo vestido *mismamente* de obispo, con báculo, mitra y pectoral, en actitud de dar la bendición. El revoltoso clérigo se daba el solitario gusto de anticipar, por medio de una mala pintura, su elevación al episcopado, que era el ensueño de su vida y la meta de sus ambiciones. Se decía que le mandaban a la casa que los Escolapios tienen en Archidona.

Si en estos escarmientos iban deprisa las autoridades, aún no habían podido poner la mano sobre la venerada y llagada Monja, por estar metida en clausura. Narváez, que tan valiente parece, y realmente lo es frente a demagogos, progresistas radicales y conspiradores del estado laico, anda con pies de plomo allí donde puede tropezar con el fuero de la Iglesia. Su famoso Principio de autoridad, fulminante espada contra los perturbadores del orden en las calles o en la tribuna, se convierte en caña frente a la oscura facción fortificada en conventos, sacristías o beaterios... Más fácil era, pues, tomar las formidables alturas de Arlabán que forzar los enmohecidos cerrojos del claustro de Jesús. Puedo dar fe, por haberlo presenciado, de la confusión y rabia de don José Zaragoza, que por temperamento habría cumplimentado en un santiamén las órdenes de apoderarse de la Monja, y por disciplina no podía salirse del estrecho camino de la legalidad eclesiástica. El hombre bufaba... Era un gato, a quien se ordenaba que se pusiese guantes para cazar el ratón... Sartorius, aún más que Narváez, quería que, tratándose de contener y escarmentar a personas religiosas, se procediera con la corrección más exquisita. Los que en todas sus campañas por el

Orden eran incorrectos, autoritarios, y no reconocían obstáculo ni miramiento, en aquella empresa contra sus mayores enemigos procedían con tanta parsimonia como delicadeza, de lo que resultaba que el gran Principio era burlado y escarnecido por los delincuentes, y estos a la postre resultaban los verdaderos poseedores de la Autoridad.

Acordado el destierro de Patrocinio, no era dable llegar hasta ella sin que el Ordinario permitiera la violación de clausura, y el Ordinario no podía disponerlo sin previo consentimiento del Vicario de la Orden. He aquí, pues, a mi jefe político, mordiendo los guantes que aprisionaban sus rapantes uñas, y corriendo a contarle sus cuitas a don Ramón, que soltaba todos los registros de su cólera blasfemante, sin resolverse a embestir como de ordinario suele. Ante la majestad religiosa, la de la ley se achicaba y sucumbía. Desesperado y reconociendo su impotencia, el *Espadón* clamaba: «Tráiganme todos los ejércitos carlistas, y me batiré con ellos; pero no me pongan frente a monjas, protegidas por vicarios.» En suma, no era ni *Buey* ni *Liberal*, y por no determinarse a ser ambas cosas, o siquiera una, ha dejado tan incompleto y deslucido su papel histórico.

Mientras esto se resolvía, en el transcurso de las horas del 21, me fui en busca de mi buen Gambito, el pobre de San Ginés, y le encontré, sí, pero con tal turbación en la descompuesta máquina de sus nervios, y tan avanzado en su tartamudez, que me vi negro para comprender lo que decirme quería: «*Ñor, Cigüela... vento... Sus... llagas.*» Me determino a traducir que Lucila está en el convento de Jesús; pero no sé si debo creer que también tiene llagas, o que simplemente está donde las hay para edificación de los creyentes. Gambito vuelve a tomar la palabra, o el tartamudeo, y continúa esclareciendo mis dudas, o aumentando mi turbación: «*Santismas llagas, ñor... Güela convento... Sor y Sores... Taja preso...*» Si de esta horrible jerga sale una verdad, la presencia de Illipulicia en el claustro de Jesús, no he perdido el tiempo, ni es tan imperfecto el órgano de información que en mi provecho explora lo desconocido...

Por la tarde, hablé con Zaragoza, que ya parecía loco, de la contrariedad que le causaba su infructuosa cacería monjil. Narváez, a quien vi después, ponía el grito en el Cielo descargando su verbosidad injuriosa sobre toda la Corte celestial. Avanzada ya la noche, se obtuvo el consentimiento del Vicario; pero... A cada paso por tan escabrosa senda, tropezaban los aburridos gobernantes con una nueva dificultad. Exigía el Vicario que se le presentase una orden del nuncio... Ved al pobre Zaragoza camino de la Nunciatura, con medio palmo de lengua fuera. Ya Narváez, en el paroxismo de la rabia, hablaba de fusilar al primer magnate religioso que se le pusiera por delante. Bien sabían ellos que el *Espadón* no haría nada... Dejaría de ser poder si lo hiciese... Por fin, trajo Zaragoza el consentimiento del nuncio; pero...

Pero no haría nada mientras el señor ministro de Gracia y Justicia no le dirigiese una comunicación exponiendo los motivos en que se fundaba el Gobierno para quebrantar la clausura... Narváez alcanzó el techo con las manos, y se desahogó en sucias imprecaciones, no solo contra el nuncio, sino contra la madre de tan venerable señor, contra el padre, los abuelos y toda la familia... Ya iba comprendiendo que su autoridad en aquel caso era irrisoria, y que las limitaciones del poder que representaba ponían a este bajo las sandalias de poderes más altos. No hubo más remedio que correr al domicilio de Arrazola, sacarle del lecho, y hacerle extender deprisa y corriendo la comunicación que había de ser llave de la voluntad de Monseñor Brunelli, para que éste abriese la del Vicario, y el Vicario la del Ordinario, y este descorriera sin violencia los claustrales cerrojos.

A la madrugada del 22, toda la tramitación jurídico-eclesiástica parecía terminada, y Zaragoza fue al convento decidido a romper las puertas si se le oponían nuevos obstáculos. Pedile permiso para acompañarle, disfrazado de corchete, en la interesantísima diligencia que a efectuar iba, y me dijo que no necesitaba ningún disfraz ni disimulo de mi persona; que bien podía ir en su compañía como empleado de la Jefatura, y que si era mi deseo sacar del convento monja o novicia, podía sin temor hacerlo, pues ya le tenían tan frita la sangre las señoras franciscanas, que se permitiría la venganza de no mirar por ellas si *tocaban a violar*, o si alguien promovía la desbandada del místico rebaño. En la plazuela de Jesús había gran gentío esperando la función sabrosa y gratuita: hombres de ideas exaltadas, restos de los disueltos clubs, manolas y *mozos crúos*, el público de las ejecuciones de pena de muerte y de todo espectáculo callejero. Supimos que antes de llegar el jefe político no faltó quien propusiera quemar el monasterio: corría entre la multitud el notición de que Patrocinio había intentado envenenar a la reina con unas rosquillas, y en este y el otro grupo se repetían los versos:

¿Cuestión de religión lo que es de clínica,
y darnos leyes desde el torno? ¡Cáscaras!...

Media hora larga transcurrió antes de que se nos franqueara la puerta mayor del convento de Jesús. Un clérigo casi enano entraba y salía, y habría estado saliendo y entrando hasta el amanecer si Zaragoza no pronunciara, como pronunció, y con toda energía, la última palabra de la tramitación y de los pretextos y largas para ganar tiempo. Penetramos al fin, Zaragoza bufando, yo con una emoción que fue de las más intensas que he sentido en mi vida... Pasamos a un ancho recinto donde estaba el torno. A la voz de trueno del jefe político abriose otra puerta cuyos goznes gimieron; a lo largo de un oscuro pasadizo llegamos al claustro, donde vimos a toda la comunidad en fila, alumbrada por faroles que tenían unas monjas, por cirios en manos de otras. Era un hermoso cuadro de ópera seria, extremadamente seria. No faltaba más que el canto. Dijo la primera palabra Zaragoza con voz que empezó un tanto brusca y acabó por ser comedida... Siguió un corto silencio, durante el cual busqué con ansiosa mirada la imagen de Lucila entre los fantasmas de azul y blanco que componían el coro. No la vi; volví a recorrer de un extremo a otro la fila... Mas no había claridad suficiente para el examen de tantos rostros, y alguno de estos, situado en último término, ocultaba sus facciones en la penumbra. La que claramente vi, por ser la que más descollaba, fue la famosa Patrocinio, cuyo semblante iluminaban los cirios próximos. Era de extraordinaria blancura, y afectaba o tenía serenidad grande. En verdad que la Monja de las llagas me pareció hermosa, y su grave continente, su mirar penetrante y la tenue sonrisa plácida con que acentuaba la mirada, eran el exterior emblema de un soberano poder político y social. Sus manos con guantes blanquísimos parecían de mármol: en ellas sostenía una imagen pequeña, la Virgen del Olvido, como ofreciéndola en adoración a los que profanábamos la santa casa.

Oí la voz de Zaragoza, dirigiéndose a la *Sor* con gran mesura; mas sin atender a lo que decía, eché mis ojos a lo largo de la fila buscando lo que más me interesaba, y en esto vi al extremo izquierdo unos ojos negros, que me turbaron y estremecieron. No me miraban a mí, sino a la llagada Monja con supremo interés fraternal. Era mi hermana Catalina... En contestación a lo que Zaragoza le dijo, la de las llagas pronunció alguna frase mística que no entendí: tanta unción y misterio quiso poner en ella. Si en efecto era una embaucadora, prodigioso arte desplegaba para el dominio de los que caían bajo su mano milagrera... Busqué de nuevo a mi hermana, y la vi andar con lento paso hacia el centro de lo que llamo coro, por delante de la primera fila de religiosas. Sor Patrocinio, que a cada instante descollaba más por su estupenda blancura, por su serenidad y el perfecto histrionismo de sus actitudes hieráticas, dio un paso hacia mi hermana diciéndole: «Hija mía, salgamos.»

Acudieron a besarle las enguantadas manos todas las monjas, y en este desfile pude examinarlas a gusto, rostro por rostro, sin que ninguno se me escapara. No vi a Lucila: alguna vi que podía ser ella desfigurada de cara y talle por el hábito y la toca; mas no era fácil comprobarlo... Miré de nuevo... No la vi; no estaba: casi, casi tenía de ello completa certidumbre. Mi hermana pasó muy cerca de mí sin verme: no concedía el don de su mirada a ninguno de los que presenciábamos el acto. Salieron las dos, y Zaragoza, que iba detrás, me cogió de un brazo para llevarme consigo, lo que sentí mucho, porque me habría gustado quedarme un poco más, apurando mi examen de monjiles rostros. Salimos. Vi que Patrocinio y mi hermana entraron en un coche de posta que aguardaba en la calle; que tras ellas entraba también un clérigo, al cual yo no había visto hasta aquel instante, y tras el clérigo un seglar, que era, sin duda, delegado de policía. El coche partió por la calle del Fúcar. Luego supe que las dos monjas con su Virgen del Olvido iban camino de Badajoz.

Entre la satisfacción y el desconsuelo se compartía mi alma. Si había yo visto un hermoso cuadro de la vida española, faltábame ver el corazón y la interna fibra de aquel extraño asunto. «¡Y pensar —me dijo Zaragoza sombrío, cuando nos retirábamos—, pensar que ni con estos rigores ni con todos los de la Inquisición, si los empleáramos, llegaríamos a conocer la verdad...! quiero decir, el resorte principal, el nervio de este negocio.»

Callé meditabundo. Sin saber de dónde venían, yo sentía esperanzas que aleteaban cerca de mí. La verdad estaba próxima: yo la descubriría pronto, yo encontraría la representación viva del alma española. Lucila se acercaba. «No ceso de pensar en esa verdad que se nos oculta», me dijo Zaragoza: y yo a él: «Pienso en lo mismo, Don José... y espero llegar a ella, descubrirla, dominarla, poseerla...» Amanecía.

Fin de Narváez
Santander (San Quintín), julio-agosto de 1902.

Libros a la carta

A la carta es un servicio especializado para

empresas,

librerías,

bibliotecas,

editoriales

y centros de enseñanza;

y permite confeccionar libros que, por su formato y concepción, sirven a los propósitos más específicos de estas instituciones.

Las empresas nos encargan ediciones personalizadas para marketing editorial o para regalos institucionales. Y los interesados solicitan, a título personal, ediciones antiguas, o no disponibles en el mercado; y las acompañan con notas y comentarios críticos.

Las ediciones tienen como apoyo un libro de estilo con todo tipo de referencias sobre los criterios de tratamiento tipográfico aplicados a nuestros libros que puede ser consultado en Linkgua-ediciones.com.

Linkgua edita por encargo diferentes versiones de una misma obra con distintos tratamientos ortotipográficos (actualizaciones de carácter divulgativo de un clásico, o versiones estrictamente fieles a la edición original de referencia).

Este servicio de ediciones a la carta le permitirá, si usted se dedica a la enseñanza, tener una forma de hacer pública su interpretación de un texto y, sobre una versión digitalizada «base», usted podrá introducir interpretaciones del texto fuente. Es un tópico que los profesores denuncien en clase los desmanes de una edición, o vayan comentando errores de interpretación de un texto y esta es una solución útil a esa necesidad del mundo académico.

Asimismo publicamos de manera sistemática, en un mismo catálogo, tesis doctorales y actas de congresos académicos, que son distribuidas a través de nuestra Web.

El servicio de «libros a la carta» funciona de dos formas.

1. Tenemos un fondo de libros digitalizados que usted puede personalizar en tiradas de al menos cinco ejemplares. Estas personalizaciones pueden ser de todo tipo: añadir notas de clase para uso de un grupo de estudiantes,

introducir logos corporativos para uso con fines de marketing empresarial, etc. etc.

2. Buscamos libros descatalogados de otras editoriales y los reeditamos en tiradas cortas a petición de un cliente.

www.ingramcontent.com/pod-product-compliance
Lightning Source LLC
Chambersburg PA
CBHW022045240626
47154CB00007B/2575